P9-CSV-735

Nathalie Sarraute

Le planétarium

Gallimard

Non vraiment, on aurait beau chercher, on ne pourrait rien trouver à redire, c'est parfait... une vraie surprise, une chance... une harmonie exquise, ce rideau de velours, un velours très épais, du velours de laine de première qualité, d'un vert profond, sobre et discret... et d'un ton chaud, en même temps, lumineux... Une merveille contre ce mur beige aux reflets dorés... Et ce mur... Quelle réussite. On dirait une peau... Il a la douceur d'une peau de chamois... Il faut toujours exiger ce pochage extrêmement fin, les grains minuscules font comme un duvet... Mais quel danger, quelle folie de choisir sur des échantillons, dire qu'il s'en est fallu d'un cheveu — et comme c'est délicieux maintenant d'y repenser — qu'elle ne prenne le vert amande. Ou pire que ça, l'autre, qui tirait sur l'émeraude... Ce serait du joli, ce vert bleuté sur ce mur beige... C'est curieux comme celui-ci, vu sur un petit morceau, paraissait éteint, fané... Que d'inquiétudes, d'hésitations... Et maintenant c'est évident, c'était juste ce qu'il fallait... Pas fané le moins du monde, il fait presque éclatant, chatoyant contre ce mur... exactement pareil à ce qu'elle avait imaginé la première fois... Cette illumination qu'elle avait eue... après tous ces efforts, ces recherches — c'était une vraie obsession, elle ne pensait qu'à cela quand elle regardait n'importe quoi — et là, devant ce blé vert qui brillait et ondoyait au soleil sous le petit vent frais, devant cette meule de paille, ça lui était venu tout d'un coup... c'était cela — dans des teintes un peu différentes — mais c'était bien là l'idée... exactement ce qu'il fallait... le rideau en velours vert et le mur d'un or comme celui de la meule, mais plus étouffé, tirant un peu sur le beige... maintenant cet éclat, ce chatoiement, cette luminosité, cette exquise fraîcheur, c'est de là qu'ils viennent aussi, de cette meule et de ce champ, elle a réussi à leur dérober cela, à le capter, plantée là devant eux sur la route à les regarder, et elle l'a rapporté ici, dans son petit nid, c'est à elle maintenant, cela lui appartient, elle s'y caresse, s'y blottit... Elle est faite ainsi, elle le sait, qu'elle ne peut regarder avec attention, avec amour que ce qu'elle pourrait s'approprier, que ce qu'elle pourrait posséder... C'est comme la porte... chaque chose en son temps... elle y vient, elle n'a pas besoin de se presser, c'est si délectable de ressasser — maintenant que tout a si bien réussi, que tous les obstacles ont été franchis — de reprendre toutes les choses une à une, lentement... cette porte... pendant que les autres admiraient les vitraux, les colonnes, les arches, les tombeaux — rien ne l'ennuie comme les cathédrales, les statues... glacées, impersonnelles, distantes... pas grand-chose à glaner là-dedans, ni même dans les vitraux presque toujours dans des tons trop vifs, trop bariolés... pour les tableaux, passe encore, bien que les harmonies de couleurs y soient le plus souvent bizarres, déconcertantes, même franchement laides, choquantes... mais enfin, on peut trouver encore parfois des idées, comme ces tons vert puce et violet des robes des femmes agenouillées au pied de la Croix, ça avait fait rudement bien, encore qu'il soit nécessaire d'y regarder à deux fois, d'être très prudent, on risque de ces déceptions... ce jour-là, dans cette cathédrale, elle n'aurait jamais cru... mais elle avait été vraiment dédommagée de son malaise — on y gelait — de son ennui... cette petite porte dans l'épaisseur du mur au fond du cloître... en bois sombre, en chêne massif, délicieusement arrondie, polie par le temps... c'est cet arrondi surtout qui l'avait fascinée, c'était intime, mystérieux... elle aurait voulu la prendre, l'emporter, l'avoir chez soi... mais où?... Elle s'était accroupie sur un bout de colonne brisée pour bien réfléchir, et tout à coup, mais pourquoi pas? mais rien n'était plus simple, la place était toute trouvée, il n'y avait qu'à remplacer la petite porte de la salle à manger qui donne sur l'office, faire percer une ouverture ovale, commander une porte comme celle-ci, en beau chêne massif, dans un ton un peu plus clair, un beau ton chaud... elle avait tout vu d'un seul coup, tout l'ensemble : le rideau vert s'ouvrant et se fermant sur la grande baie carrée donnant sur le vestibule, à la place de la double porte vitrée couverte d'affreux petits rideaux froncés (c'est vraiment abominable ce qu'on pouvait faire autrefois, et dire qu'on y était habitué, on ne le remarquait pas, mais il suffit de le regarder), les murs repeints en beige doré et, à l'autre bout de la pièce, cette porte, exactement la même, avec des médaillons, en beau chêne massif... C'est un fait que les choses bonnes ou mauvaises vous viennent toujours par séries... cet été, tout est venu coup sur coup et tout a réussi au-delà de ce qu'elle avait espéré... L'ensemble sera ravissant et la porte sera mieux que tout le reste... Cette impatience tout à l'heure, cette excitation, quand ils l'ont apportée, quand ils enlevaient avec précaution la bâche qui l'enveloppait...

9

ces gestes délicats, précis et calmes qu'ils ont... d'excellents ouvriers qui connaissent à fond, qui aiment leur métier, il faut toujours s'adresser aux bonnes maisons... ils l'ont dégagée doucement et elle est apparue, plus belle qu'elle ne l'avait imaginée, sans un défaut, toute neuve, intacte... les médaillons bombés à l'arrondi parfait, découpés dans l'épaisseur du chêne, faisaient jouer ses fines moirures... on aurait dit de la moire tant il était soyeux, brillant... C'était stupide d'avoir eu si peur, cette porte n'avait rien de commun — quelle idée d'y avoir pensé, mais elle s'était mise à découvrir des portes ovales partout, elle n'en avait jamais tant vu, il suffit de penser à quelque chose pour ne plus voir que cela — rien de commun, absolument rien, avec ces portes arrondies qu'elle avait vues dans des pavillons de banlieue, dans des villas, des hôtels, même chez son coiffeur... cette frayeur quand, assise sous le séchoir, elle avait aperçu juste devant elle une porte arrondie en bois apparent, ça faisait d'un toc... vulgaire, prétentieux... elle avait eu une émotion : la baie ovale était déjà préparée, c'était trop tard... elle avait couru téléphoner... mais non, on s'affole pour rien, son décorateur avait raison, tout dépend de l'ambiance, tant de choses entrent en jeu... ce beau chêne, ce mur, ce rideau, ces meubles, ces bibelots, tout cela n'a rien à voir avec des salons de coiffure... il faut plutôt penser aux portes romanes des vieux hôtels, des châteaux... Non, elle n'a pas besoin de s'inquiéter, c'est un ensemble d'un goût parfait, sobre, élégant... elle a envie de courir... c'est le moment maintenant, elle peut rentrer, ils ont eu tout le temps de finir, tout doit être prêt...

Cette excitation délicieuse, cette confiance, cette allégresse qu'elle sent tandis qu'elle monte l'escalier, sort la clef de son sac, ouvre sa porte, elle l'a souvent

remarqué, c'est un bon signe, un présage heureux :
on dirait qu'un fluide sort de vous qui agit à distance
sur les choses et sur les gens; un univers docile, peuplé
de génies propices s'ordonne harmonieusement autour
de vous.

L'appartement est silencieux. Il n'y a personne. Ils
sont partis. Leurs vestes et leurs casquettes ne sont
plus sur la banquette de l'entrée. Mais ils n'ont pas
fini, il y a du désordre partout, de la sciure de bois
par terre, la boîte à outils est ouverte, des outils sont
épars sur le parquet... ils n'ont pas eu le temps de
finir... Pourtant les rideaux sont accrochés, ils pendent
de chaque côté de la baie, et la petite porte est à sa
place au fond de la salle à manger, posée sur ses
gonds... Mais tout a un drôle d'air, étriqué, inanimé...
C'est ce rideau vert sur ce mur beige... il fait grossier...
une harmonie pauvre, facile, déjà vue partout, et la
porte, il n'y a pas de doute, la porte ovale au milieu
de ces baies carrées a un air faux, rapporté, tout
l'ensemble est laid, commun, de la camelote, celle
du faubourg Saint-Antoine ne serait pas pire... Mais
il faut lutter contre cette impression de détresse,
d'écroulement... elle doit se méfier d'elle-même, elle
se connaît, c'est de l'énervement, la contrepartie de
l'excitation de tout à l'heure, elle a souvent de ces hauts
et de ces bas, elle passe si facilement d'un extrême à
l'autre... il faut bien se concentrer, tout examiner calmement, ce n'est peut-être rien... Mais c'est tout trouvé,
c'est cela, ça crève les yeux : la poignée, l'affreuse poignée
en nickel, l'horrible plaque de propreté en métal
blanc... c'est de là que tout provient, c'est cela qui
démolit tout, qui donne à tout cet air vulgaire — une
vraie porte de lavabos... Mais comment ont-ils pu ?...
mais c'est sa faute aussi, à elle, quelle folie d'être
partie, de les avoir laissés, elle n'a que ce qu'elle

mérite, aucune leçon ne peut lui servir, elle savait bien pourtant qu'on ne peut pas les laisser seuls un instant, il faut être constamment derrière eux, surveiller chaque geste qu'ils font, une seconde d'inattention et c'est le désastre. Seulement voilà, on est toujours trop délicat, elle a si peur de les troubler... on se figure que ça les empêche de bien travailler, qu'on soit là toujours sur leur dos... cette confiance absurde, ce crédit qu'elle fait aux gens... de la paresse, au fond, de la lâcheté, elle aime tant flâner, rêvasser, et que les choses se fassent toutes seules, que ça lui tombe tout cuit... Maintenant le bois est entamé, les grosses vis de l'horrible plaque de propreté s'enfoncent dans la chair du bois, elles vont laisser des traces... Et c'était si facile, ce matin, quand ils sont venus, de prévenir cela, ce malheur... il fallait discuter à l'avance chaque détail, mais aussi comment y penser, mais la plus riche imagination ne peut pas vous permettre de prévoir ce qu'ils sont capables de fabriquer... des abrutis, des brutes, pas un atome d'initiative, d'intérêt pour ce qu'ils font, pas la moindre trace de goût... du goût! il en est bien question, c'est la dernière chose dont il faut leur parler, ils sont incapables de distinguer le beau du laid... mieux que ça, ils aiment la laideur... plus c'est vulgaire, hideux, plus ils sont contents... Ils l'ont fait exprès. Il y a une volonté hostile et froide, une malveillance sournoise dans ce désordre, dans ce silence... Si seulement ils pouvaient revenir, si elle savait où ils étaient... ils doivent être en train de boire, de rire, accoudés au comptoir du bistrot, de se raconter de bonnes histoires... elle a envie de courir les chercher, elle voudrait quand même leur expliquer, il y a peut-être moyen de les convaincre, de les toucher, il est peut-être encore possible de réparer...

On sonne... c'est à la porte de la cuisine... Le

voyageur égaré dans le désert qui perçoit une lumière, un bruit de pas, éprouve cette joie mêlée d'appréhension qui monte en elle tandis qu'elle court, ouvre la porte... « Ah! c'est vous enfin, vous voilà, je croyais que vous ne reviendriez jamais... Vous savez que ça ne va pas du tout... » Elle sait qu'il vaudrait peut-être mieux être prudente... une maniaque, une vieille enfant gâtée, insupportable, elle sait bien que c'est ce qu'elle est pour eux, mais elle n'a pas la force de se dominer, et puis elle sent qu'il est préférable au contraire de forcer encore grotesquement les traits de cette caricature d'elle-même qu'elle voit en eux, de se moquer un peu d'elle-même avec eux pour les amadouer, les désarmer... elle prend un ton infantile, pleurnicheur... « J'en suis malade, vous savez... C'est une catastrophe, un vrai désastre... » Ils déboutonnent sans se presser leurs vestes de cuir, ils frottent leurs mains engourdies par le froid, ils ont cet air imperturbable, ces gestes lents, ce calme professionnel du médecin, tandis que la famille anxieuse attend... elle a envie de les pousser, de les tirer par la main... « Venez voir... mais c'est affreux... ça gâche tout... regardez l'allure que ça a là-dessus, cette poignée de porte et cette plaque de propreté... » Leur visage est impassible, fermé : « Eh bien, qu'est-ce qu'elles ont ? C'est celles qu'on nous a fournies. On a suivi les ordres du patron... »

Les ordres, c'est tout ce qu'ils comprennent... des automates, des machines aveugles, insensibles, saccageant, détruisant tout... Des ordres — c'est tout ce qu'ils connaissent. Avec des ordres on leur fait faire n'importe quoi, brûler des cathédrales, des livres, faire sauter le Parthénon... inutile d'essayer de les émouvoir, de les humaniser... mais elle ne se sent pas la force de renoncer... « Mais vous auriez bien pu voir qu'elles n'allaient pas, vous auriez pu attendre... »

Elle a envie de pleurer de rage, d'impuissance...
« Tout est gâché maintenant, ça ne valait pas la
peine de changer, c'était encore mieux avant, c'est
affreux... » Ils restent là, les bras ballants, l'œil
vide... « C'est bien la première fois qu'on a des récla-
mations... On pose ces poignées-là partout, personne
ne nous a fait de réflexions... C'est le modèle courant,
les clients ne se plaignent jamais... » L'un d'eux
s'adresse à l'autre... « C'est pourtant bien les mêmes,
hein, qu'on vient de poser à l'ambassade du Brésil? »
L'autre hausse les épaules... « Bien sûr que oui.
On met ça partout. » Elle perçoit dans sa propre
voix une amertume enfantine où perce pourtant une
pointe d'hésitation, presque d'espoir... « Des poignées comme celles-ci dans une ambassade... ça je
vous crois... Peut-être sur les portes des cuisines,
des salles de bains... — Mais non... partout... dans
les chambres... dans les pièces de réception... Ils
ont voulu tout changer, mettre du moderne partout... »

Ils ne connaissent pas la puissance de l'engin qu'ils
sont en train de manipuler, et cette ignorance, cette
inconscience donne à leurs gestes, comme à ceux des
lunatiques, tant d'adresse, de sûreté : ils le déposent
juste au bon endroit et il explose avec fracas, tout
vole en éclats, les vieilles portes ovales et les cou-
vents, les vieux châteaux, les boiseries, dorures, mou-
lures, amours, couronnes, cornes d'abondance, lustres,
lambris, tentures de velours, brocarts, rondeurs
dorées des meules luisant au soleil, blé en herbe
couché sous le vent, tout ce monde douillet et chaud
où elle se tenait calfeutrée, et sur ces ruines fu-
mantes qu'ils foulent aux pieds les vainqueurs s'avancent...

Ils installent un ordre nouveau, une nouvelle
civilisation, tandis qu'elle erre misérablement au

milieu des décombres, recherche de vieux débris.

Dans leurs palais clairs aux belles lignes droites, aux larges baies vitrées, une lumière tamisée venant on ne sait d'où, comme la lumière du jour, joue avec discrétion sur les vastes surfaces unies. Tout est sobre, calme, grave et pur, rien de douteux, de faux, rien d'inutile, de prétentieux, n'arrête le regard... Là-bas, les portes disparaissent, elles se confondent avec les murs; les meubles en métal, les minces ailerons des poignées ont les reflets joyeux et jeunes des ailes d'avion, les grands rideaux de voile blanc ont l'épaisseur légère des fumées que les avions tracent dans le ciel... « Cette poignée, après tout, je ne sais pas... elle n'est pas si laide, après tout... mais alors, vous ne croyez pas... il y a quelque chose d'humble, de quémandeur dans sa voix... alors il faudrait repeindre la porte... qu'elle se confonde avec le mur... Ce bois apparent, comme ça, après tout, moi je ne sais pas... » Ils la regardent d'un air surpris : « Repeindre la porte ? Une belle porte en chêne massif comme celle-ci... Non, ça alors, ce serait dommage... ça ne valait vraiment pas le coup, dans ce cas-là... Mais ça ne fait pourtant pas laid... c'est une idée que vous vous faites, allez, c'est une question d'habitude, vous vous y ferez, vous verrez... c'est très bien, c'est joli... il n'y a qu'à tout laisser comme ça... » Ce ton protecteur qu'ils prennent, ces airs familiers... les voilà déjà qui s'installent en vainqueurs, en prennent à leur aise, la soldatesque avinée, les soudards lui tapotent la joue, lui pincent le menton... Voilà qui est mieux, on va donc devenir un peu plus souple, hein, ma belle, ça commence à venir, on commence à entendre raison... Allez, vous vous y ferez... C'est bien fait. C'est sa punition pour tant de lâcheté. Comment a-t-elle pu tomber assez bas pour aller se mettre à leur merci, accepter leur loi, leur demander aide, protection, offrir sa collaboration à ces brutes ignares qui ravagent, défigurent tout le pays, qui saccagent les œuvres d'art, abattent les tendres vieilles demeures et dressent à leur place ces blocs en ciment, ces cubes hideux, sans vie, où dans le désespoir glacé, sépulcral, qui filtre des éclairages indirects, des tubes de néon, flottent de sinistres objets de cabinets de dentiste, de salles d'opération... Elle se redresse, elle ramasse ses forces, seule survivante d'un monde écroulé, seule au milieu d'étrangers, d'ennemis, elle croise les bras, elle les regarde : « Non, eh bien décidément ça ne va pas... Je n'en veux à aucun prix. Il faut enlever ça. Dites à votre patron qu'il aurait dû y penser. On ne met pas sur une porte en chêne des horreurs comme celle-là... Il faut quelque chose d'ancien... en vieux cuivre... D'ailleurs je lui téléphonerai... » Libre à toi, ma belle, on ne te force pas, ce qu'on en disait, c'était pour toi, nous, hein?... peu nous en chaut... Ils ramassent leurs outils en silence, ils ne lui jettent plus un regard, mais se parlent entre eux comme si elle n'était pas là : « Alors, qu'est-ce qu'on fait pour cette poignée? On la remporte? Il vaut peut-être mieux la laisser en attendant... » Une fureur d'enfant qu'on abandonne seul dans sa chambre la saisit, elle a envie de crier, de taper des pieds... « Mais bien sûr qu'il faut la laisser, cette poignée, vous me mettez n'importe quoi et après vous voulez me laisser avec une porte qui ne ferme pas. J'aime encore mieux ça en attendant... Seulement j'espère que je ne vais pas attendre six mois comme pour la pose des appliques du salon... » Ils soulèvent leur boîte à outils, passent la courroie à leur épaule, haussent l'épaule pour rajuster la courroie... « Ah, pour ça, il faut d'abord trouver une poignée comme vous voulez... Il faudra vous entendre avec le patron.

Nous, ça ne nous regarde pas, ce n'est pas notre rayon... »

Le déclic léger de la gâchette, le claquement bref de la porte de la cuisine, le bruit décroissant de leurs semelles sur les marches en ciment de l'escalier résonnent comme une menace sournoise; ce sont les signes avant-coureurs du grand silence de la solitude, de l'abandon... Elle est livrée à elle-même. Oubliée sur le terrain dévasté... Il y a de la sciure partout... Des éclats de bois, des vis rouillées jonchent le parquet, les meubles poussés en tous sens ont des poses saugrenues, et la porte a un air étrange, un air déplacé... du replâtrage, une pièce rapportée... un air de camelote prétentieuse au milieu de ces murs minces d'appartements construits en série... Mais pas d'affolement surtout, il faut ramasser ses forces pour calmer cette sensation de vide, de froid, bien regarder... il n'y a pas de doute, c'est évident, c'est bien cette poignée hideuse, cette poignée de bistrot, de lavabos, qui donne à la porte, à tout autour cet air faux, tocard... Elle fait un grand effort, elle capte, elle tire... et à la place du mince tube creux en métal blanc, imitant misérablement une sorte d'aileron, vient se poser une lourde poignée de vieux cuivre adorablement patiné, une vieille poignée de château : elle s'incurve doucement et son bout, délicatement relevé, s'enfle en une petite boule dont les reflets soyeux font jouer la moirure du bois et l'or d'une plaque de cuivre ouvragé, aux arabesques élégantes... Mais non, rien, ici, pas de plaque du tout, juste le bois... mais ils ont creusé des trous, leurs vrilles ont creusé la chair tendre du chêne... ils ont tout gâché, exprès, tout détruit. Pourquoi tricher ? Tout est perdu. Tous ces efforts pour rien... Ces espoirs... cette lutte... Pour arriver à quoi ? Dans l'attente de quoi? Pour qui, après tout? Personne ne vient la voir pendant des semaines, des mois...

Elle est maintenant tout à coup dans une grande pièce sombre au plafond enfumé — elle la reconnaît : c'est cette grande pièce dans une vieille maison délabrée, qu'elle a revue ainsi déjà, dans des moments pareils de détresse, de désarroi — c'est le cabinet de travail de son vieil oncle. Des journaux sont entassés en piles sur les parquets, il y a des livres partout, sur les meubles, sur les lits, les tentures sont fanées, usées, la soie des fauteuils s'effiloche, le cuir du vieux divan porte des traces des griffes des chats, les coins des tapis tachés sont rognés par les dents des jeunes chiens, et elle, parmi tout cela, éprouve une sensation étrange... de bien-être, c'est bien ça : parmi les objets matés, soumis, tenus à distance, auxquels depuis longtemps personne n'accorde un regard, qu'un coup d'œil distrait effleure, les gens ont l'air de se mouvoir avec des gestes plus légers, elle-même se sent délestée, délivrée, il lui semble qu'elle flotte délicieusement, offerte à toutes les brises, soulevée par tous les vents... elle est portée, mais où?... elle a un peu peur... Elle ne peut pas... le cœur va lui manquer... non, pour elle c'est impossible... Elle ne peut pas supporter le désordre, la saleté, ça la fatigue, ça lui donne le tournis... la sciure, là, au moins il faut qu'elle ramasse cela, qu'elle balaie... Mais tout à coup le sol devient ferme, immobile, le vertige a disparu, elle reprend pied... là... sur la plinthe, cette tache, la trace de leurs mains, et à côté, mais il y en a partout sur le mur, ils ont fait des taches partout, et là, en bas, le long du parquet, ces traînées noires, ce sont les traces des coups qu'ils ont donnés dans la peinture encore fraîche avec le bout de leurs gros souliers... c'est impossible d'effacer ça, c'est incrusté dans le grain très fin... il faudra faire des raccords... mais comment retrouver le ton ? il faudra repeindre les murs... Il faut essayer tout de suite, mais attention, tout le grain, le velouté va partir au plus léger frottement, on verra des taches claires, comme cette fois-là, quand elle s'était impatientée stupidement... ne pas perdre la tête surtout... ne pas se presser... une cuvette très propre... celle-ci, là, dans le buffet... de l'eau chaude, un chiffon très fin, ce mouchoir de batiste, quoi de mieux, il n'y a pas un instant à perdre, s'il s'abîme on le jettera, aucun sacrifice n'est assez grand, il faut réussir à tout prix... là... ne pas frotter... appuyer doucement... l'eau savonneuse imprègne lentement... Elle attend... elle soulève le mouchoir mouillé... miracle... ça s'est effacé, la tache a disparu... la différence de ton, mais ce n'est rien, il faut laisser sécher... Maintenant, doucement pour le reste, tapoter légèrement, laisser sécher... on s'affole toujours pour un rien... c'est comme la porte, aussi, ce sont les nerfs, elle sera très bien, les trous minuscules seront parfaitement bouchés avec un peu de mastic, une couche d'encaustique teintée par là-dessus et, même à la loupe, personne n'y verra rien.

2

« Oh, il faut qu'il vous raconte ça, c'est trop drôle...
Elles sont impayables, les histoires de sa tante... La
dernière vaut son poids d'or... Si, racontez-leur, c'est
la meilleure, celle des poignées de porte, quand elle a
fait pleurer son décorateur... vous racontez si bien...
Vous m'avez tant fait rire, l'autre jour... Si...
racontez... »

Cette façon brutale qu'elle a de vous saisir par la
peau du cou et de vous jeter là, au milieu de la piste,
en spectacle aux gens... Ce manque de délicatesse chez
elle, cette insensibilité... Mais c'est sa faute, à lui
aussi, il le sait. C'est toujours ce besoin qu'il a de se
faire approuver, cajoler... Que ne leur donnerait-il pas
pour qu'ils s'amusent un peu, pour qu'ils soient
contents, pour qu'ils lui soient reconnaissants... Ses
propres père et mère, il les leur livrerait... Mais lui-
même, combien de fois il s'est exhibé, s'est décrit
dans des poses ridicules, dans des situations grotesques... accumulant les détails honteux pour les faire
rire un peu, pour rire un peu avec eux, tout heureux
de se sentir parmi eux, proche d'eux, à l'écart de lui-
même et tout collé à eux, adhérant à eux si étroite-
ment, si fondu avec eux qu'il se regardait lui-même
avec leurs yeux... C'est lui, cette fois encore, qui est

venu, de lui-même, offrir... il ne peut y résister...
« Oh, écoutez, il faut que je vous raconte, c'est à
mourir de rire... ma tante, quel numéro, ah! quelle
famille vous pouvez le dire... On est vraiment tous un
peu cinglés... » C'est un peu tard maintenant pour se
rebiffer, pour faire les dégoûtés, comme on fait son
lit on se couche... ils sont là tous en cercle, ils attendent,
on compte sur son numéro. Il voit déjà dans leurs yeux
cette petite lueur excitée, il sent qu'ils font d'à peine
perceptibles mouvements en eux-mêmes pour faire
place nette, pour se disposer plus confortablement.

Mais quel air renfrogné tout à coup, quelle moue
dégoûtée... Quelle mouche le pique?... Ce petit ton
sec qu'il prend pour refuser, ce regard moqueur... Il
est plus accommodant d'ordinaire, moins timoré...
Mais on ne sait jamais avec lui... Il suffit qu'il sente
qu'elle en a très envie... Ou bien c'est un manque subit
de confiance en soi, un accès de sauvagerie, de paresse...
Que les gens sont donc compliqués, difficiles, elle ne
comprend pas ça... il a besoin d'être secoué ...« Allons,
ne soyez pas ridicule, ne vous faites pas prier...
Vous nous faites languir... allons, soyez gentil... racontez... »

Qu'elle laisse donc ce garçon tranquille. Il a raison,
ce petit... C'est inouï, cette insensibilité, cette gros-
sièreté... depuis trente-cinq ans qu'ils sont mariés, elle
le fait rougir comme au premier jour quand elle fonce
à l'aveugle, tête baissée, tarahuste les gens, piétine
lourdement, met les pieds dans tous les plats, fait toutes
les gaffes... Maintenant il n'y a rien à faire, elle ne
lâchera pas ce pauvre garçon. Elle voit bien qu'il
rechigne, qu'elle le blesse, ou qu'il est mal luné, mais

21

elle s'en moque... C'est sa façon de se payer la tête des gens, de prendre sur eux Dieu sait quelle revanche... Elle est plus lucide qu'elle ne paraît, elle sait très bien ce qu'elle fait... Ou bien elle n'en sait rien, mais cela l'amuse, voilà tout : je fais ce qu'il me plaît, c'est mon bon plaisir, qu'est-ce que c'est que ces délicatesses, ces complications? Peu lui importe... Maintenant elle a décidé que c'est le moment de leur servir ces racontars idiots... des ragots... aucun intérêt, pas un mot de vrai dans tout ça, comme toujours... Le petit ne se laisse que trop faire d'habitude... C'est écœurant de le voir se pavaner devant des imbéciles, chercher à se faire admirer, s'exciter sur des histoires de bonnes femmes... pour une fois qu'il réagit comme il faut, qu'il tient bon... « Mais laisse-le donc tranquille, voyons, tu vois bien que ça l'ennuie. Et puis quel intérêt ça présente, ces histoires? C'est une vieille maniaque, voilà tout. »

C'est cela, il le sent maintenant, qui le paralyse, l'empêche de se lancer, cette masse lourde près de lui, une énorme poche enflée, tendue à craquer, qui pèse sur lui, qui appuie... S'il bouge, elle va crever, s'ouvrir... des racontars idiots, des cancans, des mensonges... des papotages grossiers... des bonnes femmes... et lui, la pire, paradant, voulant briller, une vraie petite putain... on s'avilit à leur contact, ils vous donnent l'impression de manger du foin... ça va déferler sur lui, l'étouffer, lui emplir la bouche, le nez, d'un liquide âcre, brûlant, nauséabond...

Mais elle n'a pas peur. Oh non, elle n'a pas peur de ses explosions de fureur, de mépris, il ne réussira jamais à la brimer... voilà trente-cinq ans qu'il essaie...

Dès qu'elle ouvre la bouche, elle sent comme il tremble... que vont-ils penser ? est-ce bête ? n'est-ce pas un peu vulgaire ? immoral ? grossier ? quelqu'un n'a-t-il pas été froissé ?... il la rabroue aussitôt, l'écrase. Au début, quand elle était jeune, elle en devenait toute timide, ça lui donnait des complexes... Heureusement qu'elle est d'attaque, elle a tenu le coup, il a eu affaire à forte partie... Il peut trembler tant qu'il voudra il ne l'empêchera pas de faire ce qu'il lui plaît, de mener la conversation comme elle l'entend. Elle se moque de ce que pensent les gens, elle n'a pas besoin d'être aimée, elle, elle n'a pas peur de froisser leur susceptibilité. S'ils sont écorchés vifs, tant pis pour eux. D'ailleurs c'est des idées qu'il se fait, tout ça, des manies, elle ne vexe jamais personne... C'est de danser ainsi sur la pointe des pieds devant les gens qui les rend sensibles, méfiants... il faut les prendre simplement, ils vous en savent gré... Ils l'aiment bien, elle le sait, ils lui pardonnent tout... quelques incartades... Ils savent qu'elle est sans malice, franche comme l'or, bonne comme le pain... Avec lui... mais si elle se laissait faire, on mourrait d'ennui. Jamais rien d'excitant, toujours des sujets sérieux, les finances, la politique... Et surtout, il faut que ce soit lui la vedette, qu'il parle, qu'il fasse la roue, sinon il n'écoute pas, tout le dégoûte, les gens sont stupides, assommants... Elle ne le laissera pas maintenant brimer ce petit... Personne n'a jamais le droit de dire un mot. Il n'y en a que pour lui... « Oh, je t'en prie, laisse-nous rire un peu, on ne peut pas toujours être sérieux... Quand tu es là, personne n'ose parler, tout t'ennuie, il n'y en a que pour toi...»

La poche énorme, qui appuyait si fort, qui l'empêchait de bouger est crevée ; elle l'a transpercée d'un de ces coups rapides et bien assénés comme ils savent

en donner, les innocents, les inconscients, les instinc-
tifs, ceux qui ne réfléchissent pas, n'hésitent jamais, et
ce que la poche contenait n'est pas si terrifiant, si
répugnant... un peu d'exaspération de vieil homme
égoïste et vaniteux, de vieil enfant jaloux, meurtri
sans doute Dieu sait quand, par Dieu sait quels
déboires... On dirait qu'il s'est affaissé tout d'un coup,
vidé, il pousse un soupir résigné, il détourne les yeux
comme un chien peureux, il se replie sur lui-même,
se renfrogne... Mais pas d'attendrissement surtout, dès
qu'on se laisse faire, on devient sa proie. Elle a raison,
il vous empêche de respirer, il vous étouffe — un
éteignoir... Ces façons grossières qu'il a de vous
rabrouer... rien que de se le rappeler, ça donne chaud...
chaque fois qu'on s'excite un peu autour de lui —
ce haussement d'épaules impatient... « Eh bien, qu'est-
ce qui vous épate ? En voilà une découverte... Tout
le monde le sait depuis longtemps. On s'extasiait
là-dessus il y a vingt ans... » Pas la moindre flaque
d'eau fraîche où s'ébrouer un peu au soleil, se rengorger, lisser ses plumes... Elle a raison, on ne doit
pas se laisser intimider, il ne se laissera plus faire,
il n'a pas peur... le cercle des amis l'encourage, lui
sourit, allons, un bon mouvement... il s'éclaircit la
voix, il toussote... Mauvais quand on est tarabusté
ainsi au départ, tiraillé de tous côtés, annoncé avec
emphase... Il faut que les choses se fassent tout naturellement, sans qu'on y pense, s'insinuant d'abord
doucement, puis s'enflant petit à petit, mais ici on
a fait place nette devant elles, l'espace dégagé pour
les recevoir est trop grand, elles vont flotter là-
dedans, ridiculement chétives, à peine visibles... mais il
est trop tard, l'espace ouvert devant lui le tire, l'aspire,
il se sent poussé par-derrière, il s'élance, il part du
mauvais pied, il sent combien son ton est faux,
emprunté... « Eh bien voilà, ça n'a rien de si drôle...

24

Je ne sais pas pourquoi vous trouvez ça si amusant...
C'est toujours les manies de ma tante... ses histoires
de décoration d'appartement... Les derniers temps ça
a pris des proportions... Elle m'a appelé au milieu
de la nuit... Je lisais, je m'apprêtais à aller me coucher,
j'entends sonner le téléphone... je regarde ma montre :
onze heures... Gisèle dormait. J'ai cru qu'il était
arrivé un malheur... C'était ma tante... Elle avait
une toute petite voix : Allô... je t'ai réveillé? Excuse-
moi, je suis désolée... Vous pensez si elle s'en moque,
je la connais... ce n'est pas la première fois... elle
remue ciel et terre quand ça la prend... Elle vous
passerait sur le corps... Écoute, voilà... j'ai un ennui...
je peux te parler? tu n'es pas trop endormi? Tu te
rappelles, je t'avais dit que je voulais faire une porte
arrondie entre l'office et la salle à manger? Tu avais
désapprouvé... Eh bien, j'aurais dû t'écouter, je n'aurais jamais dû changer... mais enfin ce qui est fait est
fait, je ne vais pas tout chambouler de nouveau, je
la garde... Mais tu ne peux pas t'imaginer ce qu'ils
ont fabriqué, figure-toi qu'ils ont été mettre sur cette
porte en chêne massif une plaque de propreté et une
poignée de porte en chromé... C'est ton Renouvier
(un type très bien que j'avais eu le malheur de lui
recommander)... c'est un crétin, un propre à rien
qui ne sait pas faire son métier... j'ai arraché tout
ça... mais viens, je t'en supplie, je ne peux pas t'expliquer comme ça... non, pas demain matin... saute
dans un taxi et viens... J'ai été folle de t'avoir écouté,
d'avoir pris ce Renouvier, tout est gâché maintenant.
Eh bien, vous me croirez si vous voulez, j'y suis
allé... à onze heures du soir... Je la connais. De
toute manière, j'étais perdu, elle m'aurait réveillé à
six heures du matin... elle aurait passé la nuit entière
à marcher de long en large devant sa porte comme
une bête en cage... J'ai vu tout de suite en arrivant

que ça allait très mal. Elle avait un air hagard.
Et tout autour était dans ce qui pour elle est un
désordre terrible : une boîte d'encaustique ouverte
sur la table, des flacons, des chiffons, des bouteilles
par terre... Elle m'a ouvert, un chiffon à la main :
Viens voir, c'est inouï ce qu'ils ont fabriqué, ton
Renouvier est un vaurien... Regarde la porte... J'ai
vu une affreuse porte neuve comme on en voit partout, le genre décoration et prétentieux, qui venait là
on ne sait pas pourquoi... Une idée folle qu'elle avait
eue tout à coup... Mais je n'ai rien dit, c'était trop
tard, ce n'était plus de ça qu'il s'agissait... La plaque
de propreté avait été enlevée et cela avait laissé dans
le bois des trous, des traces minuscules qu'on avait
rebouchées au mastic et qu'elle s'acharnait à frotter,
à peindre... Elle pleurait presque, elle me suppliait :
Regarde... Dis-moi la vérité, moi je n'en sais plus
rien, je ne vois plus que ça... On apercevait des
traces de trous... Si elle ne m'avait rien dit, je n'aurais
rien remarqué, mais maintenant qu'elle me le disait...
Évidemment, c'était désolant, mais il n'y avait pas de
doute, je les voyais. Un démon devait me pousser,
je n'ai pas pu m'empêcher de lui dire : Oh, si on
n'y pense pas, on ne voit pas grand-chose, mais maintenant que vous me le dites, je vois bien les endroits
rebouchés... Mais si petits... il faut le savoir... Mais
c'était ça, justement, ce petit défaut, ce minuscule
accroc, cette petite verrue sur la face de la perfection... Elle ne pouvait pas affronter cela, il fallait le
réduire, le détruire, frotter... Elle se reculait... Et par
moments, sous certains éclairages, si on se plaçait à
certains endroits, on ne voyait plus rien, et puis ça
reparaissait, elle ne voyait plus que ça... la porte, la
chambre s'effaçaient, les petits ronds étaient là,
l'œil les devinait, les faisait surgir à intervalles régu-
liers, les comptait... un supplice... » Il entend leurs

rires, de doux gloussements, des roucoulements de
colombe, une caresse, un encouragement, un remercie-
ment... Ils se laissent conduire, ils s'abandonnent fra-
ternellement, et il se sent s'épanouir, il a envie de
s'ébrouer... « Mais vous savez qu'il y a deux ans ça
l'avait prise pour moins que ça... Elle avait vu qu'un
bout de bois avait été arraché au montant de son lit
poussé contre le mur... eh bien, il a fallu assortir,
reboucher... et ça se voyait... ça ne se voyait pas...
elle écartait le lit à tout moment. A la fin, elle s'est
décidée à changer tout le montant. »

Mais c'est trop ; trop de liberté, trop d'insouciance...
la poche auprès de lui se remet à enfler... il voit
cette épaule qui se hausse, cet œil qui regarde
fixement devant soi ; les pouces des deux mains croisées
sur le ventre qui pointe en avant tournent l'un autour
de l'autre furieusement ; il perçoit tout près de lui ce
sifflement que fait le serpent au moment de vider
sa poche de venin... assez de ces stupidités... tout est
inventé d'ailleurs... manger du foin... aucun intérêt...
Et la poche se vide, ça y est, le jet de liquide âcre
se répand... « Eh bien quoi ? Qu'est-ce que vous avez
à vous exciter ? C'est une maniaque, voilà tout... »
Une maniaque. Voilà tout... La forêt luxuriante où il
les conduisait, la forêt vierge où ils avançaient, étonnés, vers il ne sait quelles étranges contrées, quelles
faunes inconnues, quels rites secrets, va se changer en
un instant en une route sillonnée d'autos, bordée de
postes d'essence, de poteaux indicateurs et de pan-
neaux-réclame... Ne l'écoutez pas, avançons... Faites-
moi confiance, suivez-moi... mon panache blanc...
n'hésitez pas, vous serez récompensés, en avant... Il a
un air sérieux tout à coup, il ne rit plus, le moment
est grave... « Ça paraît stupide, tout ça, c'est vrai...

27

grotesque... mais tout de même c'est curieux, quand on y réfléchit... Voilà une femme qui a connu les vraies souffrances... la mort de gens qu'elle aimait, de son mari... Elle sait que sa mort est proche, elle m'a dit qu'elle sentait que ses forces baissent, qu'elle vieillit, et puis voilà : toute l'angoisse ramassée en elle se fixe là, sur cet éclat, ces trous dans le bois, tout est là, concentré en un seul point — c'est un paratonnerre, au fond... Moi-même, j'avoue, au bout d'un moment je frottais, repeignais, rabotais avec acharnement, je luttais contre quelque chose de menaçant, pour rétablir une sorte d'harmonie... C'était tout un univers en petit, là, devant nous... Et nous, essayant de maîtriser quelque chose de très fort, d'indestructible, d'intolérable... »

Ce rire-là, sur ses arrières, il le reconnaît : rien de commun avec les roucoulements heureux, les tendres gloussements... un rire lourd qui se vautre, un gras rire épais qui se roule partout, puis tout à coup s'enfonce dans la gorge, disparaît presque, réduit à une sorte de chuintement, chemine longtemps quelque part en dessous — et personne ne bouge, on attend — et puis reparaît, enroué, grinçant, long... il vous écorche...

Celle qui rit, il n'a pas besoin de la regarder, il la connaît... Il aurait dû le prévoir — mais il l'avait prévu, il le savait — le moment était mal choisi, l'ambiance n'était pas bonne, l'assistance composée d'éléments disparates, souvent hostiles, de ceux qu'on ne peut jamais séduire, gagner... Maintenant il est à leur merci, il s'est livré à eux... il a payé de sa personne pour essayer de les entraîner avec lui... là-bas, des merveilles inconnues peut-être les attendaient... il sait faire surgir des mirages : de hautes cités, des ciels allaient peut-être se refléter dans une mince flaque d'eau sale... il a ce pouvoir... Il s'est donné sans honte, sans lésiner, il a cru qu'il pouvait risquer de s'en remettre à eux... Mais avec celle-ci, là il n'y a rien à faire. Vous pouvez vous livrer à elle, vous donner à elle tout entier, en comptant sur sa générosité (ce n'est pas possible qu'elle puisse en profiter — ce serait trop facile — pour vous faire mal, abuser de la situation)... Vous pouvez vous ouvrir le ventre devant elle, toutes vos tripes dehors, vous n'éveillerez pas sa compassion. Combien de fois, devant cet air qu'elle a quand elle observe les gens, confortablement installée à l'écart, un air sûr de soi, satisfait, borné, il s'est senti poussé à jeter bas toutes ses armes, à aller vers elle... « Voyez comme je suis fait, je suis stupide, je réagis d'une façon ridicule, mais je ne parviens pas à croire à une différence fondamentale entre les gens... Je crois toujours — c'est peut-être idiot — que quelque part, plus loin, tout le monde est pareil, tout le monde se ressemble... Alors je n'ose pas juger... Je me sens aussitôt comme eux, dès que j'ôte ma carapace, le petit vernis... Pas vous ? Vous ne trouvez pas ?... » Elle ne pourra pas refuser, le simple respect humain, la décence, l'honnêteté l'obligeront à se mettre à l'unisson, à hocher la tête d'un air de vague compréhension : toute sincérité mérite un peu d'attention, une petite gratification, il faut bien, quand quelqu'un se livre ainsi à vous... Mais non, aussitôt, devant ce corps dénudé, tout pâle et tremblant dans la lumière crue, le lourd rire gras jaillit, elle se rejette en arrière pour mieux voir, elle renverse la tête, le rire s'étrangle dans sa gorge en un interminable chuintement, un long sifflement avant l'énorme explosion finale... « Ha, ha, ha, quel rigolo vous êtes... Quel drôle de numéro... Oh, non, moi, je vous garantis que je ne suis pas comme vous, je ne mets pas tout le monde dans le même panier... » Ils sont drôles... Quels numéros... Elle se tord de rire en voyant les pauvres dos courbés tandis qu'ils frottent, s'écartent, s'accroupissent pour mieux voir les traces de trous... Des cinglés, des drôles de pantins...

Mais au nom du ciel, ne vous laissez pas impressionner, ne l'écoutez pas. Le but est proche, vous serez récompensés, il faut se donner un peu, allons... tout le jeu consiste en cela... « Je vous assure, non mais vous riez, mais c'est vrai, je n'ai pas résisté non plus, je frottais, je cirais... » Allons, frottez avec nous, les trous disparaissent... là pourtant, quand on se place un peu à gauche, les voilà tous qui ressortent de nouveau... « Le beau chêne poli et moiré était criblé d'affreux petits cercles, on avait beau les camoufler, les recouvrir d'encaustique, frotter, impossible de les faire briller... » Il faut essayer de les teinter, ils sont trop noirs, grattons l'encaustique, recommençons, découpons des rondelles de bois pour reboucher les trous... mais les petits cercles autour se voient à l'œil nu, on a beau frotter...

Il n'y a rien à faire, il faut renoncer, il faut se résigner, s'arracher à cela, mais nous ne pouvons pas... Nous sommes tous enfermés ici avec elle, n'est-ce pas ? Nous sommes poussés le long d'un étroit et obscur couloir sans issue, nous allons piétiner sans fin, enfermés avec elle dans ce labyrinthe sombre et clos, tournant en rond...

Mais n'ayez pas peur... C'est un jeu, vous le savez bien... Aucun de nous ne risque rien. Le cœur se serre délicieusement, on a envie de crier, comme sur les montagnes russes quand le wagonnet descend, on rit... Nous sommes si forts. Un seul mouvement de notre part et le cachot va s'ouvrir, les traces de trous disparaîtront pour toujours, les murs vont s'écarter... Dehors un univers, notre univers à nous, divers, lumineux, aéré nous attend... Nous sommes si libres, si souples... Nous pouvons nous ébattre et jouer comme nous voulons. Nous pouvons plonger très loin, jusqu'au fond : nos poumons solides ont de bonnes provisions d'air pur... Un coup de reins et nous serons dehors... C'est cela que je vous offre, cette brève incursion, cette amusante excursion, cette excitante impression d'aventure, de danger, mais vous rebrousserez chemin quand vous voudrez... Dans un instant, si l'envie vous en prend, vous serez chez vous de nouveau, tandis qu'elle restera là pour toujours, dans ce trou qu'elle s'est creusé, trop faible pour s'évader, à piétiner, à tourner sans fin.

« Oh, écoutez, moi je vous comprends, j'aurais frotté avec elle, moi aussi, si j'en avais eu le temps. Pourquoi pas ? Moi si j'avais des loisirs et de l'argent, je passerais bien mon temps à astiquer des portes, à assortir des poignées. Si ça lui fait plaisir, à cette femme, à qui ça fait-il du tort ? C'est une manière comme une autre de s'occuper, de donner du travail aux gens... Ça ou autre chose, hein, après tout... »

Très forte. Elle est très forte, celle-ci aussi, avec son air idiot. Une imbécile, il se dit cela aussitôt pour se rassurer : c'est à cela qu'ils font allusion — à des phrases comme celle qu'elle vient de prononcer — les autres, quand ils disent qu'elle est stupide : « Madeleine est bête. » Lui, il n'a jamais très bien compris ce qu'ils veulent dire par là exactement. Mais ils doivent avoir raison : c'est cela, l'imbécillité. Elle ne voit pas plus loin que le bout de son nez. Elle est là, le nez sur les objets... pourquoi ne pas changer les poignées,

boucher les trous? Mais elle-même ne fait que ça
toute sa vie, surveillant tout autour d'elle de son œil
brillant et fixe de pie, récurant, ravaudant, calculant...
Aucun paratonnerre là-dedans — mais que vont-ils
chercher? — aucune angoisse, aucune mort en rac-
courci qu'il faille vaincre à tout prix, la mort elle-
même, elle peut la regarder de tout près, elle n'a pas
peur... « Ce pauvre homme, mon pauvre mari, c'est
de penser à ce qu'il était devenu là-bas, dans la terre,
qui me faisait le plus pitié... Déjà quand on a fait sa
toilette, je ne le reconnaissais plus. Lui qui aimait tant ses
aises, une veste n'importe comment, un vieux pantalon, il n'aimait que ça, les vieux vêtements... Eh bien,
croyez-vous qu'ils lui ont mis sa jaquette qu'il n'avait
jamais portée depuis vingt ans... Elle était deux fois
trop grande... Le pauvre petit avait fondu pendant sa
maladie, il avait l'air d'un pauvre poulet déplumé... »
Idiote : ils ont vite dit. Cet air qu'elle a, cet air impitoyable, un air de justicier, quand elle dit devant des
gens de son âge, qui se recroquevillent aussitôt peu-
reusement : « Que voulez-vous, hein, l'âge, ça compte,
n'est-ce pas? Mes forces baissent. C'est que je ne suis
plus une jeunesse... il ne faut pas oublier ça... » Elle
en a pris son parti depuis longtemps... vêtements
sombres, cheveux blancs, ruban de velours noir autour
du cou. Ses petits yeux durs ont fait depuis longtemps
le tour du propriétaire, l'inventaire... Elle possède
une liste détaillée, un état complet des lieux, elle sait
depuis longtemps à quoi s'en tenir. Et ce n'est pas
brillant, je vous en réponds. Mais il faut prendre les
choses comme elles sont. On n'y peut rien, allez. C'est
honteux, ces jeux infantiles, ces gestes d'autruche
apeurée. Qu'on frotte les taches, qu'on bouche les
trous — parfait. Ça ou autre chose, n'est-ce pas? Ça
vaut mieux en tout cas que le désordre, la saleté. Mais
les incursions dans les sombres domaines souterrains,

les contrastes exquis avec le monde chatoyant vers lequel on remonte d'un coup de reins, quelle littérature, tout ça... Allons, un peu de courage. N'attendez rien. Tout est pareil, dehors, dedans. On s'accommode comme on peut avec ce qu'on trouve sous la main. Et on regarde les choses bien en face, crânement.

Ils ont tous très bien compris. Très vite, sans avoir besoin de longues explications. On n'a pas encore découvert ce langage qui pourrait exprimer d'un seul coup ce qu'on perçoit en un clin d'œil : tout un être et ses myriades de petits mouvements surgis dans quelques mots, un rire, un geste. Tout le monde a un peu mal maintenant, la descente sur les montagnes russes a mal tourné, ils se sont cognés. Ils se sentent un peu ridicules, un peu gênés.

Mais pas celui-ci, heureusement, pas lui. Jamais. Il n'y a qu'à voir la petite flamme de veilleuse, rassurante, paisible au fond de son œil clair, et son sourire. Il ne s'est pas fait mal, c'est évident. Il ne prend jamais part à ces excursions, il n'aime pas les montagnes russes et se tient bien tranquillement sur le sol solide sur lequel il a l'habitude de marcher, où il se sent en parfaite sécurité. Allons, ils le font sourire, qu'ils se relèvent maintenant, qu'ils époussettent leurs vêtements, remettent leurs chapeaux, allons, un peu de tenue... « Où habite-t-elle, au fait, votre tante ? A Passy ? Et c'est grand ? Elle a combien de pièces là-dedans ? » Et aussitôt on se sent mieux. On se retrouve d'un seul coup dans un lieu qu'il n'aurait jamais fallu quitter. Un lieu connu, confortable, protégé et clos, mais suffisamment spacieux pour qu'on puisse s'y mouvoir à son aise. Lumières tamisées, air conditionné, température égale exactement appropriée. Tout le monde se sent chez soi.

La maîtresse de maison, aussitôt reprend son rôle :
« Combien de pièces ? Mais cinq, figurez-vous, pour
elle toute seule. » La petite exhibition l'aurait amusée,
le tour de prestidigitation aurait pu être drôle, elle avait
cru que cela distrairait ses invités, mais puisque cela
a raté, tant pis... Qu'il descende maintenant, c'est
fini, crochet. C'est sa force — et il l'admire, malgré
tout, le pauvre prestidigitateur, debout, là, sur l'es-
trade, tenant toujours à la main son chapeau dont
aucune colombe ne s'est envolée — c'est sa force, à
elle, ces renonciations immédiates, ces prompts réta-
blissements. Elle agite la main : « Eh oui, cinq pièces
pour une femme seule quand il y a tant de jeunes
ménages qui vivent dans une mansarde ou chez leurs
beaux-parents. »

Mais qu'elle ne l'abandonne pas, pas encore, qu'elle
lui laisse courir sa chance... Qu'ils se retournent, le
tour n'est pas fini, qu'ils regardent encore, juste un
instant : « Cinq pièces et elle toute seule. Mais c'est
cela, justement, sa folie. Je voulais justement vous
raconter... C'est ça qui est drôle. Elle ne reçoit jamais
personne. Mais il lui faut ses deux salons, une grande
salle à manger, une chambre d'amis... C'est pour ça
qu'elle prépare tout, pour recevoir des gens. Il faut
que tout soit parfait, impeccable : il doit lui sembler que
leur œil est là, toujours, qui décèle la moindre erreur,
les imperfections, les fautes de goût... Le jugement des
gens lui fait si peur... Ce n'est jamais assez parfait.
Jamais tout à fait prêt... Elle ne tient à voir personne,
au fond : c'est de cette préparation, justement, qu'elle
a besoin. Ça lui suffit... »

Mais il n'y a rien à faire. C'est trop tard, le moment
est passé. Ils écoutent à peine ce qu'il dit, penchés
déjà les uns vers les autres ; ils se retournent à peine

pour lui jeter un coup d'œil agacé... qu'est-ce que c'est que ces considérations « profondes », ça les ennuie, où veut-il en venir avec tout ça? En bonne maîtresse de maison, elle se sent obligée de l'arrêter fermement, cette fois. Et puis, il commence à l'agacer, elle aussi : mauvais joueur, mal adapté, allons, maintenant ç'a assez duré, ça suffit, qu'il descende... Elle rit et agite un doigt... « Mais, dites-moi, c'est une idée fixe chez vous aussi, ça vous passionne... elle vous fascine, votre tante. Vous la comprenez trop bien. Vous avez de qui tenir, au fond... Je m'en étais toujours doutée... »

Il fallait s'y attendre, bien sûr. C'est sa juste rémunération. Cela ne pouvait pas manquer. Distants. Suffisants. Amusés, les invités se tournent vers lui. Ils rajustent leurs monocles. Ils prennent leurs faces-à-main : un drôle de numéro, ce garçon. Des histoires de cinglés.

Il sent qu'il n'est plus maître de sa voix. Chez lui aussi une énorme poche enflée se vide avec un sifflement, il est lui-même surpris par son propre ton, plein de violence retenue, de haine, par son ricanement : « Ah! vous venez de découvrir ça? Vraiment? Mais bien sûr que je lui ressemble. Nous nous ressemblons comme deux gouttes d'eau, vous ne vous en êtes jamais aperçue avant? Sinon je ne m'y intéresserais pas tant. Et vous, je ne vous ferais pas tant rire à certains moments... Je peux être si drôle, vous me forcez toujours à raconter. Ça ne vous intéresserait pas tant, vous non plus, si vous-même et nous tous ici, nous n'avions pas un petit quelque chose quelque part, bien caché, dans un recoin bien fermé... »

Ils se lèvent, cette fois, pour de bon. Scandale. Ce garçon est impossible. Indécent. Il outrepasse le droit des gens... « Mon Dieu, mais c'est affreux, on s'amuse tellement chez vous qu'on oublie l'heure... »

Bruits de chaises... et lui, renfrogné dans son coin, ignoré, déjà presque oublié... « C'était charmant. Alors à quand ? Mais à bientôt. Ne m'oubliez pas. On se téléphonera au début de la semaine prochaine. Je compte sur vous, alors, sûrement ? »

3

C'est trop fort, elle se sent rougir de nouveau. C'est vraiment un peu violent. Qu'est-ce qu'il aurait mérité. Mais elle n'a pas bronché, bien sûr... pas un mot. Elle a même souri en rosissant sans doute un peu : elle a senti, comme maintenant, dans ses joues une légère chaleur. C'est toujours la même chose, elle essuie les coups en souriant. Tout glisse sur elle, n'est-ce pas, ils doivent se dire cela, « elle a une peau d'éléphant »... Jamais un mot quand les autres, ainsi, sans préavis, passent à l'attaque... Elle a peur, c'est très simple au fond. Il lui fait toujours un peu peur. Depuis le premier moment, c'est toujours avec lui ce même malaise. On ne sait jamais sur quel pied danser, on ne sait jamais ce qui peut arriver, il est capable de n'importe quelle sortie devant les gens... Blême, tout à coup, haineux, mordant... Et elle aussitôt fait le dos rond. Lâche. Ce n'est rien d'autre chez elle que de la lâcheté, et il le sent... les lâches se flairent entre eux... Il sait qu'il peut y aller sans danger, il ne se gêne pas. De la lâcheté ? Mais c'est de la folie, voyons. Elle une lâche !... Personne comme elle n'est capable tout à coup de riposter très fort, de tout casser, elle n'a pas peur à ces moments-là, et les gens reculent chaque fois, étonnés.

Cette vendeuse au regard chargé de dédain, autrefois, chez le fourreur, dans la petite rue derrière la Madeleine, qui lui avait lancé le manteau dans les bras... ce geste insolent... ce ton... Elle s'était redressée brusquement... La pauvre fille n'en revenait pas, reculant, bouche bée, balbutiant des excuses... Et en elle aussitôt cette sensation d'un trop-plein de forces, cette excitation... une ivresse... Et l'autre, la grosse infirmière aux hanches énormes, répugnante... qui avait vraiment perdu la tête à force de gâteries, qui se croyait tout permis... Les gens abusent de sa bonté, de sa délicatesse, de ce sentiment d'égalité, de ces égards qu'elle a pour n'importe qui. Bonne. Trop bonne. Voilà ce que c'est. Mais il n'y a pas que cela. Il y a autre chose chez elle quand elle reste là étalée devant eux, immobile, offerte, essuyant les camouflets sans riposter. C'est une sorte de lenteur, de torpeur, un manque dans ses réflexes de souplesse, de vivacité... Elle est ainsi : lourde, lente. Elle se met en branle difficilement... Le ciel est bleu, il fait bon, la paix règne, on est entre amis, entre honnêtes gens, il y a des conventions que chacun respecte, on dit des riens, on se lance des petites pointes très légères pour s'émoustiller, pour se taquiner un peu, on rit... C'était pour le faire valoir auprès de ses amis qu'elle avait amené sur le tapis les petites manies de sa tante... il peut être désopilant quand il est dans un bon jour... Mais ça n'a pas bien marché, qu'est-ce que ça fait, on passe à autre chose et voilà tout, il a eu tort d'insister... elle a voulu l'arrêter, le taquiner un peu, c'était si anodin, un autre aurait pris ça en riant... mais lui... tout de suite cet air haineux, cette pâleur... ce ton sifflant, ces insinuations... Mais quoi? qu'est-ce qu'il a dit qui la fait rougir de nouveau, de gêne, de fureur? (c'est la rançon qu'elle doit payer, elle le sait, ces rougeurs à retardement, ces ratiocinations, c'est sa punition pour n'avoir pas riposté sur le coup, pour avoir tout ravalé), qu'est-ce qu'il a donc dit exactement qui lui donne tellement envie... si elle pouvait un jour le tenir, là, seuls tous les deux, il aurait son compte... mais qu'est-ce que c'était de si corrosif, de si brûlant, elle avait reculé en rougissant, ils avaient tous baissé les yeux... « Ah! vous venez de trouver ça, vous... » Oui, voilà ce que c'était : vous, vous avec votre misérable cervelle de bonne femme, non, vraiment, c'est trop drôle... vraiment on aura tout vu... la petite taupe fouineuse, elle a déterré cela et elle ose le lui montrer, elle prétend le connaître, lui apprendre quelque chose, à lui, elle croit qu'elle peut le surprendre, l'atteindre, le piquer, le faire rougir... voyez-vous ça. Quand c'est lui, lui seul qui voit, sait, juge. Lui, l'aigle, il a foncé sur elle et elle aussitôt dans son trou. Les ailes déployées, il planait...

Elle qui s'était imaginé qu'elle le poussait à petites tapes encourageantes, protectrices : allons, ne soyez pas si timide, voyons, exécutez-vous pour distraire nos invités, ne vous faites pas prier... alors que c'était lui qui les menait, il les conduisait d'une main ferme — meute de chiens en laisse — vers un but connu de lui seul... « Ça ne m'intéresserait pas tant si je n'étais pas ainsi » ... il se moquait bien de l'effet qu'il produisait, de ce qu'eux pouvaient penser ou ne pas penser, il y avait quelque chose là, en lui, qu'il voulait voir; il était comme ces gens qui vont faire leurs courses et vous emmènent avec eux pour que vous puissiez jouir de leur société pendant qu'ils vaquent à leurs affaires et que vous les suivez docilement, mous détritus ballottés au gré du courant.

Mais ce n'est rien. Tout cela n'est rien. Ce qui donne soif de vengeance, ce qui donne envie de courir, de le saisir par les épaules et de lui crier ses vérités, la vérité pas bonne à dire, très mauvaise à dire pour lui si on osait, si on n'avait pas honte de l'humilier, c'est d'avoir eu l'audace de la mettre dans le même bain, d'insinuer qu'elle aussi, comme cette famille de fous... « Et vous-même, si vous n'aviez pas ça dans un petit recoin bien caché... » Il a eu l'audace d'insinuer ça... Mais c'est parce qu'elle est trop bonne, trop généreuse, si délicate avec lui, le gâtant comme son enfant, faisant ses quatre volontés... mais on peut lui donner n'importe quoi, tout lui est dû, mais qu'on lui refuse si peu que ça, qu'on n'obéisse pas à ses moindres caprices... Il a suffi qu'une seule fois, une seule...

C'est extraordinaire comme elle pressent ces choses-là. C'est un émerveillement, chaque fois, de constater que tout ce qui devait arriver était là déjà dans l'œuf, elle l'avait senti sur le moment, elle savait que tout était là tout prêt, préfiguré, elle l'avait très bien senti, elle ne s'y trompe jamais, tout allait sortir de là et se dérouler, aussi étonnant pour un spectateur innocent que ces longs rouleaux de papier, de ruban qui n'en finissent pas de s'échapper du chapeau du prestidigitateur : tout ce qui s'est déjà produit, tout ce qui va venir maintenant est sorti de cette brève question : elle avait hésité à la poser, elle s'était détournée... attention, ne nous laissons pas tenter, n'y pensons plus, Dieu sait ce que ça pourra déclencher... Mais ses amis — comment s'en seraient-ils doutés ? comment des gens sains, normaux pouvaient-ils le penser ? — ses amis, dans leur simplicité, dans leur candeur, l'avaient poussée : « Vous regardez nos fauteuils neufs ? Ils sont jolis, n'est-ce pas ? C'est un tapissier qui travaille à la perfection... Il fournit les meilleurs cuirs... Un ancien ouvrier de chez Maple qui s'est établi à son compte...

C'est aussi bien fait que chez Maple... Inusable... Et bien moins cher... Vous devriez donner l'adresse à vos enfants, puisqu'ils sont en train de s'installer. Ça leur durera toute leur vie... » Et c'était vrai : c'était exactement ce qu'il leur fallait, ce qu'elle aurait voulu leur donner — solide, inusable, un cuir superbe. Elle avait passé la main sur l'accoudoir, elle avait tâté le coussin, souple, soyeux, le dossier d'une forme confortable et sobre, dans le meilleur goût anglais... Mais non, c'est inutile de demander l'adresse. Ce n'est pas pour nous, tout cela, pas pour nous autres, là-bas. Ici tout est solide comme ces fauteuils, tout est simple, net. Mais là-bas, chez les enfants... ombres, trous sombres, grouillements inquiétants, mous déroulements, vases dangereuses qui s'ouvrent, l'engloutissent... il suffit qu'elle y pose le pied, il suffit qu'elle dise un mot, donne un conseil, qu'elle prononce seulement le nom de ses amis et aussitôt cela ne manque pas : reculs silencieux, haussements d'épaules retenus, sourires ironiques à peine perceptibles, regards échangés... non... elle a trop peur... elle préfère se tenir à l'écart, éviter toute tentation, ne pas mettre son doigt dans l'engrenage, se détourner... Mais ses amis la tirent : « Non, mais regardez. C'est vraiment de première qualité. Et si on vous disait le prix... Non, mais dites un chiffre... » Elle hoche la tête, l'air appréciateur, étonné : « Ah! ça, en effet, c'est donné. »

Mais c'est ridicule, après tout, ces idées qu'elle se fait... De la nervosité — elle va balayer cela. C'est elle, c'est sa délicatesse excessive, ses accès de timidité avec eux, ce désir qui la prend tout d'un coup de leur plaire, ce besoin de se faire aimer d'eux, qui les rend ainsi... Ses amis le lui diraient sûrement si elle leur en parlait : ce sont des gosses... des gosses sans expérience, excessivement gâtés, pourris, des gosses de riches qui n'ont jamais fait que leurs quatre volontés... qu'est-ce

que c'est que toutes ces histoires, ces ombres mouvantes, ces eaux troubles, ces mouvements inquiétants...
Il faut être avec eux comme elle est avec tout le monde :
quelqu'un de tout simple, de carré, de franc, ne pas
avoir peur : ils accepteront bien ce qu'on leur donne,
il ne manquerait plus que ça... et trop contents encore...
la vie leur apprendra... ils sont très confortables ces
fauteuils, parfaitement, et inutile d'avoir ce petit sourire de côté et de vous regarder, vous serez bien
contents un jour, quand vous serez un peu plus âgés,
quand vous travaillerez davantage, quand vous serez
plus fatigués que maintenant, de vous asseoir dans ces
fauteuils... ils sont inusables, parfaitement, ça compte,
ça, figurez-vous, demande donc un peu à ton père, lui
qui a gagné l'argent qu'il a fallu pour les acheter...
Oui, nous serons comme tout le monde, nous aussi,
c'est complètement ridicule à la fin, ces complications,
ces raffinements, nous serons comme mes amis ici
qui me regardent de leurs bons yeux innocents :
« Pourquoi donc ne feriez-vous pas faire les mêmes
à vos enfants ? C'est vraiment une occasion. —
Pourquoi donc, c'est vrai, vous avez raison. Comment s'appelle-t-il, votre tapissier ? Donnez-moi son
adresse pour ma fille. C'est exactement ce dont elle
a besoin... »

Quoi de plus simple, de plus naturel ? Une mère
pleine de sollicitude — et que n'a-t-elle pas fait pour
cette enfant, que ne ferait-elle pas ? — donne à sa fille
et à son gendre l'adresse d'un bon fabricant, leur offre
deux superbes fauteuils... « Exactement ce qu'il vous
faut, vous ne trouverez rien de mieux. J'ai eu l'adresse
par les Perrin, vous pouvez y aller de leur part. C'est
un ancien ouvrier de chez Maple. Il vous fera des prix.
Ils sont confortables, solides et très jolis... un cuir splen-
dide. » Mais c'est sa voix sans doute, quelque chose

dans le ton, dans le son de sa voix, une hésitation, une gêne, un manque de confiance en soi qui a dû tout déclencher. Ils sont comme les chiens qu'excite la peur, même cachée ils la sentent... C'est ce petit vacillement à peine perceptible dans sa voix, qui a tout ébranlé, qui a tout fait chavirer... ils ont hésité un instant, ils se sont regardés... « Oh, je te remercie, maman — en rougissant légèrement, en baissant les yeux — mais ce n'est pas du tout ce qu'on voudrait, Alain et moi... On pense à une bergère ancienne, on en a vu une chez un antiquaire... Elle sera peut-être un peu plus chère que les fauteuils de cuir, mais je t'assure que c'est une occasion aussi, et c'est tellement plus joli... » Ces mots, anodins en apparence — mais seuls les non-initiés pouvaient s'y tromper — ces mots, comme ceux qui autrefois révélaient l'hérésie et conduisaient droit au bûcher, ont montré que le mal était toujours là, aussi vivace et fort... son cœur s'est mis à battre, elle a rougi, n'importe qui, sauf eux, aurait été surpris de la violence de sa réaction, de cette rage haineuse tout à coup dans son ton, dans son rire faux, glacé, elle-même avait mal en l'entendant : « Mais que je suis bête... j'oublie toujours... c'est vrai... il suffit que ça vienne de moi, pauvre imbécile que je suis... que ça vienne de mes amis... Mais je le savais, je ne voulais même pas leur demander l'adresse... Mais je n'ai pas pu résister, c'était une telle occasion... Je les aurais achetés pour nous si j'avais pu en ce moment... » Ce regard qu'ils ont échangé... Ils ont toujours de ces regards... Leurs yeux se cherchent, se trouvent tout de suite, s'immobilisent, se fixent, tendus, comme pleins à craquer. Elle sait de quoi est faite cette transfusion silencieuse qui s'opère au-dessus d'elle tandis qu'elle gît entre eux, impuissante, inerte, terrassée : c'est bien là, hein ? Nous avions raison. Tu as vu ? J'ai vu. Mes félicitations, c'est bien la réaction prévue. Nous

43

sommes très forts. C'est exactement ce que nous pensions, c'est ce que nous disons toujours... il faut danser au son de sa flûte... dès qu'on s'écarte d'un pas de la route qu'elle a tracée, elle se pose en victime bafouée... Elle est autoritaire... possessive... Elle donne pour dominer... pour nous garder éternellement en tutelle... Et cette petite pique de la fin... Tu as vu ? — J'ai vu... Elle s'ôte le pain de la bouche, à l'en croire, pour nous le donner... ses sacrifices éternels... Cette comédie... Elle sent un malaise, une sourde douleur... Elle n'aurait pas dû... Mais ce sont eux qui la poussent à faire ces choses-là, à leur dire des choses comme celles-là, elle en a honte maintenant, elle avait honte déjà sur le moment, mais ce sont eux qui la font glisser, qui lui font poser le pied dans ces saletés, cette boue... ce qu'il appelle « les petits marécages »... Il les décèle aussitôt. Il voit tout... toujours à l'affût... et il les montre à la petite, à sa propre fille, à son petit enfant, qui ne voyait rien : ce regard limpide, si pur, autrefois, si confiant, il n'y avait rien de meilleur au monde, rien de plus beau que sa maman mais lui, il épie, il cherche, il découvre et il montre à tous : « Voyez... qui n'a pas ses petits recoins... » Et elle, pitoyable vieille folle, ridicule... risettes... frétillements... oh non, ne croyez pas... vous vous trompez, je vous assure... il n'y a rien de tout cela en moi, croyez-le, rien d'autre qu'une vraie maman gâteau, continuelles petites attentions, cadeaux, mieux qu'une mère — une amie. Mais il ne se laisse pas faire. Inutile de gigoter. Il maintient d'une main ferme ce masque qu'il lui a plaqué sur le visage dès le premier moment, ce masque grotesque et démodé de belle-mère de vaudeville, de vieille femme qui fourre son nez partout, tyran qui fait marcher sa fille et son gendre au doigt et à l'œil.

Eh bien, c'est parfait. Elle sent en elle un afflux délicieux de forces qui montent avec le calme, une

44

sensation de puissance, de liberté. Non, pas ce masque; pas cette tête-là, elle n'en veut pas, mais celle-ci qu'elle va porter maintenant, qui lui va si bien, qui est de son goût à elle aussi — une tête aux mêmes traits que l'autre, mais plus durs encore, plus accentués... Inutile d'échanger des regards... Il n'y aura plus rien à découvrir, tout sera si clair, si évident. C'est cela qu'elle aurait dû faire depuis le début. Seules les conduites fortes inspirent le respect. Les gens vous acceptent tel que vous êtes, les gens s'inclinent, dociles, si vous vous imposez à eux, là, bien planté devant eux, solide sur vos deux pieds : regardez-moi. Voilà comme je suis. Je n'ai pas besoin que vous m'aimiez, je m'en moque qu'on m'aime ou non — son père disait toujours ça quand il parlait de ses employés, et tous le respectaient... Elle aurait dû en prendre de la graine... Mais elle est comme lui, en réalité, elle peut être comme lui quand elle le veut... Trop heureuse, toute rougissante de plaisir quand il lui pinçait la joue, lui posait la main sur les cheveux — c'était rare, quand il lui faisait le plus petit cadeau... le petit flacon de parfum, elle le garde toujours, peint de bergères, de scènes champêtres, couleur rose fumée, et cette vieille douce forme incurvée... il est toujours là, dans son tiroir... c'est son porte-bonheur... L'idée seulement de faire la difficile avec son père, de douter de son bon goût, d'échanger des regards! Tout ce qu'il faisait lui semblait parfait... Mais eux, s'il les avait connus... gâtés, pourris, se croyant tout permis, jamais satisfaits... Qu'on leur donne la lune, ils voudront davantage... Des bergères anciennes, des pièces de musée... et pour mettre où ?... Ils feraient mieux de travailler un peu plus au lieu de flâner le long des devantures d'antiquaires, de chercher à épater les petits amis... Mais c'est fini, tout ça... Bien fini. Regardez-moi bien. Je n'ai pas peur. Ou les fauteuils de cuir ou rien. C'est moi qui paie. C'est dur à avaler, humiliant? C'est sordide, c'est lâche de ma part? Vieille femme tyrannique... Insatisfaite (encore ces théories ineptes!)... Je m'en moque. C'est à prendre ou à laisser. Et échangez des regards maintenant. Ça lui ôtera le goût, à ce petit si intelligent de faire des découvertes à mes dépens, de donner des leçons de psychologie. Il perdra le goût de me vexer devant les gens. Un peu de bon sens enfin. Un peu de sens des réalités. Il faut que ces jouvenceaux si sophistiqués, si compliqués redescendent un peu sur terre, qu'ils apprennent ce que c'est que la vie. Plus simple et grossière qu'ils ne croient, très simple et grossière au fond, je me charge de leur apprendre ça. Cette fois, ils peuvent compter sur moi, ils comprendront.

Elle n'a pas besoin d'attendre longtemps, pas besoin de les « chercher ». Ils ne peuvent jamais y tenir, ils prennent eux-mêmes les devants. Ils s'avancent allègrement sur le terrain miné : « Tu sais, maman, on voulait te dire, pour ces fauteuils de cuir... On a réfléchi, Alain et moi... on n'en a vraiment pas besoin en ce moment... Nous n'aurions même pas où les mettre... C'est si petit : il faudrait avoir un vrai bureau, ce sont des fauteuils de bureau. Mais la bergère Louis XV, par contre... Décidément, elle est très bien. Nous sommes retournés la voir. C'est une vraie merveille. J'ai pensé que ça t'était égal, au fond, alors je l'ai retenue. Il fallait se décider. C'était vraiment une occasion. » Une belle occasion pour elle aussi. Une occasion unique. Courage... C'est le moment ou jamais de faire peau neuve enfin. De se dresser devant eux, stable, lourde, bien lestée, une énorme masse impossible à déplacer. Voix parfaitement posée. Regard indifférent : Dans ce cas, mes petits enfants, débrouillez-vous. Moi je ne m'en

occupe plus. Je m'en désintéresse complètement. Je
voulais vous donner quelque chose d'utile, de très
solide, mais des pièces de collection, surtout en ce
moment-ci, ça non. Un roc immense étalé sous leurs
yeux au soleil. Ils peuvent en faire le tour, l'examiner
à loisir : avare; mesquine; bornée; béotienne; lâche
qui profite brutalement de sa force; mère déna-
turée; « castratrice » — une de leurs expressions;
vraie belle-mère de vaudeville. Les petites vagues
furieuses de leurs regards, de leurs pensées viendront
se briser à ses pieds. Allons, un petit effort. Tout
sera si simple après. Si lisse, si net. Plus de rages
rentrées qui suintent par gouttelettes brûlantes, plus
de besoins torturants de revanche, de souvenirs de
faiblesses honteuses, d'épuisants regrets, plus rien à
craindre : il n'y aura plus de ces regards échangés
entre eux, sous lesquels elle se ratatinait — petite
tête desséchée d'Indien bonne à placer dans leur
vitrine, dans leur collection d'objets curieux... Ils
devront tourner leurs regards ailleurs, des regards
tendus, perçants d'adultes, dirigés sur de vrais obstacles, de réelles difficultés : Tu sais, ma mère a refusé
net. Oui, enfin ce n'est pas tout ça, que veux-tu, elle est
comme elle est, on ne la changera pas à son âge. Il
s'agit de se débrouiller maintenant, de trouver l'argent.

Tout seuls. Que vont-ils faire ? Petits Poucets tout
seuls dans la grande forêt. Ils s'éloignent, s'enfoncent.
Elle va perdre leurs traces. Elle aura beau courir, elle
ne pourra plus les rattraper. Quand elle leur tendra
les bras : Ne me reconnaissez-vous pas ? Je suis votre
maman, voyons, j'ai juste voulu plaisanter, vous n'êtes
pas raisonnables, avouez... C'était juste pour vous faire
peur... Mais achetez donc ce que vous voulez... ils la
regarderont froidement, leurs visages se seront dur-
cis, des visages un peu tristes et sérieux d'adultes aux
prises avec les difficultés de la vie, cette petite ride,

à peine une ébauche, se creusera au coin de la paupière, de la lèvre... ils répondront poliment, sur ce même ton distant, indifférent qu'elle veut prendre maintenant : Non, non, tout va très bien, ne t'inquiète pas. On n'a besoin de rien, c'est arrangé... Impossible. Elle ne pourra pas le supporter. C'est trop brutal, trop lâche d'employer de pareils procédés, de brimer, d'abandonner sans secours ces jeunes êtres... Dieu sait ce que l'avenir leur réserve... ils auront bien le temps plus tard... des enfants si fragiles encore, si innocents... Tendre douceur de pétale sur l'arrondi des joues, duvet, la lèvre de sa petite fille sent encore le lait, retroussée maintenant comme autrefois, comme toujours quand elle a son air inquiet... « Écoute, mon petit, tu sais que ce n'est pas dans mes habitudes, je ne l'ai jamais fait, de revenir sur ce que j'ai promis... Puisque je voulais vous acheter des fauteuils... Tu sais bien... » Ce mouvement, qu'elle sent aussitôt, de rapprochement, d'adhésion, cette tendresse, cette caresse dans le regard, ce sourire ému... « Mais oui, bien sûr, je sais, maman... »

Tendre, douce enfant. Si facile. Si délicieuse à manier, à modeler. Que n'aurait-elle pas fait pour contenter sa maman? Si scrupuleuse... c'était attendrissant... frottant consciencieusement ses petits pieds chaussés de daim blanc sur le paillasson, pour ne pas salir... Impeccable, toujours, avec ses grands nœuds de ruban. Franchissant tranquillement, docilement, sans heurts — rien qui compte vraiment — toutes les étapes, cette dernière qu'elle avait tant redoutée pour son petit enfant. Ensemble elles l'avaient préparée, attendue, imaginée, ne se lassant pas d'entendre, de raconter, assises le soir serrées l'une contre l'autre sur le petit divan bas de la salle à manger... c'était son histoire préférée depuis qu'elle avait onze ou douze ans : Oh, raconte-moi encore, maman, comment ce sera, le grand jour... la robe de mariée, les robes des demoiselles d'honneur, les invités arrivant à Auville à la mode d'autrefois — ça l'amusait beaucoup — en vieilles calèches, dans d'énormes chars à bancs... les cloches de la vieille église sonnant à toute volée, et elle, montant lentement les marches au bras de son père, sa lourde traîne portée par des petits pages en mauve? en gris? elle, Gisèle, ce ne serait plus Gigi, bien sûr, mais Gisèle comment... cherchons un beau nom... mais une dame enfin, qui sortirait au bras de son mari et se tiendrait un instant, souriante et rose, sur le parvis... Et tout avait fonctionné à la perfection, tout s'était accompli comme par miracle, à faire pâlir de jalousie toutes les mères, toutes les amies... le vrai prince charmant, surgissant à point nommé... Elle-même avait été séduite, elle-même, elle le sait bien, les avait encouragés. Il y avait bien quelques inconvénients, bien sûr... mais il était charmant, il était beau, il était intelligent, très doué... qui chercher d'autre? où trouver? Elle avait bien remarqué dès le début quelques petits nœuds dans la belle tapisserie qu'elles avaient brodée : quelques vices, sans doute, de fabrication dans la trame si joliment tissée... Mais il suffisait — elle l'avait espéré — de ne pas faire attention, de ne pas regarder, personne d'autre ne le voyait, ce n'était rien vraiment... de toutes petites choses... des bizarreries... Cette expression de fureur, de violence rentrée tout à coup quand le photographe avait voulu les faire poser, quand elle avait insisté — c'est toujours un peu ridicule, on le sait bien, les poses qu'ils vous font prendre dans ces cas-là, se regardant dans le blanc des yeux, se tenant la main, il faut bien faire des concessions, mais de là à éprouver tant de haine, de fureur : on en voit encore des traces dans cette expression froide, crispée, fixée pour toujours sur la photo qu'elle a gardée — elle n'en a pas

d'autre — sur sa cheminée. Et ces sourires à propos
de rien, quand elle prononçait le mot le plus anodin...
ces regards... Ce n'est pas pour elle-même, est-ce
qu'elle compte? C'est ridicule, ça ne répond à rien,
ces moments de rage, comme tout à l'heure, ces désirs
de vengeance, contre qui? C'est soi-même dans ces
cas-là qu'on punit. Ce n'est pas parce qu'elle se sent
exclue, humiliée, que ces sourires, ces regards la font
souffrir. Non, elle a peur : ce sont des signes inquiétants, des lézardes dans les murs de la belle construction qu'elles avaient élevée patiemment. Il faut
regarder de plus près, ce n'est peut-être rien de grave,
il y a sûrement moyen, si l'on prend son courage à
deux mains, de les colmater, de les réparer... Regardons bien toutes les deux... « Tu sais bien, ma chérie,
que je ne désire que ton bonheur... Je voulais juste
te dire, puisque nous venons à en parler... » Viens
près de moi, tout près, blottie contre ta maman,
comme autrefois sur le divan... Examinons ensemble,
est-ce bien ce que nous attendions, est-ce bien là ce
que nous imaginions... « Ton mari est adorable. Tu
sais combien je l'aime : comme un fils. Et il me le
rend au fond, je le sais bien, il est si gentil; il est
si jeune, si charmant, mais il faut bien reconnaître
qu'il n'est peut-être pas exactement le mari que ton
père et moi aurions pu souhaiter. Il n'est pas tout à
fait assez mûr... Je ne parle pas de son âge... C'est
une question de tempérament. Ton père était mûr à
vingt-cinq ans... » Mais attention. La petite se recule
un peu, elle va se tapir dans un de ces silences têtus
d'où il faudra se donner toutes les peines du monde
pour la faire sortir... « Il ne s'agit pas, tu le sais,
de situation. D'autres parents que nous auraient peut-
être rechigné, mais tu sais bien que pour nous ça
n'a pas compté... Vous êtes jeunes, vous vous aimez,
tout l'avenir est devant vous. Seulement cet avenir,

falor

il faut le préparer. Et Alain — c'est ça le revers de la médaille... Son charme — je le comprends très bien, j'y suis très sensible, crois-moi — vient aussi de là, de son insouciance, de sa légèreté. Il n'y pense pas beaucoup à votre avenir... Pas assez, si tu veux que je te dise toute ma pensée. » La petite comme fascinée écoute très attentivement; elle ne se dérobera pas; c'est grave, elle le sait : c'est leur grave, incessant travail en commun, pénible parfois, mais elle sait qu'elles l'accomplissent pour elle, pour son bonheur, qu'il ne s'agit que de son bien... « Tu le sais, n'est-ce pas, mon petit, que c'est de toi qu'il s'agit, qu'il s'agit de toute votre vie... Vous êtes si jeunes, vous êtes insouciants, c'est naturel, il y a des choses auxquelles vous ne pensez pas... Mais toi, tu peux faire beaucoup. Tu peux changer bien des choses, crois-moi... Alain est encore très jeune... il t'écoute... C'est ton rôle de femme, ma chérie, de lui dire... Il n'est pas toujours bon de fermer les yeux. J'ai pris sur moi de t'en parler, je profite de cette occasion... la bergère, tu le sais bien, je m'en moque... Il ne s'agit pas de ça... Mais je t'assure, sans parti pris, il est bizarre pour certaines choses, il n'est pas comme les autres garçons de son âge. » Léger recul, petit sourire hautain, satisfait : « Mais je sais bien maman... C'est pour ça que je l'aime, justement... — Non, non, je sais ce que tu veux dire, mais ce n'est pas de ça qu'il s'agit... Ce n'est pas une supériorité, c'est quelque chose qui m'inquiète un peu... tu sais bien comment ils sont dans cette famille... La vieille tante Berthe... Il en parlait l'autre jour avec une sorte d'excitation qui m'a frappée. Il se sent proche d'elle, il est comme elle par certains côtés, je n'ai pas pu m'empêcher de le lui dire, il était furieux... Mais il l'a reconnu... Mais bien sûr... il l'a avoué lui-même, il m'a dit : Sans ça je n'en parlerais pas comme ça... J'aurais voulu que tu voies avec quel air il m'a dit ça... Il a eu une sorte de ricanement qui m'a fait mal... J'ai pensé à cette histoire de bergère. Je sais bien que c'est naturel jusqu'à un certain point d'aimer les jolies choses, mais chez lui... » La pauvre petite enfant pâlit, on dirait que le sol se dérobe sous elle, elle a peur, elle fait pitié... c'est désolant, c'est déchirant de la voir dans cet état, mais il faut continuer, ce n'est pas le moment de s'arrêter, il faut avoir le courage de débrider la plaie, tôt ou tard on en viendra là... « Chez Alain c'est une passion, c'est de la frénésie... quand il s'y met, ça devient une idée fixe... J'en ai dit un mot à son père un jour, il ne m'a pas dit non, je suis sûre qu'il était de mon avis... c'est pour ça que son travail n'avance pas comme il veut, que sa thèse n'est pas terminée... C'est une façon de s'oublier, de se rattraper sur des futilités... Un homme a d'autres chats à fouetter, il se moque de ces choses-là, des bergères Louis XV, des fauteuils... qu'ils soient comme ça ou autrement... pourvu qu'il y ait quelque chose de confortable où l'on soit bien assis, où on puisse se reposer... Je sais ce que tu vas me dire, qu'il aime ce qui est beau... Je comprends ça très bien... Qu'il aille dans les musées, qu'il regarde de beaux vieux meubles, des tableaux, des œuvres d'art, il n'y aurait rien à redire à ça... mais ces courses chez les antiquaires, ce besoin d'acheter... il faut absolument que ce soit à lui... ces efforts... comme tante Berthe qui passe son temps à fignoler des petits détails comme si elle devait recevoir le pape, quand elle n'a jamais été capable d'offrir une tasse de thé à une amie... Tout ça, vois-tu, non... ce n'est pas ça... »

Ce n'est pas l'homme qui devait donner son bras à la jolie mariée, un homme calme, fort, pur, détaché, préoccupé de choses graves et compliquées qui leur échappent à elles faibles femmes, le regard fixé au loin, son bras solide la conduisant par degrés, la faisant avancer avec lui à longues foulées vers la fortune ? la gloire ?... « Il faut regarder les choses en face. » Elles regardent. Comme elle est loin de coller à l'image qu'elles avaient évoquée, celle de cet enfant gâté, exigeant et capricieux, gaspillant ses forces dans des futilités, tandis que le temps passe... les années les plus précieuses... son travail n'avance pas assez, ils vivent dans un petit logement étriqué... « Je comprends encore si vous aviez un bel appartement, il pourrait s'amuser à le meubler avec des bergères d'époque... Mais chez vous, rends-toi compte, mon petit, c'est de la vraie manie... » Elle avance maintenant sans rencontrer de résistance en pays conquis, soumis... Elle peut avoir les coudées franches, prendre son temps... Son ennemi — c'est bien son tour — est inerte, prostré à ses pieds, elle en fait ce qu'il lui plaît... elle le soumet à son tour à ce procédé d'embaumement qui en fera une minuscule momie, une tête ratatinée et desséchée qu'on examinera comme une curiosité exposée derrière la glace d'une vitrine... une excitation qu'elle connaît bien la prend, celle qu'elle éprouve toujours quand elle peut se livrer ainsi sur un ennemi terrassé à ces délicates et passionnantes opérations de séchage et de réduction... jusqu'où n'irait-elle pas si elle se laissait aller... Mais elle sent, toute tremblante contre elle, comme autrefois, quand elle avait peur des voleurs, quand elle se réveillait d'un cauchemar et venait se blottir dans le lit de sa maman, son trésor chéri, son petit enfant... toute palpitante, douce et tiède comme un jeune oiselet effrayé... la branche sur laquelle il se balançait n'est pas solide, il va tomber, il a peur, il faut lui apprendre, l'aider... « Mais, mon chéri, ne prends donc pas ces airs désespérés... C'est extraordinaire ce que vous êtes gâtés par la vie — de vrais enfants... J'ai voulu te mettre en garde, voilà tout.

Alain est à l'âge où l'on peut encore changer. Tu peux beaucoup pour ça. Ce qui me fait de la peine, vois-tu, c'est qu'il te fait perdre ton jugement, qu'au lieu de le raisonner, tu le pousses, au contraire, à satisfaire ses lubies, ses manies... Cette bergère — ce n'est rien, tu le sais bien, mais c'est comme ça pour tout. Dès que je me permets de dire un mot, vous vous regardez, si, si, ne dis pas non, je vois tout... tu sais, j'ai l'air d'une vieille idiote mais je vois bien plus de choses qu'on ne croit, je vous lis comme ça... à livre ouvert... ça m'amuse, ces coups d'œil que vous échangez comme si j'étais votre pire ennemie... Allons, un peu de courage, il est temps d'aborder la vie en adultes... Pousse-le donc un peu à travailler, à avoir un peu plus d'ambition... Et tout ça, quelle stupidité! ça ne présente aucun intérêt, allons, embrasse-moi donc et file vite, je suis sûre qu'il t'attend... La bergère, achète-la si tu veux, il ne s'agit pas de ça... Mais je sais que tu m'as comprise, je suis sûre que tu réfléchiras à tout ça et que tout s'arrangera... Et pour moi c'est ce qui compte, mon chéri, tu le sais bien. »

4

Quelque chose en elle s'arrache et tombe... dans le vide en elle quelque chose palpite... Vertige... La tête lui tourne un peu, ses jambes faiblissent... Mais il faut se raidir, il faut tenir bon, juste encore un instant, offrir un visage placide aux baisers légers sur ses joues, tendre les lèvres à son tour, sourire, parler... « Oui, à bientôt, au revoir maman... Mais non, je ne suis pas triste, non je ne suis pas vexée, quelle idée... Mais bien sûr, maman, je comprends, je sais... Mais toi, ne t'inquiète pas non plus... Ce n'est pas grave, au fond, tu sais, ces petites lubies d'Alain... Tu verras, nous ne sommes pas si mauvais que tu crois. Oui, oui, je lui parlerai. Tu as raison, ça s'arrangera... »

Aussitôt la porte refermée, dès qu'elle est seule dans l'escalier silencieux, les barrages se rompent... Cela monte en elle, se répand... Elle sait ce que c'est, c'est la vieille sensation d'autrefois, sa peur à elle, toujours la même, cette terreur jamais effacée, qui revient, elle la reconnaît...

Elle avance en sautillant dans l'allée du petit Luxembourg, tenant sa mère par la main. Les grandes fleurs roses des marronniers se tiennent toutes droites dans le feuillage tendre, l'herbe humide étincelle au soleil, l'air tremble légèrement, mais c'est le bonheur, c'est le printemps qui tremble au-dessus des pelouses, entre les arbres... elle hume avec délices sur son bras nu sa propre odeur, celle pour toujours de ce printemps, de ce bonheur, l'odeur fraîche et fade de sa peau d'enfant, de la manche de sa robe en coton neuf... Et tout à coup un cri, un cri inhumain, strident... Sa mère a crié, sa mère la tire en arrière brutalement en détournant la tête, en se bouchant le nez...

La lumière s'est obscurcie, le soleil brille d'un éclat sombre, tout vacille de terreur, et un véhicule étrange, une haute et mince charrette de cauchemar, remplie d'une poudre livide, répandant une atroce odeur, cahote lentement vers elles dans l'allée...

Elle a envie maintenant, comme cette fois-là, de se cacher la tête pour ne pas voir, de se boucher le nez, le cœur va lui manquer, elle voudrait s'asseoir n'importe où, là, sur une marche de l'escalier... ou non, plutôt là-bas, dehors, sur un banc... Tout vacille... Tout va s'effondrer.

Sourires, regards entendus, murmures... plus tard, plus tard, tu vas voir... Images offertes partout, chansons, films, romans... Promis, annoncé, attendu, apparu enfin, plus beau que tout ce qu'il lui avait été possible d'imaginer... un peu timide peut-être, mais racé, mais élégant, sourire fin de ses yeux gris, tout le monde en avait convenu : un vrai prince charmant. Un peu trop jeune ? Son père lui tapote la joue en la regardant de son air attendri... « Ne te plains pas, ma fille... Ah, la jeunesse, tu verras, c'est une très brève maladie, on en guérit vite, crois-moi... » Et ses études pas terminées ? sa thèse de doctorat pas encore achevée ? Mais c'est si difficile, le doctorat de lettres surtout, c'est le plus dur de tous... la femme aux grosses joues couperosées la regarde de ses yeux très brillants, un peu exorbités... « Ah, ma petite enfant, mon mari préparait son internat quand nous nous sommes mariés, et maintenant, vous voyez... »

Non, personne n'avait rien pu trouver à redire. S'il y avait eu quelque chose... la moindre fêlure... sa mère qui voyait tout, sa mère qui veillait à tout — rien ne lui échappait... Mais non, il n'y avait rien. C'était bien vraiment ce qu'il fallait appeler le bonheur que les gens contemplaient avec ces sourires attendris, ces regards mouillés. On ne pouvait pas s'y méprendre. C'était bien lui. Tout le monde s'était enchanté de ces fantaisies si amusantes, de ces innocentes taquineries qu'il se permet, le bonheur, quand il déborde de forces, quand il se sent épanoui, bien installé et sûr de lui : la traîne de la mariée qu'un petit page maladroit a laissée s'accrocher à un banc, en entrant dans la travée... Ce « oui » qu'elle a dit un peu trop tôt à la mairie... la main droite qu'elle a tendue au lieu de la gauche pour recevoir l'anneau... C'était si drôle, charmant... et chacun s'est ébroué en riant sous la caresse rafraîchissante de ce jaillissement joyeux, de ce trop-plein de bonheur...

Pourtant, même ce jour-là — maintenant qu'elle regarde, toutes ses forces tendues, la belle construction qui vacille, qui penche — même ce jour-là, il y avait eu déjà quelque chose, une fissure, une malfaçon... Qu'est-ce que c'était ? Elle sent, tandis qu'elle cherche, une sorte d'excitation, presque de satisfaction qui se mêle à sa douleur... oui, déjà à ce moment-là, l'édifice n'était pas si beau, si parfait... Il y avait eu cette très fine craquelure à travers laquelle une vapeur malodorante, des miasmes avaient filtré... Cette ébauche de rire, quand elle passait de l'un à l'autre dans le salon, tout excitée, appelée de toutes parts, félicitée, ce chuchotement, comme un chuintement, des deux vieilles maléfiques, des mauvaises fées, penchées l'une vers l'autre... « Combien dites-vous? Combien? Quatre-vingt mille francs par mois? Non, vraiment, pas plus que ça? »

Elle a détourné la tête, elle a fui, elle a couru se réfugier auprès de son mari, elle a posé la main sur son bras, ils se sont regardés dans les yeux, là, face à tous les autres... Et elle a senti très fort pour la première fois, elle a su qu'ils étaient à eux deux... la douleur revient tout à coup, plus lancinante qu'auparavant... qu'ils formaient à eux deux quelque chose d'indestructible, d'inattaquable... Pas un défaut dans la dure et lisse paroi. Pas moyen pour les autres de voir ce qu'il y avait derrière.

Derrière, eux deux seuls le savaient, tout était fluide, immense, sans contours. Tout bougeait à chaque instant, changeait. Impossible de s'y reconnaître, de rien nommer, de rien classer. Impossible de rien juger.

Qui l'oserait? Mais personne n'osait. Silence. Les fées maléfiques elles-mêmes se taisaient, tandis qu'ils se tenaient tous les deux ainsi, face aux autres, appuyés l'un sur l'autre, se regardant dans les yeux. Chacun restait à distance respectueuse et contemplait, attendri, le beau jeune couple harmonieux, uni, l'image même du bonheur.

Eux deux seuls, elle et lui — eux seuls possédaient ce pouvoir d'entrer chez les autres comme ils voulaient, de pénétrer sans effort derrière la mince paroi que les autres essayaient de leur opposer, derrière laquelle les autres s'efforçaient de se cacher... C'était si amusant, si passionnant, il suffisait de se donner un peu de peine, tout était si bien délimité chez les autres, chaque chose à sa place, on la reconnaissait aussitôt, on se la montrait... « L'oncle Albert, tu ne trouves pas, il a un côté très sournois? Et la tante, mais c'est l'avarice même. Franche par contre, ça oui, le cœur sur la main. » Le soir, après le départ des amis, prenant encore un verre, entre eux — c'était agréable, ce délassement après l'effort, la crispation, c'était délicieux, ce reste d'excitation mêlé à cette sensation de détente — ils s'amusaient à trouver la formule de chaque invité, à faire des classements... Un rien suffit parfois pour vous guider... Un mot, un geste, un tic, un silence... « Tu as vu? Tu as entendu? Qu'est-ce que tu en dis? » C'est très curieux, surprenant parfois, ces découvertes, ces échappées, ces bouleversements, ils avançaient la main dans la main, elle se laissait guider par lui... Il était si drôle quand il saisissait les gens, les tenait dans le creux de sa main, les lui montrait, quand il les dessinait d'un trait si juste, si vif, il savait les rendre si ressemblants, il les imitait si bien, elle riait aux larmes...

Personne n'y échappait. Pas même les parents. Elle avait eu peur — c'était cette même peur, cette même sensation que maintenant, d'arrachement, de chute dans le vide — quand, blottie contre lui, elle avait vu sa mère, jusque-là comme elle-même incernable, infinie, projetée brusquement à distance, se pétrifier tout à coup en une forme inconnue aux contours très précis... elle avait eu envie de fermer les yeux, elle s'était serrée contre lui... « Oh non, Alain, là ce n'est pas ça, là je ne suis pas sûre... » Mais il l'avait forcée à regarder, il avait ri : « Que tu es enfant... mais ça crève les yeux, voyons, rends-toi compte... C'est si simple, je ne comprends pas ce qui t'étonne, c'est pourtant clair. Ta mère est surtout une autoritaire. Elle t'aime, c'est entendu, je ne dis pas non, elle cherche toujours ton bien. Mais il faut que tu marches droit, dans le chemin qu'elle t'a tracé. Elle a été frustrée probablement. Elle n'a pas réalisé dans sa vie ce qu'elle aurait voulu. Elle veut se rattraper sur toi. Moi, comme gendre, je lui conviens au fond très bien. Elle aurait du fil à retordre avec un autre que moi, plus vieux, plus indépendant... Moi je me laisse faire, du moins elle le croit. Juste quelques rebuffades, par-ci par-là, pour lui faire peur, pour m'amuser... Mais je suis ce qu'il lui faut, avec moi elle peut s'imaginer qu'elle peut faire comme avec toi, qu'elle peut continuer à m'éduquer... » Elle avait reculé. Sacrilège... Mais non, ils avaient le droit : tu quitteras tes père et mère. Cette force que cela lui a donnée; ce soulagement qu'elle a éprouvé à voir enfin avec netteté, à regarder calmement ce qu'elle avait senti si longtemps s'agiter dans l'obscurité, confus, inquiétant, ce qu'elle avait essayé vainement de fuir, ce contre quoi elle s'était débattue avec la maladresse, la faiblesse coléreuse d'un enfant...

Devant elle partout il déblayait, émondait, traçait des chemins, elle n'avait qu'à se laisser conduire, à se faire souple, flexible comme un bon danseur. C'était curieux, cette sensation qu'elle avait souvent que sans lui, autrefois, le monde était un peu inerte, gris, informe, indifférent, qu'elle-même n'était rien qu'attente, suspens...

Aussitôt qu'il était là, tout se remettait en place. Les choses prenaient forme, pétries par lui, reflétées dans son regard... « Viens donc voir... » Il la prenait par la main, il la soulevait de la banquette où elle s'était affalée pour reposer ses pieds enflés, regardant sans les voir les fastidieuses rangées de Vierges aux visages figés, de grosses femmes nues. « Regarde-moi ça. Pas mal, hein? qu'en dis-tu? Il savait dessiner, le gaillard? Regarde un peu ce dessin, ces masses, cet équilibre... Je ne parle même pas de la couleur...» De l'uniformité, du chaos, de la laideur quelque chose d'unique surgissait, quelque chose de fort, de vivant (le reste maintenant autour d'elle, les gens, la vue par les fenêtres sur des jardins, paraissait mort), quelque chose qui tout vibrant, traversé par un mystérieux courant, ordonnait tout autour de soi, soulevait, soutenait le monde...

C'était délicieux de le déléguer pour qu'il fasse le tri, de rester confiante, vacante, offerte, à attendre qu'il lui donne la becquée, de le regarder cherchant leur pâture dans les vieilles églises, chez les bouquinistes sur les quais, les marchands d'estampes. C'était bon, c'était réconfortant.

Une sensation de détente, de sécurité retrouvée a recouvert petit à petit la douleur, la peur. Il est si ardent, si vivant, il y met une telle passion... C'est cela qui lui permet de découvrir, d'inventer, cette ferveur, cette intensité de sensations, ces désirs effrénés. Elle se sent bien maintenant. L'édifice ébranlé, vacillant, s'est remis petit à petit d'aplomb... C'est ce qui lui manque, à elle, cette passion, cette liberté, cette audace, elle a toujours peur, elle ne sait pas... « Tu crois? Chez nous? Mais je ne vois pas... » Il riait, il lui serrait le bras... « Là, grosse bête, non, pas celle-ci, voyons, c'est un fauteuil Voltaire, non, là, tendue de soie rose pâle, la bergère... » Elle s'était sentie d'un coup excitée, elle avait participé aussitôt, cela avait touché un de ses points sensibles, à elle aussi, la construction de leur nid; elle était un peu effrayée... « Ça doit coûter une fortune... Pas ça chez nous, Alain! Cette bergère? » Elle aurait plutôt, comme sa mère, recherché avant tout le confort, l'économie, mais il l'avait rassurée : « Mais regarde, voyons, c'est une merveille, une pièce superbe... Tu sais, ça changerait tout, chez nous... » Le mariage seul donne des moments comme celui-ci, de fusion, de bonheur, où, appuyée sur lui, elle avait contemplé la vieille soie d'un rose éteint, d'un gris délicat, le vaste siège noblement évasé, le large dossier, la courbe désinvolte et ferme des accoudoirs... Une caresse, un réconfort coulaient de ces calmes et généreux contours... au coin de leur feu... juste ce qu'il fallait... « Il y aurait la place, tu en es sûr ? — Mais oui, entre la fenêtre et la cheminée... » Tutélaire, répandant autour d'elle la sérénité, la sécurité — c'était la beauté, l'harmonie même, captée, soumise, familière, devenue une parcelle de leur vie, une joie toujours à leur portée.

Une passion les avait saisis, une avidité... La porte de la boutique était fermée, c'était l'heure du déjeuner... ils avaient besoin de savoir tout de suite, aucun obstacle ne pouvait les arrêter... lui, dans ces moments-là, est pris d'une sorte de frénésie, et elle aussi avait senti cette fois en elle comme un vide qu'il fallait aussitôt combler, une faim, presque une douleur qu'il fallait apaiser à tout prix... Ils avaient tourné la poignée, la porte de la boutique était fermée, mais la poignée n'avait pas été enlevée, c'était de bon augure, l'antiquaire ne devait pas être bien loin... ils avaient appuyé le nez contre la vitre, ils avaient frappé, ils étaient allés dans la cour voir s'il n'y avait pas une arrière-boutique où il était en train de déjeuner... mais non... ils avaient interrogé la concierge... il n'allait sans doute pas tarder... « Il faut attendre un peu, ça en vaut la peine, c'est peut-être une occasion unique, tu sais, viens, on va encore regarder... »

C'est de là qu'elle vient, cette sensation de faiblesse

dans les jambes, cette peur qu'elle éprouve de nouveau maintenant — le corps ne se trompe jamais : avant la conscience il enregistre, il amplifie, il rassemble et révèle au-dehors avec une implacable brutalité des multitudes d'impressions infimes, insaisissables, éparses — cette sensation de mollesse dans tout son corps, ce frisson le long de son dos... N'a-t-elle pas déjà éprouvé cela à ce moment où ils sont revenus regarder, où ils attendaient, appuyés l'un sur l'autre, s'imbibant de ce qui émanait du chatoiement de la soie fanée, du doux éclat du bois patiné, de la courbe libre et forte des accoudoirs... A ce moment-là déjà elle avait senti tout à coup comme une faiblesse, une crampe au cœur, une angoisse... quelque chose qui ressemble à ce que devaient éprouver les personnages d'une pièce de théâtre qu'elle a vue autrefois. La scène représentait le bar d'un paquebot. Des passagers, rassemblés là, buvaient et bavardaient, tout paraissait d'abord banal, anodin. Et puis, petit à petit, quelque chose d'inquiétant, d'un peu sinistre a commencé à se dégager, on ne se rendait pas bien compte d'où cela provenait, peut-être de l'air étrange du barman blafard, debout derrière son comptoir... Soudain la main d'un des passagers s'est mise à trembler, le verre qu'elle tenait s'est échappé et a roulé sur le plancher... Il venait de comprendre que ce paquebot sur lequel ils étaient en train de boire et de bavarder était le bateau qui transporte les morts, ils se croyaient vivants et ils étaient morts... quelque part au-dehors les gens vivants les avaient regardés, palpés, auscultés, retournés, transportés... et eux ne savaient pas qu'ils étaient morts... elle aussi tout à coup l'avait compris au moment où ils attendaient plantés là devant la vitrine... elle s'était vue, elle les avait vus tous deux, elle et lui, comme les autres les voyaient, sa mère, les gens vivants... Ils étaient morts. Ils sont morts tous les deux, embarqués ils ne savent comment, entraînés, emportés sans connaissance vers Dieu sait quelle région des morts... un rêve, tout cela, les bergères Louis XV, les vitrines des antiquaires, des visions qui passent dans la tête des gens évanouis, des gens noyés, gelés... Il fallait appeler au secours, crier, il fallait se secouer, s'arracher à cela, à ces boutiques assoupies pleines de choses mortes depuis longtemps, elle s'était écartée brusquement, elle avait eu envie de s'enfuir... « Oh! écoute Alain, tant pis, pourquoi insister, laissons tomber, rentrons, veux-tu, tu ne crois pas qu'on ferait mieux de rentrer? »

Il n'y a de fusion complète avec personne, ce sont des histoires qu'on raconte dans les romans — chacun sait que l'intimité la plus grande est traversée à tout instant par ces éclairs silencieux de froide lucidité, d'isolement... ce que sa mère a vu, elle l'avait vu, elle aussi, pendant ce bref instant où elle était revenue à elle, où elle avait repris ses sens, les deux images coïncident, il n'y a pas d'erreur possible... il suffit de s'écarter de soi-même et de se voir comme les autres vous voient, et aussitôt cela crève les yeux... sa mère vient d'essayer de les ranimer tous les deux, revenez à vous, je vous en supplie, tapes sur les joues... La vie s'écoule tout autour tandis qu'ils dorment engourdis, s'accrochant mollement dans leurs rêves... à quoi? je vous le demande un peu... qu'est-ce que c'est que cette excitation morbide, ce besoin tout à coup? pourquoi?

Vite, il faut rentrer chez soi, se jeter sur son lit, bien tout examiner... elle court presque... la petite rue vide est triste, morne comme tout ce quartier, elle le déteste. L'entrée de la maison, l'escalier propret, sur-chauffé, font penser à une clinique, à une maison de santé... et le petit nid, mais il est plus petit encore qu'elle ne l'imaginait... Cette bergère énorme ici aurait un air saugrenu, grotesque, c'était ridicule de croire qu'elle pourrait changer cet aspect mesquin, étriqué, elle ferait ressortir encore l'exiguïté de la pièce : un vrai petit taudis. Elle court dans sa chambre et se laisse tomber à plat ventre sur son lit... Se laisser couler, plus bas, encore plus bas... volupté de la descente... arriver jusqu'au fond... Tout est faux... elle se redresse et s'assoit sur son lit : c'est faux, Alain et elle. Du toc, du trompe-l'œil, des images pour représenter le bonheur, et derrière il y a quelque chose... ces rires des vieilles sorcières... Et ce haussement d'épaules de son père, ce sifflement le jour où ils avaient montré qu'ils n'aimaient pas beaucoup la bibliothèque vitrée qu'il s'était achetée... « Oh cet esthétisme... » C'était comme le trop-plein d'une âcre vapeur qui avait filtré entre ses dents serrées... Frivole, faible enfant gâté... Son mépris pour toute ambition sérieuse, son attitude d'amateur... déjà désenchanté, blasé à vingt-sept ans... et elle cramponnée à lui, elle entraînée dans la mort...

Ce sourire méprisant qu'il avait eu, ce ricanement quand elle lui avait dit en passant devant le Collège de France... « Qui sait ? peut-être qu'un jour tu entreras par cette porte pour faire ton cours... » Il s'était écarté d'elle pour mieux la regarder, sa lèvre s'était incurvée en cette moue méprisante qu'il a... « A quoi rêvent les jeunes filles ? C'est à ça que tu penses... Quelle perspective réjouissante de me voir un jour, chauve et ventripotent, aller ânonner un cours devant des femmes du monde idiotes, des clochards... Non, vraiment tu me déçois... ça me fait penser à ce poème de Rimbaud, tu te souviens ? Elle, répondant à toutes les invitations au voyage : et le bureau? » Et elle s'était sentie rougir... Comme il était mûr déjà, comme il était lucide, pur, fort... il trônait, solitaire, désabusé, amer, sur les hauteurs... tous les autres s'agitant quelque part en bas, courant stupidement de-ci de-là, l'air affairé, soulevant comiquement d'énormes fardeaux... Elle s'était blottie contre lui, ils étaient seuls tous les deux très haut, elle avait un peu le vertige, elle avait un peu peur, l'air était difficile à respirer, âpre, raréfié. Un vent glacé soufflait sur ces sommets dénudés. Elle aurait préféré — mais elle osait à peine se l'avouer — elle aurait bien aimé descendre chez les autres en bas dans la vallée, dans ce monde minuscule, en miniature, qu'elle apercevait au loin, où tout était fait pour elle, à sa mesure... hameaux paisibles, calmes soirées, rêves d'avenir... Il aurait de l'énergie, de l'ambition : tu verras, je serai quelqu'un... Ils parleraient de l'éducation de leurs enfants, chercheraient des prénoms... Tout le monde aspirait à ce bonheur, c'était normal, c'était sain... c'était cela qu'elle avait attendu, cela qu'on lui avait toujours promis... Mais sa mère savait, sa mère avait compris depuis longtemps. C'est insoutenable, elle ne peut pas l'affronter...

L'irréparable est accompli. Sa mère s'est décidée enfin à lui ouvrir les yeux, à lui montrer les choses comme elles sont. Elles s'étaient trompées, ce n'était pas cela, pas le bonheur. Elle n'est pas heureuse. Tout le monde le voit. Les gens le remarquent, elle a changé, maigri, ses yeux, ses cheveux se sont ternis...

Elle entend le déclic léger que fait la clef dans la serrure...

L'arrachement, l'affreuse séparation va se consommer. Comme les passagers morts sur le bateau, il ne sait encore rien. Comme dans leurs mouvements, il y a dans tous ses gestes, quand il accroche tranquillement son pardessus au portemanteau de l'entrée, quand il lisse ses cheveux devant la glace et s'avance dans la chambre... « Tu es là, Gisèle ? Tu es rentrée... » il y a dans sa voix, dans son intonation naturelle, insouciante, quelque chose de décalé, d'étrange. Les gestes, les paroles des fous donnent aux gens normaux qui les observent cette impression d'être comme désamorcés, vidés de leur substance. Elle cache sa tête dans les coussins. C'est impossible, elle ne peut pas rester si loin de lui, l'observer à distance et puis essayer froidement, prudemment, avec habileté, comme ferait un psychiatre, de glisser en lui les mots qui vont sans qu'il s'en aperçoive le façonner, le transformer, le guérir... Non, elle n'en a pas le courage...

Elle sent la caresse de sa main sur ses cheveux, il a ce ton inquiet et tendre, protecteur, qu'il prend quand elle a ses moments de dépression, ses crises de larmes... Et elle se laisse faire. Elle se laisse dorloter, cajoler comme un enfant... « Gisèle, mon chéri, qu'est-ce qu'il y a ? Qu'est-ce que tu as, Gisèle, dis-moi... » Elle sent que ses yeux aussitôt se remplissent de larmes, elle lève la tête, elle plisse les lèvres comme une petite fille : « Je ne sais pas, j'ai le cafard. C'est idiot. C'est pour des riens... » Ce bon regard qu'il peut avoir, un regard très attentif, intelligent, qui pénètre en elle, qui cherche... Impossible... elle ne peut pas... qu'il voie par lui-même, elle ne peut rien lui cacher, il n'y a rien là qui ne soit à eux deux... c'est là en elle, enfoncé, enfoui, elle a mal, qu'il l'aide à l'extirper, lui seul le peut... « Tu sais, c'est une angoisse tout à coup... c'est idiot, on l'a dit souvent... » Elle a un peu peur... elle hésite... « Ça se déclenche à propos de rien... Le moindre prétexte est bon... C'est cette histoire de bergère... » Elle a l'impression qu'il s'écarte légèrement, se met en garde : « La ber-

gère ? — Oui, tu sais bien, celle qu'on veut acheter... »
En lui quelque chose se referme ; un glacis, un vernis
dur recouvre ses yeux : « Bon, eh bien quoi ? » Tant
pis, il faut tout risquer... Il faut qu'il voie. Tant pis
si elle lui paraît hideuse, médiocre, bornée, mais
elle veut qu'il la voie telle qu'elle est... ne rien dissimuler, elle ne pourrait pas le supporter... C'est là
en elle, qu'il regarde, il faut extraire cela tout de
suite, il ne faut pas laisser cela grossir en elle, tout
envenimer, qu'il ne la force pas à se replier sur elle-
même, à s'écarter de lui et à scruter en elle-même
toute seule, qu'il ne la laisse pas souffrir loin de lui...
« Écoute, Alain, je vais te dire. J'ai l'impression par
moments, mais tu ne seras pas fâché ? Tu sais que je
ne peux rien te cacher... Je te parle comme à moi-
même... Il me semble que nous y tenons un peu
trop, à ces choses-là, à ces bergères, à ces beaux
objets... On y attache trop d'importance... On dirait
que c'est une question de vie ou de mort, qu'on prenne
ça ou autre chose... Il me semble par moments...
comment te dire ?... que nous sommes un peu hors
de la vie, que nous gaspillons nos forces... » Mais
qu'il se réveille donc, qu'il revienne à lui... Il a un
visage fermé, glacé, il faut le secouer... Les autres
sont là, autour de nous, les autres, sains, calmes,
lucides, normaux, ils nous voient... ils nous jugent... ils
ont raison... « Alain, écoute-moi, ma mère m'en a
parlé... J'ai senti que ça l'a peinée pour de bon quand
j'ai refusé ses fauteuils de cuir... Pas pour elle... je
t'assure... pour nous... Elle s'inquiète... » Il a un rire
qui sonne faux... « Ha, ha, et si on prenait les fauteuils
de cuir, ça la rassurerait ? — Non, ce qui la rassurerait c'est qu'on attache moins d'importance à
tout ça... Les fauteuils de cuir sont plus solides, plus
commodes, moins chers et voilà tout. Elle, ça lui ferait
tellement plaisir... » Qu'il vienne, qu'il les rejoigne,

ils sont tous là autour de lui, ils l'appellent, ils lui tendent les bras, qu'il reprenne conscience, qu'il comprenne, qu'il voie enfin les choses comme elles sont, qu'il se voie tel qu'il est : faible, enfantin, un enfant révolté ; elle le prendra dans ses bras, elle le serrera contre elle... Qu'il s'abandonne, là, contre elle, elle saura le protéger, elle l'aidera à grandir, à changer... il peut changer s'il le veut... « Alain, je t'assure, on devrait avoir à notre âge d'autres chats à fouetter... » Il ricane, il laisse glisser sur elle un regard qui effleure tout avec dédain, avec dégoût, un regard qui juge froidement, qui classe rapidement : « Quels chats ? » Tant pis, c'est trop tard pour reculer, il ne reste plus qu'à le saisir à bras-le-corps, à le ligoter, à lui jeter de l'eau froide sur la tête pour le maîtriser : « Quels chats ? Eh bien, le travail, figure-toi. Un vrai travail. Pas des petits travaux d'amateur que tu fais juste pour gagner un peu d'argent, mais ta thèse, par exemple, tu as l'air de t'en moquer... Quelque chose qui mène quelque part pour de bon... il y a tout de même notre avenir, tu devrais y penser, l'avenir de nos enfants... » Il recule un peu comme pour mieux l'examiner et éclate d'un rire haineux : « Ah ! elle est bonne, celle-là, c'est excellent... Voilà où mènent les bergères... Elles mènent loin... Voilà le résultat d'une bonne éducation. On ne s'écarte jamais bien longtemps des bons principes. Il suffit du plus léger rappel à l'ordre pour qu'on se remette à marcher droit. Mais si tu crois que vous m'aurez si facilement... Il faut se mutiler pour se calquer sur vos images dont rêvent les dactylos, l'idéal des bonnes d'enfants... le bon mari sérieux, la famille, la carrière... Et tout ça représenté par les solides fauteuils de cuir. Un symbole magnifique. De chez Maple. Inusables. Économiques. Le soir, pour vous satisfaire, ta mère et toi, je chausserai mes pantoufles brodées et je m'as-

soirai dans le fauteuil en face de toi pour me reposer
de mes travaux. Nous parlerons de notre avenir, de
mon avancement. Mais comme tu as l'air effrayée,
ça t'indigne, ce que je te dis là... Ce n'était pas tout
à fait ça... Pour qui est-ce que je vous prenais?...
Non... J'oubliais... Les fauteuils de cuir, c'est autre
chose : c'est l'insouciance, la négligence de l'artiste,
du savant, qui doit me les faire accepter... Est-ce que
je dois les remarquer seulement, préoccupé que je
suis par mes recherches, par mes travaux... Un univers intérieur trop riche m'empêche de m'intéresser à
ces détails triviaux... C'est bon pour ma belle-mère,
pour ma femme, de penser à ces choses-là, c'est à
elles de me construire un petit nid confortable où je
pourrai m'épanouir... C'est leur rôle... Oh, vous savez,
mon mari... il minaude... c'est un bûcheur, un cher-
cheur, il n'y a que son travail qui compte... Mais la
bergère, quelle horreur... quelle affreuse révélation.
Ta mère en avait honte, l'autre jour, devant ses amis,
de ces tendances louches en moi... Songe donc, j'avais
l'air de trop bien comprendre... que dis-je? J'avais
l'air d'approuver ma vieille folle de tante... Ta mère
a eu honte de moi devant ses invités, elle m'a désa-
voué... Fi donc. Pensez... Mais, jeune homme, ma
parole, vous en parlez en connaisseur... Vous avez de
qui tenir... Je lui ai bien répondu... Elle en était soufflée... Je les connais, je vous connais tous trop bien,
vois-tu, c'est trop facile, ce n'est même plus drôle.
Mais elle le regrettera, de ne pas m'avoir poussé à la
prendre, cette bergère... C'est elle qui insistera pour
me la faire accepter, tu vas voir ça... C'est le seul
moyen qu'elle a de nous tenir, ces gâteries, ces petits
cadeaux... Comme ça elle nous possède... Elle en
tomberait malade si on coupait le cordon... Mais moi
j'en ai assez. Il y a longtemps que j'en ai assez, si tu
veux le savoir... Je ne voulais rien de tout ça, tu le

sais très bien. Je me fiche de l'appartement, des meubles et de tout le reste... Je peux vivre sous les ponts, je préfère vivre n'importe où que de supporter ces reproches, ces leçons, ces mines de victimes... Oh je t'en prie, tu me fais rire avec tes airs larmoyants... Il n'y a qu'une victime ici, c'est moi. Ma vie est gâchée... Tout ce à quoi je tenais... un peu de calme, de liberté... Il faut entendre ces stupidités... ces insinuations. " Vos goûts... Vous avez de qui tenir... Ta carrière, mon chéri, tu inquiètes maman... " J'en ai assez. Elle va voir... J'en ai assez... Il martèle les mots : Assez, tu m'entends... J'en ai par-dessus la tête, de tout ça... Tiens, je m'en vais... Je sors... Je ne sais pas quand je rentrerai. Bonsoir, ne m'attends pas. »

5

Ils sont sur lui. Ils l'encerclent. Aucune issue. Il
est pris, enfermé; au plus léger mouvement, à la
plus timide velléité, ils bondissent. Toujours aux
aguets, épiant. Ils savent où le trouver maintenant.
Lui-même s'est soumis à leur loi, s'est rendu à eux...
si faible, confiant... il est à eux, toujours à portée
de leur main... Et elle, souple, malléable — un instrument qu'ils ont façonné, dont ils se servent pour
le mater. Faces stupides aux yeux luisants de curiosité. Regards attendris... Le spectacle est si touchant...
ces tourtereaux... si jeunes... leur petit nid... Brèves
incursions, bonds furtifs, reculs prudents, attouche-
ments timides, petites surprises, cadeaux... la vieille
remuant le bout mobile de son nez, ses yeux émous-
tillés sous ses paupières fripées... sourire aguicheur...
montrant le sucre... Et lui aussitôt frétillant, chien
ignoble dressé par eux, faisant le beau, l'œil brillant
de convoitise, tendant le cou avidement... « Non, ma
tante, vous feriez ça pour nous, vraiment?... C'est
sérieux, vous ne plaisantez pas? » Ils sont chaque jour
plus audacieux. Ils passent toutes les bornes, rien ne
leur fait plus peur. Aucune pudeur chez eux, aucune
retenue. Ils fourrent leur nez partout, attaquent ouver-
tement. Plus de précautions, même devant les gens.

urquoi se gêner, n'est-ce pas? Tout est permis avec
. Brave imbécile, si délicat... Perles aux pourceaux...
Mais ils verront. De quel bois... il bondit... Rira bien...
l court presque, bousculant les passants...

L'indignation, la rage le soulèvent, toutes ses forces
affluent, il faut en profiter, rester sur son élan, ce sera
tout de suite ou jamais... Mais ne pas perdre la tête,
ne pas trop se hâter surtout, il faudrait tout recommencer, prolonger cette angoisse, ce suspens... Doucement... l'index bien enfoncé dans le petit cercle de
métal pousser bien à fond le cadran, le laisser revenir
à son point de départ... une lettre, puis l'autre...
maintenant les chiffres... C'est le premier mouvement
qu'il fait vers la délivrance; c'est un défi qu'il leur
lance, à eux tous là-bas, de cette étroite cabine au
fond du petit bistrot, en composant ce numéro : un
simple numéro de téléphone comme les autres en
apparence, et cette apparence banale a quelque chose
d'émouvant, elle rehausse son caractère magique :
c'est le talisman qu'il porte toujours sur lui — sa sau-
vegarde quand il se sent menacé. C'est le mot de
passe révélé aux rares privilégiés : la permission de
s'en servir est conférée comme la plus haute distinc-
tion. Et il l'a reçue, il en a été jugé digne, lui, parfaitement... Mais ne pas se réjouir, ne pas se glorifier
trop tôt, tout peut encore être perdu, dans un instant
il peut être rejeté vers eux ignominieusement, humilié, vaincu, ressaisi par eux aussitôt — leur proie pour
toujours, cette fois... Il se sent comme un homme traqué
sur un sol étranger, qui sonne à la porte de l'ambassade d'un pays civilisé, puissant, de son pays, pour
demander asile... La sonnerie résonne dans le vide.
Chaque coup régulier, prolongé, tient sa vie en suspens... Un déclic... On a décroché...

C'est surprenant d'entendre sa propre voix, comm[e]
détachée de lui qui n'est plus que désordre, désarro[i]
lambeaux palpitants, répondre de son propre gré, tr[è]
calmement : « Est-ce que Mme Germaine Lemaire
est là ? C'est de la part d'Alain Guimier... » Ce nom,
Germaine Lemaire, que sa voix calme prononce, est
un scandale. C'est une explosion. Ce nom les ferait
reculer. Il ferait disparaître de leurs visages ces coups
d'œil continuels sur lui, si perspicaces, ces sourires
entendus, le bout mobile du nez de la tante cesserait
de s'agiter, se figerait, tendu, perplexe... Mais quelques
mots peuvent encore les faire bondir vers lui de nouveau, l'enserrer... Ces mots redoutés, il vaut mieux se
préparer, se creuser pour les recevoir, pour amortir le
choc... les voilà, il les sent qui se forment quelque part
là-bas, il se raidit... Mme Germaine Lemaire est sortie...
tandis qu'une voix lente et grave, la voix qu'il connaît,
répond : « Mais bien sûr. C'est moi. Mais non, je suis
chez moi encore pour un moment. Vous ne me dérangez pas, venez donc. Je vous attends. » L'univers apaisé,
soumis, séduit, s'étire voluptueusement et se couche à
ses pieds. Et lui, dressé, très droit, lui fort, maître de
tous ses mouvements, toutes ses facultés déployées,
la lucidité, le courage, le sens de la réussite et du
bonheur, la ruse, la dignité, répond avec aisance, d'une
voix au timbre chaud, si sympathique, si prenant que
lui-même en est séduit : « Bon, c'est magnifique. Alors
je vais venir... Dans une demi-heure à peu près, si vous
voulez bien... »

Grâce à Dieu, il a tenu bon, il n'a rien gâché... Quel
progrès... Autrefois, il aurait perdu la tête, sacrifié par
une faiblesse stupide ces instants — une demi-heure de
bonheur. Vingt-cinq minutes exactement. Assis sur la
banquette au fond de ce petit café, il peut maintenant

avourer ce moment où rien encore n'a commencé, où rien ne peut encore être compromis, abîmé, où il tient encore serré contre lui son trésor inentamé, absolument intact.

Le temps se tient presque immobile. Les instants, fermés sur eux-mêmes, lisses, lourds, pleins à craquer, avancent très lentement, presque insensiblement, se déplacent avec précaution comme pour préserver leur charge de rêve, d'espoir.

Tout à l'heure ce sera la hâte, l'excitation, une lumière aveuglante, une cuisante chaleur, les instants comme une fine poussière grise chassée par un vent brûlant l'entraîneront vers la séparation brutale, vers l'atroce arrachement, vers cette chute solitaire dans le noir, dans le néant. La menace sera là dès le premier regard, les premiers mots échangés, elle grossira tout le temps jusqu'à ce qu'enfin, pour abréger son supplice et reprendre en main son sort, pareil au condamné à mort qui se suicide, il se lèvera tout à coup avant l'heure, prendra congé trop brusquement... ou bien, lâchement, sentant sur lui ses regards gênés, impatients, il s'efforcera de retarder l'échéance, le moment fatal.

Mais maintenant, il est libre, il est le maître. Il dispose de son temps. Il faut se préparer. C'est la période de recueillement, de purification qui précède les corridas, les sacres. Pas d'alcools. Se méfier des excitants. Il ne faut pas fausser le jeu, tricher, forcer un sort déjà propice, cela porte malheur... Il faut conserver la pleine possession de ses moyens... Un thé léger, tout au plus... ou plutôt non, juste un café...

Assis là immobile, il sent comme cela se forme en lui : quelque chose de compact, de dur... un noyau... Mais il est devenu tout entier pareil à une pierre, à un silex : les choses du dehors en le heurtant font jaillir de brèves étincelles, des mots légers qui crépitent un instant... « Ce qu'il chauffe, votre poêle, dites-moi. Qu'est-ce que c'est que cette marque ? Un Godin. Mais ça chauffe le tonnerre, ces machins-là... » Le garçon approuve de la tête, regarde le poêle avec intérêt. Aucun noyau dur en lui, c'est évident. En lui tout est mou, tout est creux, n'importe quoi, n'importe quel objet insignifiant venu du dehors le remplit tout entier. Ils sont à la merci de tout. Il était ainsi lui-même il y a quelques instants, comment pouvait-il vivre ? comment vivent donc tous ces gens avec ce vide immense en eux où à chaque instant n'importe quoi s'engouffre, s'étale, occupe toute la place... Le garçon se baisse et tourne avec attention le bouton qui règle l'arrivée de l'air, se relève et contemple le poêle d'un œil attendri : « Ah, vous pouvez le dire, les Godin, il n'y a rien de tel, ça vaut le chauffage central. Ça ne s'éteint jamais. On les bourre le soir, le matin il n'y a qu'à vider les cendres... On ne fera jamais mieux que ces machins-là. Et encore aujourd'hui il fait bon, mais si vous étiez venu par les grands froids... il fait une chaleur ici, je ne peux jamais endurer un tricot... — Oh, vous avez de la chance, moi je suis toujours gelé, je pourrais mettre deux tricots en plein été. — Ah, ça dépend aussi du travail qu'on fait. C'est que nous, dans notre métier, on remue, on trotte toute la journée... Ah, je vous réponds qu'on ne risque pas de s'ankyloser. C'est bon pour la circulation... » Frotte-ments, crépitements joyeux : « Oh moi, que je remue ou non, c'est pareil. J'ai toujours été comme ça. Déjà tout petit — du sang de navet. Ma grand-mère me disait déjà : Mais tu es plus frileux que moi... Ce qu'il me faut, pour que je me sente bien, c'est la grosse canicule, le Sahara... »

Mais le temps, tout à coup... mais quelle heure est-il donc ? Le temps — cela ne pouvait pas manquer, cela devait lui arriver pendant qu'il était là, en train de s'amuser à regarder jaillir et retomber les gerbes crépitantes des mots — le temps, oublié, délivré, a fait un bond... Plus que quatre minutes, bon sang... et il n'est pas prêt, il lui aurait fallu encore quelques instants de recueillement pour se préparer, il aurait eu besoin de franchir d'abord une zone de silence... quelque chose a été faussé dans le mécanisme qu'il avait si bien agencé, il a tout compromis par une insouciance coupable, une impardonnable distraction, il est poussé, bousculé, il va mal prendre son élan...

Ne pas perdre la tête surtout, mieux vaut être de quelques minutes en retard que d'arriver tout échauffé, essoufflé...

Il franchit aussi posément qu'il le peut le vieux porche, passe lentement sous la voûte, ouvre la porte donnant sur la cour...

Les grands laquais en livrée figés sur les marches de l'escalier d'honneur, le majordome chamarré vous précédant lentement à travers les vastes étendues de parquets glissants, tous les fastes et les signes extérieurs de la puissance et de la grandeur, tout le cérémonial, la hiérarchie affichée, l'étiquette, les gestes convenus, imposés avaient du bon. Tout cela vous maintenait, vous guidait, c'était moins troublant que cette concierge en savates en train de balayer sa cour, qui vous observe par en dessous, qui voit tout, qui sait, et répond comme si de rien n'était : Mme Germaine Lemaire? Au fond de la cour à droite, au premier; c'était moins inquiétant que la femme de ménage au tablier retroussé qui vous ouvre la porte, vous fait entrer d'un air distrait, pressé, et vous abandonne, livré à vous-même au milieu de menaces sournoises, d'invisibles, d'imprévisibles dangers.

Elle est belle, « Germaine Lemaire est belle », ils ont raison, c'est évident. Là... dans la ligne de sa joue, de sa paupière, de son front... il y a quelque chose qui fait penser à ce qu'il a découvert, à ce qu'il a prélevé sur certaines têtes de statues précolombiennes, aztèques... c'est difficile à déceler, il faut une longue initiation, de grands efforts, parfois, pour capter cela : une certaine force austère, une grâce rude... Et cette courbe un peu molle, un peu ingrate... pauvre... vulgaire... des ailes du nez, du menton, ce n'est rien, il faut faire juste un petit effort, et la grâce, la force captées sur les têtes des statues aztèques ? ou étrusques ? il ne sait plus, et qui infléchissent la ligne de son front, de sa joue, il faut les faire passer aussi, les faire couler — comme on détourne une partie des eaux d'une rivière pour irriguer des terres arides — là, dans ce menton, ce nez... elles se répandent partout... et du visage entier — comment peut-on s'y méprendre ? Qui oserait protester ? — rayonne une secrète et rare beauté.

De l'effort qu'il vient de faire pour exécuter ce petit tour d'adresse avec tant d'aisance, de rapidité, de la certitude qu'il a d'être enfin digne cette fois de faire partie de la petite cohorte des initiés, quelque chose suinte, ce même agacement qu'il entendait percer dans leur voix quand, faisant un effort visible, ils répondaient aux bonnes gens qui, comme lui autrefois — il en a honte maintenant — s'étonnaient naïvement, ne comprenaient pas... « Mais non, Germaine Lemaire est très belle, voyons. » C'est même chez lui un sentiment plus âcre, plus brûlant, c'est de l'exaspération, presque de la haine, il ne peut pas supporter, il est prêt à exterminer les ignorants, les infidèles — ces brutes répugnantes qui préfèrent laisser

.eurs regards relâchés aller se vautrer ignoblement sur les fades rondeurs, les faciles et trompeuses douceurs des nez, des mentons et des joues des cover-girls, des stars.

Mais quelque chose pourtant persiste de sa toute première impression — cette gêne, cette sensation pénible, il se rétracte un peu, exactement comme lorsqu'il l'a vue pour la première fois... Dans ce coin de lèvre qui s'enfonce un peu trop dans la joue, qui se retrousse un peu trop haut, dans le mouvement de cette bouche mince quelque chose glisse, fuit... il ne sait pas ce que c'est exactement, il n'a jamais essayé de le nommer, il ne veut pas, il ne faut pas, ce n'est rien, personne d'autre que lui ne le voit, c'est un mirage, une illusion née de son inquiétude, c'est sa propre peur qu'il projette, sa propre appréhension qu'il voit blottie là, se cachant... il ne faut pas arrêter, appuyer là son regard... qu'il glisse... ne pas voir, ne plus y penser, cela disparaîtra... Voilà... Il n'y a plus rien. Cela s'est effacé.

Mais comment a-t-il pu ne pas le prévoir — mais il s'y attendait — c'est la leçon que lui vaut sa vanité stupide, c'est le démenti infligé une fois de plus à ses rêveries : elle n'est pas seule, bien sûr, ce serait trop beau, quelqu'un est assis près d'elle, à ses pieds, ce grand garçon dégingandé au visage exsangue, étroit, qui enserre de ses mains ses chevilles entre-croisées et se balance d'un air réjoui d'avant en arrière comme un grand singe... Ses petits yeux brillants, très enfoncés, l'observent tandis qu'il avance gauchement... Et elle l'observe aussi. Ses grands yeux clairs sont fixés sur lui. Un courant sort d'elle qui refoule, qui écrase en lui les pensées, les mots... Il cherche autour de lui... un secours viendra peut-être du dehors, de n'importe où, de ce grand feu qui flambe par ce temps doux dans la cheminée, de cette couverture qu'elle a sur les genoux, il se cramponne à cela, de là quelque chose surgit, les mots se forment déjà... mais attention, ils sont repoussés, casse-cou, crime de lèse-majesté, il est perdu s'il ose lui poser une question comme à n'importe qui, se hisser sur un plan d'égalité... elle va se redresser avec cet air qu'il lui a vu, d'impératrice outragée... Mais les mots, cette fois encore, tandis qu'il les tire en arrière pour les retenir, se dégagent, un peu titubants, se remettent d'aplomb : « J'espère... que vous n'êtes pas souffrante ? »

Le grand type se renverse plus fort en arrière et ricane en découvrant ses larges dents, il est aux anges... « Souffrante ? Vous n'y pensez pas ? Madame a une santé de fer, voyons. De ciment armé, je ne vous dis que ça. Mais elle est douillette, comme chacun sait. Elle n'aime rien tant que de se dorloter... » Elle se penche vers lui : « Taisez-vous, petit insolent » et lui donne du revers de sa main une petite tape sur la joue, tandis qu'il lève le coude comiquement et rentre la tête dans les épaules... Le fou de la reine, le bouffon agitant ses clochettes, faisant des galipettes sur les marches du trône, dosant savamment ses impertinences, ses agaceries, a osé dire, faire ce qu'il fallait... Elle rit... Ils avaient vu tous les deux, c'est certain, son air transi, plein de respect, sa crainte. Le bouffon a voulu les faire ressortir davantage pour qu'elle puisse mieux s'en amuser; il a étalé insolemment devant le pauvre novice venu du fond de sa province, ignorant des usages de la cour — son aisance, sa désinvolture, ses privilèges acquis depuis longtemps, les libertés qu'il peut prendre. Il se pavane. Ses mains lâchent ses chevilles, il se déploie, son long corps efflanqué se dresse sur ses pieds... « Ah, sur ce, je me tire... Il est grand temps... » Il se penche vers elle, assise toute droite, royale, sur la chaise au haut dossier... quelque chose passe de lui à elle, d'à peine perceptible... un mouvement invisible plus rapide, plus clair que les mots, et qu'elle enregistre aussitôt : Allons, je vous laisse vous débrouiller avec cet empoté, mais tâchez tout de même de vous amuser un peu... vous nous raconterez plus tard... on rira bien... Ah, que voulez-vous, noblesse oblige, c'est la rançon de la gloire, ces petits jeunes gens avides qui essaient de venir se frotter, qui cherchent à glaner... Le favori, l'heureux courtisan s'incline, souriant, sur la main qu'elle lui tend, se redresse... « Alors c'est entendu, demain je vous téléphonerai pour ce papier »... se retourne...

Pas une trace ne reste du bouffon dans le jeune homme un peu dégingandé, au visage fin, au regard grave et droit, qui s'avance vers lui pour prendre congé, qui tend la main... finies les plaisanteries, on peut bien rire un peu, mais on sait être courtois ici, le respect humain, la plus parfaite égalité, la fraternité règnent, c'est bien connu, dans cette maison. On a des égards pour tous les étrangers qui viennent ici de pays lointains, pour tous les pauvres pèlerins : « Je suis heureux de vous avoir rencontré. Au revoir. J'espère qu'on se reverra bientôt... — Oh, oui! moi aussi, bien sûr, je serais heureux... » Il serre très fort aussi cette main ferme, secourable, amicale, qui étreint ses doigts, il la retient un peu... Mais la main résolument, impitoyablement se dégage.

Il y a un instant, cette joie maligne du bouffon accroupi par terre, se balançant, découvrant ses larges dents, ces signes secrets entre eux, ce courant qui passait entre eux par-dessus lui, c'était encore la sécurité, c'était le bonheur, auprès de cet abandon — seul avec elle ici. Dans quel moment de folie, d'audace insensée a-t-il pu se laisser soulever par l'élan qui l'a fait grimper sur ces hauteurs... il a le vertige maintenant, juché là, sur le plus haut sommet... un faux mouvement et il va tomber, il va s'écraser... Elle l'observe, cramponné là, n'osant pas bouger, tout pétrifié, elle doit avoir envie de sourire... qu'il est donc drôle... elle n'est pas habituée... les gens près d'elle ont d'ordinaire le cœur plus solide, les poumons mieux entraînés à respirer cet air trop vif. Il est si faible, si gauche, il doit lui faire pitié... qu'il est donc ridicule, qu'il est fatigant... Mais il n'y a rien à faire. Elle se secoue, se redresse. Courage, au travail. Ce sont les lourds devoirs. Elle lui sourit, lui fait un signe de la main : « Allons, venez donc vous asseoir ici près de moi... » ne craignez rien, ce n'est rien... vous verrez, vous ne tomberez pas... « Là vous serez bien, près du feu, dans ce fauteuil... Il y a une éternité que je ne vous ai vu... » ne regardez donc plus sous vos pieds, pensez à autre chose... « Qu'est-ce que vous avez fait de beau ? Racontez-moi... » allons, ça va déjà mieux, n'est-ce pas ? le calme revient ? encore un petit effort... « Qu'est-ce que vous avez fabriqué ? Est-ce que vous avez bien travaillé ?

— Eh bien non, je n'ai pas fait grand-chose ces derniers temps... » Au son de sa propre voix — comme cela lui arrivait quand l'examinateur venait de poser sa question et que, la tête vide, ne sachant que dire, il s'entendait répondre — au son de sa propre voix, tels des soldats endormis qui, au son du clairon, se dressent, s'arment, courent, se rassemblent, toutes les forces éparses en lui, engourdies, affluent... il se sent sûr de lui tout à coup, plein de confiance, d'assurance, libre dans ses mouvements, détendu... « Je dois vous avouer que j'ai été très paresseux... » Ne pas tricher avec elle. Pas de faux triomphe. Pas de victoire toujours menacée... « Je me suis laissé distraire par toutes sortes de préoccupations idiotes, j'ai gaspillé mon temps bêtement... » Il n'a rien à craindre, il peut se permettre cela : elle saura trouver ce qui se cache sous la gangue... Elle la première l'a découvert... La preuve est là, toujours sur sa poitrine : cette lettre qu'il a reçue d'elle la première fois... il n'en avait pas cru ses yeux... A lui... ce n'était pas possible... au bas de la page, il ne se trompait pas... en grands caractères, c'était bien cela : Germaine Lemaire... Miracle... Il connaît chaque mot par cœur... Des bribes de phrases affleurent à tout moment, quand il marche, perdu dans la foule, quand il écoute bavarder les gens, quand, assis dans l'autobus sous leurs regards vides il tend son billet au contrôleur. Elles murmurent en lui. Il entend leur appel... pour lui seul... elles sont le signe secret de son élection, de sa prédestination... « Eh bien oui, je me suis laissé dévorer. Détruire par n'importe quoi. Toute la famille... Notre installation... Mais je ne sais pas lutter contre ça... » Verlaine et sa « misérable fée Carotte ». Rimbaud. Baudelaire et sa mère, et le général Aupick... Paresseux, infantiles, gaspillant leur temps, perdant leur vie... les mots qu'il vient de prononcer les ont fait surgir en elle aussitôt, elle les contemple... Ce sont les modèles dont il veut qu'elle s'inspire. Elle lui obéit. Il regarde, ravi, en elle l'image à leur ressemblance, son portrait qu'elle est en train, il le sait, il en est sûr, de dessiner... Il se penche vers elle et plonge son regard au fond des grands yeux d'un gris verdâtre... « Quelle joie, si vous saviez... quel bonheur c'est pour moi d'être ici, de me trouver ici, près de vous, chez vous. » Maintenant tout est permis. Il peut se mettre à nu. Plus de craintes ridicules, plus de pudeur, aucun souci de sa dignité. Il peut lui dire ce qu'il veut. Ils se comprennent par-delà les mots... « Il y a longtemps que je ne me racontais plus d'histoires, vous savez, ces " histoires continuées " comme s'en racontent les adolescents ou les gens déprimés, mais j'aimais m'imaginer allant chez vous, installé ainsi auprès de vous, en train de parler, très brillant, bien sûr... ils rient tous les deux... vous enchantant. Mais je ne voyais pas bien comment c'était chez vous... Là, j'hésitais toujours. Par moments... » il a l'impression tout à coup — c'est très rapide — qu'en elle un long bras avide aux doigts prenants se tend, il ne sait pas très bien, il n'a pas le temps de savoir comment il a décelé en elle ce mouvement... et aussitôt chez lui, avec le sentiment du danger qui revient, cette rapidité d'adaptation — il en est lui-même surpris...

En une seconde il a renoncé, tous les rêves d'intimité sont oubliés. Accroupi à ses pieds, il lui montre, il étale devant elle ses présents, ses offrandes, tout ce qu'il possède... pas grand-chose, mais il est prêt à tout lui donner, qu'elle choisisse ce qu'elle voudra... mais que cherche-t-elle ? « Par moments — c'est ce dépouillement dans ce que vous écrivez, cette chaleur sèche... qui tremble... qui me faisait penser à ça — je vous voyais dans un grand mas aux murs peints à la chaux, une grande pièce nue... » Il lui semble que le long bras retombe, il y a dans les grands yeux quelque chose d'un peu flou... tout de suite, il va lui montrer, qu'elle prenne patience, voilà qui sera mieux : « Mais j'étais bête, c'est la réalité bien sûr qui a raison. Elle bouleverse comme toujours toutes les idées préconçues, toutes les prévisions. Maintenant je vois que c'est tout cela... il regarde autour de lui... qui rend mieux compte de cette lave en fusion... un fleuve incandescent... Il y a par moments, dans certains de vos livres, du baroque flamboyant quand l'enthousiasme vous soulève, quand la soif de conquêtes vous porte. Il y a ici, dans cet entassement de choses étranges, très belles... ce masque de sorcier... ces étoffes... tout votre côté espagnol, conquistador... On dirait un butin fabuleux amassé par un pirate... posé là au hasard, négligé... j'adore cette désinvolture... Auprès de cela tous mes fignolages paraissent tellement ridicules, mesquins... »

Elle a un petit sourire content... « Oh, vous exagérez... Simplement, les choses s'amassent petit à petit... des souvenirs, quelques cadeaux... C'est vrai que j'aime bien grappiller un peu partout... Cette cage en osier, là, tenez, je l'ai trimbalée des îles Canaries. Cette outre, c'est un vieux paysan du Tibet qui me l'a donnée... elle est jolie, n'est-ce pas? On amasse beaucoup de choses autour de soi au cours d'une vie quand on habite toujours au même endroit. Je suis quelqu'un de très casanier au fond, vous savez. Mais je suis sûre que c'est très agréable chez vous aussi. J'aimerais bien savoir comment c'est. Il faudra que vous m'invitiez un jour... »

C'est émouvant de la voir descendre les marches du trône avec tant de simplicité, de modestie, se mêler à la foule, s'intéresser à chacun, poser à chacun quelques questions; courber la tête avec grâce pour franchir le seuil des plus sordides petits pavillons, des plus humbles chaumières; s'asseoir au milieu de la famille assemblée; laisser — mais non, ce n'est rien, ne le grondez pas — les doigts poisseux des enfants froisser sa robe de soie; poser un regard paisible sur les murs couverts de papier à ramages grossiers, sur les chromos, sur les fleurs artificielles émergeant des vases japonais gagnés à la foire... sur les poteries rapportées de Plougastel... sur les ignobles fauteuils de cuir... « Ah, non! c'est très laid chez moi. Vous seriez terriblement déçue... il y a toutes sortes de cadeaux plus affreux les uns que les autres... Mais il n'y a pas moyen de s'en défaire. Il faudrait un incendie, un tremblement de terre. Et encore... la famille veille, ils seraient remplacés. C'est qu'elle a besoin de ça, ma famille : des plats de Plougastel, des affreux fauteuils... c'est le drapeau qu'elle plante sur les terres nouvellement conquises. Son étendard qui marque jusqu'où s'étend maintenant son empire. Jusqu'à moi. Je lui échappais, mais on m'a soumis. Et pour de bon cette fois, pour toujours. On m'occupe, on construit des routes, on pose des bornes, on mesure, on administre et on vaccine pour le bien des populations... Mais je vous ennuie... » Inutile précaution. Pure coquetterie. Il a pris pied, il le sent, sur son terrain à lui, il n'a plus peur. Il se lève et se met à marcher de long en large et elle le regarde... Enfin... il sait que c'est cela qu'elle attendait de lui, c'est la primeur, pour elle seule, le trésor caché qu'elle seule a su trouver, mettre en valeur, et qu'un jour elle va révéler... Jamais il ne s'est senti plus libre, plus adroit... ses gestes sont sûrs, élégants : tenez, regardez bien. Voilà, n'est-ce pas, deux fauteuils de cuir très ordinaires en apparence, le genre "clubs" anglais comme il y en a dans certaines salles de cinéma. Eh bien, il y a autour d'eux des drames sanglants. Je lutte pour ne pas les avoir chez moi comme si je défendais ma vie. Et j'ai raison. Parfaitement. Car ces fauteuils, nous savons tous ce qu'ils sont. Mais jamais un mot là-dessus. Secret absolu. Il y a un accord tacite, on n'en parle pas... On se sert de toutes les armes qu'on a, mais jamais une allusion à ce qu'ils sont pour de bon : le signe de l'ordre qu'ils veulent imposer, de leur puissance, de ma soumission...

Cette fois, il a trouvé son public. Un public digne de lui. De son chapeau sortent en cascades des flots de rubans, des objets de toutes sortes, cela coule, lui échappe, forme autour de lui des tas énormes... des mondes s'affrontent... l'ange combat la bête... il brandit le glaive contre leur ennemi commun, à elle et à lui... il peut maintenant s'amuser, se permettre n'importe quoi... il saisit quelque chose dans l'air... « Regardez... Prenez, par exemple, ma tante, une vieille maniaque... elle vous amuserait bien si vous la connaissiez... c'est un personnage pour vous... je vous la ferai connaître un jour... Vous auriez dû la voir quand elle est venue chez nous. Toute douceur. Très attendrie. Mais ses yeux fouillent... » Il marche en l'imitant : « Le bout de son nez est mobile comme chez les chiens, elle le remue : Mais c'est mignon tout plein chez vous, mes enfants. Ce porte-serviettes, quelle merveille... Un regard rapide à la vue par les fenêtres. Là, ça sent le fagot. Là, couve la rébellion. Je la taquine, je la provoque : Venez voir, ma tante, n'est-ce pas beau, cette vue et ces vieux toits, là-bas, au fond ?... Tout de suite, elle se rebiffe : Je crois que c'est ça que vous avez payé surtout, la vue... Parce que le reste, c'est très mignon, mais enfin... dans quelques années, hé, hé, il faut l'espérer, vous serez à l'étroit. Par là elle nous tient, ma femme et moi. Nous sommes pris. Nous sommes désarmés. Ligotés en un tour de main. Et alors elle s'amuse un peu, c'est trop tentant : Mais vous savez ce qu'il vous faudrait, mes petits enfants ? Mon appartement, tenez... C'est exactement ce qu'il vous faut... Nous n'osons pas en croire nos oreilles, nous tremblons, nous tendons le cou, nous fixons sur elle un œil chargé de la plus abjecte convoitise, nous lui demandons : Mais comment est-ce possible, ma tante ? Vous ne parlez pas sérieusement ? »

Elle pose sur lui un regard où il voit luire la reconnaissance, l'approbation. Il s'arrête devant elle. Maintenant qu'elle regarde bien. Il sent que c'est le moment. La chance le porte. Tous ses gestes sont sûrs, hardis, libres, il est libre, il fait ce qu'il veut, il bondit, brandissant le glaive, il va jeter la panique dans les rangs bousculés de l'ennemi, il fonce, rien ne l'arrêtera… « Mais c'est terminé, voyez-vous. J'en ai assez. Je vais briser avec tout ça pour toujours. M'échapper. Et c'est vous qui m'aurez aidé. C'est ça que je suis venu vous demander aujourd'hui. Maintenant je le sais. Je ne peux pas pactiser avec tout ça… C'est tout ou rien… Pourquoi se mentir ? Il faut trancher dans le vif, il n'y a pas d'autre moyen… Il s'agit… » Le téléphone sonne. Elle se lève en continuant à le regarder : « Pas d'autre moyen, oui ? Vous croyez ?… » Elle a dit cela un peu machinalement. Il a l'impression qu'elle a pris n'importe quoi, les mots qu'il venait de prononcer et qui étaient encore en elle, et qu'elle les a répétés sans trop savoir ce qu'elle disait, juste pour ne pas interrompre trop brutalement ses roulades, ses sérénades… Elle hoche la tête, soupire ; elle avance lentement comme si le lien par lequel il la retient entravait ses mouvements ; enfin, son regard toujours posé sur lui, hochant la tête… Ah, quel trouble-fête, je suis navrée, que tous ces gens sont donc assommants… elle étend lentement le bras, décroche le récepteur : « Allô… Allô… Oui… Quand ? Vous m'étonnez. Mais si, j'étais là, je n'ai pas bougé. Elle rit. Mais rien de particulier. Toujours le même train-train. Quoi ? sa voix baisse, s'adoucit, prend un ton intime et chaud… Tout à l'heure ? Oui… Quand ? Dans une heure ? Très bien. Parfait. Non, toujours rien. Enfin, on en reparlera. Je vous raconterai ça. A tout de suite. »

Elle revient vers lui. Mais il sait que le spectacle est fini. Quelques derniers applaudissements. On pense déjà à courir au vestiaire, il faut se dépêcher, on va rater le dernier métro… « Oui, eh bien c'est passionnant, tout ce que vous m'avez raconté… » Il lui semble qu'elle ramasse ses forces pour un dernier effort… « Mais moi, je crois que j'accepterais, au contraire, à votre place. Trop contente. Mais si. Il faut bien qu'ils servent à quelque chose, tous ces gens-là. Prenez donc ce qui vous convient. C'est rudement agréable de ne pas être logé trop à l'étroit. Et on ne se laisse pas asservir pour si peu. On n'est dévoré que quand on le veut bien. Il faut être plus cynique que ça puisque vous aimez... elle regarde autour d'elle, elle sourit... les pirates, les conquistadors... — Oui... après tout... » il reconnaît mal sa propre voix. Comme toujours, dans les moments de débâcle, d'écroulement, quelqu'un à sa place prononce les mots, sauve la face... « Après tout, vous avez probablement raison. Mais je suis là à bavarder... Quand je suis avec vous je ne peux plus m'arrêter, je vous fais perdre votre temps... — Mais j'aime beaucoup toutes vos histoires... Il faudra revenir souvent... » Il sent qu'il serait dangereux de s'attarder, de mendier encore quelques instants, il y a quelque chose de menaçant dans son amabilité un peu mondaine, distante... c'est évident, elle ronge son frein... « Oui, je serais si heureux, si vous me permettiez... »

Tandis qu'elle l'accompagne jusqu'à la porte, lui serre la main, il sent en elle cette chaleur, cette générosité, ce trop-plein de forces — on est prêt à les gaspiller — que donne le sentiment de la délivrance toute proche, de la liberté... « Alors à très bientôt, vous ne me dérangerez pas. Téléphonez-moi donc un jour vers cette heure-ci. Je suis presque toujours là. Elle passe sa tête dans la porte et lui sourit d'un air mutin... Et travaillez surtout, hein ? Je compte sur vous, vous savez. Travaillez bien. »

Étonnant comme tout s'est déroulé conformément au plan que quelque part en lui-même il avait tracé; comme tout depuis le premier moment a concouru à cela, à ce désastre, à cet écroulement... il est rejeté, dégradé... Ah, c'était magnifique, cette supériorité... mais comment vivent donc tous ces gens ?... dire qu'il

y a moins de deux heures il se demandait cela...
Comment peuvent-ils vivre sans ce noyau dur en eux,
cette petite masse compacte, préservée secrètement,
cette certitude, cette sécurité... Le garçon de café,
pauvre homme, si perméable, si mou... le poêle n'est
pas juste un objet pour ses yeux, pour ses mains, dont
il doit s'occuper en attendant les grands moments qui
comptent, non, les choses l'occupent tout entier... Et
lui-même, comment vit-il? c'est ce qu'eux pourraient
se demander s'ils savaient, mais ils sont trop innocents... le conducteur d'autobus qui court dans la
travée, agite la sonnette, crie le nom des stations est
pur, dur, rien ne peut le rayer; aucune faille entre son
geste et lui où puisse s'introduire la moindre impureté.
Pas le moindre soupçon d'une expérience de ce genre.
Jamais. Dans aucune de ces vies. Il faut être lui, il faut
avoir son savoir-faire exceptionnel, son habileté, pour
s'offrir ces sortes de plaisirs. Le bouffon devait s'amuser, si d'aplomb là-bas, tout à fait à sa place, bien
installé dans une parfaite sécurité, de le voir, lui,
pareil à quelqu'un qui descendrait l'escalier aux
marches mouvantes de Luna-Park, titubant, se cram-
ponnant, le pied en l'air, l'œil hagard... Bonne leçon
qu'il lui a donnée... le tout, voyez-vous, c'est de ne pas
avoir peur. Regardez comme je fais... Et cette forte
poignée de main pour marquer leur noblesse à tous, là-
bas, leur sentiment d'égalité, même à son égard... ou
plutôt, cela voulait dire — une énorme bouffée de
chaleur l'inonde — cette forte poignée de main, ce
regard qui plonge au fond de ses yeux... Allons, res-
saisissez-vous, soyez un homme, que diable, cela vous
fait donc tant d'effet, la célébrité, la gloire...

6

Gisèle... mon amour, ma femme... Gisèle... Ce nom
exorcise. Le répéter sans fin... Gisèle... c'est l'apaisement, c'est la sécurité. C'est cela qui est vrai, qui est
sain. Ils ont tout de même raison avec leurs vieilles
conventions; c'est le reste qui est tout faux, de la
camelote. Et lui, l'imbécile, l'infantile, jouant au
révolté, faisant l'énervé... « Gisèle, je suis idiot, je ne te
mérite pas... Mais qu'est-ce que je deviendrais si je
ne t'avais pas, dis-moi ce que je ferais, Gisèle, dis-
moi... » Il serre entre ses mains les joues fermes et
rondes, toutes chaudes de sommeil, la bouche sous sa
pression se plisse et s'arrondit en un petit rond
attendrissant, naïf comme celui que font quand elles
s'ouvrent et se tendent ainsi en avant les bouches des
enfants, elle cligne les yeux, elle les écarquille pour
les garder grands ouverts, elle a sa voix nasale,
endormie, de petite fille... « Mais qu'est-ce qui se
passe, Alain? Mais d'où viens-tu? Quelle heure est-
il? — Mon chéri, si tu savais quel délice de revenir
ici... Je me sens comme le renard poursuivi par les
chasseurs... tu sais, dans ce roman anglais... on disait
toujours que c'était toi mon renardeau, mais cette fois
c'est moi qui suis traqué, je viens me réfugier, prends-
moi dans tes bras... Tu sais ce que j'ai fait? Tu sais

d'où je viens? De chez Germaine Lemaire... Elle ouvre grand cette fois des yeux émerveillés... Figure-toi, je rageais tellement en sortant d'ici, j'ai été ignoble, pardonne-moi... c'était idiot, je sais... Ça m'a donné des forces tout à coup, j'ai pris mon courage à deux mains, je lui ai téléphoné... Elle m'a dit de venir tout de suite... — Tu vois, Alain, mon chéri, tu vois ce que je te disais, tu vois comme tu étais fou... Alors comment c'était? — Tu sais, je ne sais pas comment te dire, je ne sais pas encore bien moi-même. Natu-rellement, c'est merveilleux... tout est beau... mieux que je ne pensais... Elle est formidable, elle a une sorte de majesté. — Quand je pense qu'Irène me disait l'autre jour qu'il n'y a personne au monde qu'elle admire autant... elle donnerait n'importe quoi pour la voir trois minutes, pour l'entendre parler... et tu es resté chez elle tout ce temps-là... Qu'est-ce que vous avez raconté? Tu étais seul ou il y avait d'autres gens? — Oui, au début, il y avait ce grand type dégingandé que j'avais vu une fois avec elle... je te l'ai montré, une fois, au cinéma. — Montalais? — C'est ça... Assez antipathique au premier abord, mais après il a été très gentil... Il a quelque chose de direct, de franc. Il a l'air de savoir qui je suis... J'aime bien sa poignée de main... Il a dit qu'il aimerait me revoir... Il est parti presque aussitôt. — Dis-moi de quoi vous avez parlé. Mais tu es resté longtemps... — Oui, j'ai été horrifié quand j'ai vu l'heure en sortant... Mais je n'ai pas senti le temps passer. Je ne sais pas comment te dire... On a une extraordinaire impression d'exci-tation avec elle... Peut-être moi, parce que j'ai telle-ment la certitude qu'elle me comprend... Je me laisse aller... Mais pourtant... tu sais... à toi je dis tout... par-en dessous, il y a par moments comme une espèce de malaise... tout d'un coup on se sent surveillé... on a l'impression, comment te dire, qu'il faut tout le temps

lui donner... il y a quelque chose qu'elle exige tout
le temps... — Oh, mon petit Alain, ça c'est sûrement
tes idées. — Non... je t'assure... ça ne se fait pas tout
seul, la gloire, la réputation... il y a comme une
faim inassouvie, un besoin d'adulation... on ne lui
donne jamais assez... elle surveille, elle mesure, elle
doit remettre les gens à leur place au moindre manque-
ment... — Elle t'a remis à ta place ? — Non... penses-
tu... elle était la gentillesse même... la simplicité...
mais je crois qu'on aurait tort de s'y fier. — Mais
qu'est-ce que tu lui as dit ? — Oh, je ne sais pas.
Rien de spécial... Je te dis, j'avais l'impression qu'elle
comprend tout... J'ai raconté des histoires, n'importe
quoi, ce qui me préoccupait, j'étais encore tout plein
de ces histoires d'ameublement, d'appartement... tu
sais que le sujet importe peu. — Pour toi, mon chéri,
bien sûr... Tu as dû donner ton plein, tu as dû être
très brillant... Quand tu te lances sur ces choses-là...
Elle a dû t'écouter bouche bée... — Oui, peut-être... je
ne sais pas... Écoute, je vais te dire... si on arrache
tout ça, ce vernis, le prestige, l'opinion des gens...
eh bien, la bonne femme elle-même est un peu... tu
vas bondir... comment te dire... ce n'est pas ça... »
Elle l'entoure de ses bras, elle appuie la tête contre
sa poitrine, elle se serre contre lui, son rire est comme
le ruissellement de gouttes de rosée, comme une pluie
tiède, parfumée, de printemps... « Alain, je t'adore...
je sais pourquoi je t'aime, entre autres choses, mon
chéri... c'est pour ce genre de choses-là, si tu veux
savoir : tu es formidable, tu sais. C'est ça que j'aime
en toi, cette pureté, cette intégrité... oh toi, tu es tout
à fait " ça ". Quand je pense dans quel état serait
n'importe quel garçon de ton âge, n'importe qui, à qui
Germaine Lemaire aurait écrit ce qu'elle t'a écrit,
qu'elle recevrait ainsi, avec qui elle resterait à parler
deux heures de n'importe quoi... et toi, tu es déjà

insatisfait. Tu n'as pas pour un sou de vanité. Tu domines toutes les situations... Rien ne peut t'entamer... » Il l'écarte de lui et la tient à bout de bras pour bien la regarder dans les yeux... « Gisèle, tu crois, vraiment ? Tu sais qu'il n'y a que toi pour me donner confiance en moi... Je me dis souvent que tu es aveuglée... Mais là, en te parlant, je l'ai senti : c'est moi qui ai raison. Je joue son jeu, mais je ne me sens jamais pris. Elle ne m'en impose pas... de près, peut-être, un peu... c'est ma timidité, mon manque de confiance en moi, un rien me remonte, un peu de flatterie m'enivre sur le moment... mais après... mais non, même chez elle, tout le temps je sentais comme un malaise, un manque... c'est peut-être pour ça qu'il y a, même dans ce qu'elle écrit, quelque chose... je me demande par moments... — Oh! ça, écoute Alain, là tu vas fort. — Non, crois-moi. Ça ne se fait pas tout seul toutes ces choses-là. Elle a dû savoir ce qu'il faut faire. Elle sait mener sa barque, crois-moi... Elle tient ses comptes, elle établit des hiérarchies... si, si... elle ne perd jamais son temps... et c'est ça qu'elle paie, ailleurs... il y a un côté glacé, concerté, dans son fameux dépouillement, dans cette rigueur... un côté prudent... avare... c'est ça... — Mais écoute, Alain, mais toi, pourquoi t'aurait-elle écrit ? Pourquoi te reçoit-elle comme ça ? C'est de l'enthousiasme qu'elle a montré, un désintéressement complet... — Oui, bien sûr. Rien n'est si simple... Il est possible que je l'intéresse... c'est probable... elle veut avoir de l'influence... une cour de jeunes... Mais sois tranquille, elle ne s'emballe pas, elle ne perd jamais le nord... il y a quelque chose en elle de froid et d'un peu mesquin... de pratique... elle voit tous les petits côtés... — Ça, mon chéri, je ne te crois pas... il faut que tu déprécies tout, surtout ce qui t'appartient, ce qu'on te donne... Avec moi c'est pareil, tu sais

94

bien... — Avec toi, Gisèle, mon amour, mais comment peux-tu comparer... Tiens, je vais tout te dire... Mais, mon chéri, tu ne crois pas que c'est ça, le bonheur, c'est ça le seul vrai bonheur, cette confiance absolue, cette fusion... un seul être... je ne sais plus où je finis, où tu commences... ils ont raison avec tous leurs vieux mythes... ils savent depuis si longtemps... Quand tu m'as secoué tout à l'heure pour cette histoire de fauteuils... pardonne-moi, mon chéri... je rageais tellement parce que je savais qu'au fond tu avais raison... j'ai voulu indirectement lui raconter, à Germaine Lemaire, voir ce qu'elle en penserait... — Tu lui as parlé des fauteuils?... — Non... Pas exactement... je lui ai parlé de cadeaux... De la famille... De la tante... J'ai raconté comment elle venait nous tenter avec son appartement... Tout ce que ça signifie... Comme ils veulent nous écraser... Qu'il fallait se libérer de tout ça... — Qu'est-ce qu'elle t'a dit?... — Elle avait l'air fascinée... ce sont des choses qu'elle comprend bien... Et puis elle a eu un moment de distraction... on l'a appelée au téléphone... elle a pensé à autre chose... enfin je ne sais pas, mais ça m'a été désagréable, la façon dont elle a réagi... Tu sais ce qu'elle m'a dit? ça m'a surpris... Mais prenez-le donc, cet appartement. C'est rudement commode, pourquoi vous gêner? Ça m'a choqué, c'est idiot, je me suis senti humilié... — Mais pourquoi, Alain, je ne comprends pas... — Je ne sais pas... il y avait quelque chose dans son ton... Pas dans ce qu'elle disait... Au contraire, elle m'a dit qu'elle-même l'aurait fait, qu'il fallait être égoïste, savoir prendre, que ça m'était dû... mais il y avait comme du mépris... — Oh écoute, Alain, tu es fou. Je t'assure, tu me désespères. Il ne pouvait rien y avoir de vexant dans ce qu'elle t'a dit, c'est de la folie, voyons... Au contraire, si tu veux mon avis. Ça prouve qu'elle t'apprécie. Elle trouve que tu as des droits, comme elle. C'est vrai que toi au moins ça te servirait un peu plus qu'à tante Berthe, un grand appartement où tu pourrais t'isoler... Tu ne serais plus dérangé... Tu pourrais travailler tranquillement... On recevrait des amis... Elle-même, un jour, pourquoi pas? Tu nous vois la recevant ici... La vieille tante se dessèche là-bas toute seule, elle serait aussi heureuse n'importe où à astiquer ses plaques de propreté... Ça te fait du bien qu'on te dise ces choses-là. Tu es trop délicat, trop scrupuleux... Tu n'as pas assez conscience de ta valeur, de ce qui t'est dû. C'est vrai qu'elle n'aurait pas hésité, Germaine Lemaire, j'en suis sûre, elle aurait saisi l'occasion au vol. Elle t'a parlé comme à un égal. — C'est vrai? Tu crois?... Il la serre contre lui très fort... Et moi, tu me connais, je n'ai pensé qu'une chose : c'est des balivernes pour elle, tout ça, ce que je lui dis là... Un moment, je l'ai haïe... Il m'a semblé qu'elle n'avait pas cru un mot de ce que je lui avais dit... qu'elle avait cru que je tournais autour du pot... Il y a eu dans sa façon de parler, dans son intonation... peut-être dans son regard... enfin je ne sais pas... comme un petit air de voir au travers, un air rusé, amusé... Il m'a semblé qu'elle devait croire que j'en mourais d'envie au fond de l'avoir, cet appartement... que ça me démangeait, ce besoin... que je ne pouvais pas m'empêcher d'en parler et que je voulais qu'elle m'approuve... Et puis surtout, un moment... je lui avais dit que je trouvais ça très beau chez elle, tous ces objets rapportés de partout, ça faisait penser à un énorme butin somptueux... elle m'a dit... mais tu ne peux pas comprendre, c'est impondérable... je l'ai senti... elle a souri d'une certaine façon en regardant autour d'elle... elle m'a dit : Mais prenez-les donc, ne refusez pas, puisque ça vous plaît tant, tout ça... puisque vous aimez tant ça, " les pirates, les conquistadors " ... elle pensait que ça m'épatait, ce genre de choses-là, cet aspect sous lequel je l'imaginais... je me suis senti ridiculisé, sali, je ne sais pas comment t'expliquer... — Mon chéri, nous y voilà... c'est donc de là que ça vient, ce regard traqué, cet air malheureux... Je me demandais tout le temps... je comprends maintenant... Mais Alain, tu perds le recul. Tu es drôle, tu sais. Tu ne te rends pas compte de l'impression que tu fais. Mais tu es la dernière personne au monde dont on pourrait penser ça, je t'en réponds. Il faudrait que Germaine Lemaire soit idiote. Et ce n'est pas le cas. Mais il suffit de te regarder. Mais pourquoi crois-tu qu'elle t'apprécie? Pourquoi est-ce qu'elle te voit?

— C'est vrai, Gisèle... tu dois avoir raison... je dois être fou. Je suis fou. Il faut que je détruise, que je gâche tout. C'est vrai qu'il y a en elle quelque chose de généreux... de fraternel. Elle m'a dit simplement ce qu'elle pensait. Elle, à ma place, sûrement elle n'aurait pas hésité. C'est ça qui a dû l'amuser, ces scrupules, ces révoltes... Ça fait très adolescent... »

7

Mon gendre aime les carottes râpées. Monsieur Alain adore ça. Surtout n'oubliez pas de faire des carottes râpées pour Monsieur Alain. Bien tendres... des carottes nouvelles... Les carottes sont-elles assez tendres pour Monsieur Alain? Il est si gâté, vous savez, il est si délicat. Finement hachées... le plus finement possible... avec le nouveau petit instrument... Tiens... c'est tentant... Voyez, Mesdames, vous obtenez avec cela les plus exquises carottes râpées... Il faut l'acheter. Alain sera content, il adore ça. Bien assaisonnées... de l'huile d'olive... « la Niçoise » pour lui, il n'aime que celle-là, je ne prends que ça... Les justes proportions, ah, pour ça il s'y connaît... un peu d'oignon, un peu d'ail, et persillées, salées, poivrées... les plus délicieuses carottes râpées... Elle tend le ravier... « Oh, Alain, on les a faites exprès pour vous, vous m'aviez dit que vous adoriez ça... »

Un jour il a eu le malheur, dans un moment de laisser-aller, un moment où il se sentait détendu, content, de lui lancer cela négligemment, cette confidence, cette révélation, et telle une graine tombée sur une terre fertile cela a germé et cela pousse maintenant : quelque chose d'énorme, une énorme plante grasse au feuillage luisant : Vous aimez les carottes râpées, Alain.

Alain m'a dit qu'il aimait les carottes râpées. Elle est à l'affût. Toujours prête à bondir. Elle a sauté là-dessus, elle tient cela entre ses dents serrées. Elle l'a accroché. Elle le tire... Le ravier en main, elle le fixe d'un œil luisant. Mais d'un geste il s'est dégagé — un bref geste souple de sa main levée, un mouvement de la tête... « Non, merci... » Il est parti, il n'y a plus personne, c'est une enveloppe vide, le vieux vêtement qu'il a abandonné dont elle serre un morceau entre ses dents.

Mais il ne fera pas cela, il ne comprend pas ce qu'il fait... Tout occupé à parler, il n'a pas compris ce qui s'est passé, il a de ces moments, quand il parle, quand il est préoccupé, où il ne remarque rien. Il jette sur son assiette un regard distrait, il trace dans l'air avec sa main un geste désinvolte, insouciant : « Non, merci... » Elle a envie de le rappeler à l'ordre, de le supplier, comment a-t-il osé... « Oh, écoute, Alain...» Il a bafoué sa mère, il l'a humiliée, cela lui fait honte à elle, cela lui fait mal de voir ce petit sourire préfabriqué que sa mère — comme elle sait se dominer — pose sur son visage et retire aussitôt, tandis que marquant que le désastre est consommé, qu'il faut savoir courber la tête devant son destin, elle remet à sa place le ravier.

« Mais qu'est-ce qui te prend, Alain, voyons... tu adores ça... Maman les a fait faire exprès pour toi... Tiens... » Elle est prête à tout braver pour voler au secours de sa mère, tous les interdits. Il a horreur de cela, mais tant pis : « Tiens, Alain, je te sers... » Voilà. Ce n'était qu'un caprice. Ce n'était qu'un de ses moments d'inattention... Le voilà rattrapé, ramené... il faut les prendre ainsi... elle rend le ravier à sa mère. Sa mère, fière d'elle, repose le ravier, sa mère lui caresse le visage de son regard tendre, reconnaissant... les hommes sont tous de grands enfants. Et elles, alliées, liguées contre eux, penchées l'une vers l'autre... tant de choses à se dire... tout absorbées...

Mais que se passe-t-il donc là-bas, entre eux, de quoi s'agit-il?

« Germaine Lemaire... » Germaine Lemaire? Mais pourquoi tout à coup? « Mais Alain, de qui parlez-vous? — De Germaine Lemaire, figure-toi. — De Germaine Lemaire? — Oui, ton père... — Mais... papa... pourquoi... » Comment a-t-il su? qui lui a révélé? c'était si bien gardé, leur trésor à eux deux, sainte relique préservée des regards impies, des doigts impurs... mais il est si rusé... le moindre mot, une allusion, un air trop animé, un enthousiasme trop bruyant... il a flairé... Mais c'est elle... elle-même dans un moment de folie... impossible de résister à la tentation... quand il lui avait dit : « Si tu veux, je peux demander aux Féraud une recommandation auprès de Germaine Lemaire pour Alain. Ils la connaissent. Ce sont ses voisins. » C'était trop. Elle n'avait pas pu... la dignité l'exigeait, le respect de soi, de son père, le souci de la vérité... « Mais papa, Alain n'a pas besoin de ça. Il la connaît... » Impru-dence. Folie. Honte. Elle avait rougi aussitôt. Juchée là, grotesque, et les regardant de haut, grosse maraî-chère, harengère se pavanant sur son char déguisée en reine de carnaval... tout le monde était gêné, chacun avait détourné les yeux... elle avait regretté aussitôt.

Elle savait qu'elle le paierait un jour, elle ne per-drait rien pour attendre, rien ne pourrait empêcher qu'elle ne paie, et maintenant, brusquement, le moment est venu alors qu'elle avait oublié, quand elle croyait tout effacé... « Mais papa, qu'est-ce qui t'y fait penser tout à coup ? — Oh ! rien... un article sur elle dans *France-soir*. J'ai vu sa photo... Ah, il n'y a pas à dire... il ricane... c'est une jolie femme... » Il n'a pas besoin d'en dire plus long... « une jolie femme »... brève formule, mais il a une élève bien dressée, très douée, il lui a bien appris — voilà... elle développe la formule instantanément : une jolie femme, ha, ha... voilà votre triste situation, à vous autres, votre tragique condition, mais il faut s'y plier. C'est pénible... on ne veut pas... on regimbe, n'est-ce pas, hé, hé, mes tendres, faibles oiselets ?... Mais Dieu vous a ainsi faites, que voulez-vous. Il faut s'y résigner, la nature l'a voulu ainsi. Ah, on n'est pas content, on voudrait aussi penser, agir... on s'ennuie, calfeutrées ainsi, ornements, objets de prix, plantes de serre, luxe que s'offrent les hommes arrivés... est-ce que vous pouvez vous plaindre de quelque chose, ta mère et toi ? est-ce que je vous ai jamais rien refusé ?... détente, repos du guerrier... mais dès qu'on veut essayer les durs métiers... révoltant de les voir, les pauvrettes... on me l'a raconté... ah, c'est beau, leur égalité... juchées sur des échafaudages, trimbalant des rails... tous les voyageurs sont indignés... faisant, déguisées en homme, le coup de feu... Mme Curie... ah, laissez-moi rire... balivernes... folie... vieilles femmes à quarante ans... éteintes, ridées, monstres, bas-bleus, objets de risée, de répulsion... regardez à quoi ça vous conduit : à ce qui peut vous arriver de plus atroce, de plus honteux : « Cette Germaine Lemaire, eh bien moi... ha, ha, ha... il donne de grandes claques sur la table avec sa main... Moi pour tout l'or du monde... » Elle tremble, sa voix est tremblante d'indignation : « Oh ! papa, comment peux-tu... Je serais rudement contente de lui ressembler... Elle est mieux que jolie. Elle est belle. Tout le monde le dit... Il y a des hommes qui se sont tués... » Il fait un petit bruit du nez... hm... hm... « Des hommes se sont tués ? C'est excellent. Le snobisme de certains crétins peut donc aller jusque-là... Mais moi, mes enfants, rien à faire, je ne marche pas. Je l'ai vue, d'ailleurs, d'assez près, votre Germaine Lemaire. Eh bien, elle est laide comme un pou. Ça crève les yeux. — Ça dépend de ce que tu appelles la beauté. Pour moi c'est autre chose, la vraie beauté... » Elle se cramponne à cela de toutes ses forces pour surnager, elle sent une fureur contre lui qui la tire à lui, vers le bas... elle essaie de se dégager, elle lui donne de grands coups... « Si l'idéal pour toi, ce sont les poupées de coiffeur... les gravures de mode... » Elle le hait... qu'il la lâche, qu'il coule, qu'il périsse, tant pis pour lui, mais elle veut se sauver, elle ne veut pas s'abandonner... elle sent que si elle se laissait aller une seconde, eh bien, elle aussi, peut-être, dans cette camelote qu'il faut détester, dans ces poupées de coiffeur... elle trouverait... il n'y a pas si longtemps, elle-même... mais elle ne veut pas, il peut tirer aussi fort qu'il voudra, rien à faire... elle crie presque : « Il y a un autre idéal de beauté, figure-toi. Et pas pour moi toute seule heureusement. Et elle répond à cet idéal-là, Germaine Lemaire, que tu le veuilles ou non. Et je ne suis pas seule à le trouver. Sa tête par Barut — mais tu ne l'as pas vue, ça ne t'intéresse pas — elle n'est pas belle, peut-être ? ce n'est pas beau ça non plus ? — Si...i... son si est long sifflement, si... c'est beau... bien sûr... il siffle comme un serpent... c'est une pure merveille... il ricane... Il faudrait que je sois fou pour oser dire que c'est hideux, ce marbre de Barut. Pensez donc, quelle indignation, quels cris... l'art moderne, la nouveauté... pensez donc... Il faut courber la tête, chut... pas un mot, sinon gare... pour qui est-ce qu'on passerait? Mais elle aussi, Germaine Lemaire, ce qu'elle fait c'est le dernier cri pour vous, l'avant-garde... Mais vous savez quel âge elle a, cette tête brûlée? Mon âge, si vous voulez le savoir. Parfaitement. Elle a exactement un an de moins que moi. L'âge de ta mère, j'ai vu ça, elles sont nées le même mois, ha, ha, parfaitement... »

La plus ignoble réaction, la barbarie, l'obscurantisme, la bêtise, la plus atroce hérésie... il incarne tout cela, lui — sa chair. Mais elle est prête à le battre, à le brûler, à l'écarteler : « Eh bien oui, elle a ton âge, oui, elle a ton âge. Et qu'est-ce que ça fait? Tant pis pour toi. Elle a ton âge et elle est plus jeune que nous. C'est elle qui nous montre l'avenir. Tandis que toi... » Elle a envie de pleurer... mais qu'on l'aide enfin, que quelqu'un vienne donc à son secours... « Mais Alain, tu restes là à te taire, tu pourrais dire quelque chose, c'est lâche, ce que tu fais là, Alain, tu sais bien que tu es de mon avis, mais exprime-toi, explique-toi... — Oh écoute, Gisèle, calme-toi. Tu es ridicule de te monter comme ça... » Il appuie sur ses yeux qu'elle ne peut pas détourner son regard de mauvais garçon, cynique, un peu gouailleur : laisse donc tomber, ne te fatigue pas. C'est un pauvre gâteux. Il fait plutôt pitié. Un vieux jaloux... Elle a mal. Il lui fait très mal... Elle ne peut pas supporter cette douleur... C'est comme un scalpel qui coupe sa chair, elle se débat, elle fait un grand effort, elle appuie sur lui à son tour un regard fermé, glacé, et détourne les yeux.

« Alain a raison... » la douce mère aimante qui ne comprend rien à tout cela... « Mais qu'est-ce que vous avez donc tout à coup? Qu'est-ce qui vous prend? » la vieille épouse dévouée s'interpose, essaie de ses faibles mains de séparer les combattants... « Arrêtez, je vous en prie... Vous êtes fous de vous mettre dans des états pareils. Et pourquoi, je vous demande un peu, pour la beauté de Germaine Lemaire, une femme qui a le même âge que moi. Toi, Robert, tu ne devrais pas... Les enfants ne viennent déjà pas si souvent, ils te manquent, tu les attends, et puis quand ils sont là, c'est plus fort que toi, il faut absolument que tu te mettes à les taquiner... »

Le roi Lear. Le père Goriot. Sa tendresse timide. Sa pudeur. Seul, vieux, abandonné, inconnu, exclu, rejeté par elle, sa fille chérie, son unique enfant... Mais elle l'aime, il le sait bien... Elle n'aimera jamais rien au monde autant que de pincer entre ses doigts la fine peau chaude sur le dos de sa main, la tirer doucement et la regarder qui se détache de sa chair et se tient en l'air un instant, formant un léger bourrelet; humer son odeur à lui, qu'elle reconnaît aussitôt, sa bonne odeur de crème à raser, de tabac; passer la main sur les bouclettes blanches, soyeuses de son cou... laisse-les pousser, je t'en prie, ne va pas encore chez le coiffeur, je t'aime trop ainsi, papa... Comment des étrangers pourraient-ils les séparer ? Que peuvent leur faire, à eux deux, toutes les Germaine Lemaire ? Des usurpateurs. Des imposteurs... Elle ne veut pas qu'il se laisse détrôner. C'est pour ça qu'elle se fâche, qu'elle s'indigne, qu'elle l'adjure... Il n'aurait qu'à vouloir, et il serait plus fort, plus sage qu'eux : son père omniscient, bienveillant. Il lui donnerait son approbation. Elle recevrait, — et ce serait l'apaisement, ce serait le bonheur — inclinée devant lui comme il se doit, sa bénédiction... « Maman a raison. C'est vrai, c'est idiot. Je suis folle. Pardonne-moi, papa. Ça ne présente aucun intérêt tout ça. On s'en moque.

Écoutez plutôt : je n'y pensais plus avec toutes ces discussions. Il y a quelque chose de bien plus intéressant dont je voulais vous parler. J'ai quelque chose de formidable à vous annoncer. Vous savez que nous allons peut-être l'avoir, l'appartement de tante Berthe... » Il se renfrogne encore plus. Il a sa moue méprisante, dégoûtée : « Tante Berthe ? Tu es tombée de l'armoire, comme vous dites... Cette vieille folle. Tu ne vois pas qu'elle se moque de vous. — Oh, Robert, pourquoi dis-tu ça... ce n'est pas sûr du tout, avec Berthe on ne sait jamais... Sa mère, aussitôt tout agitée, courant de tous côtés, s'efforçant de les rassembler, caquetant, les plumes gonflées... Berthe aime tant Alain, tu le sais bien. Moi je ne serais pas étonnée qu'ils l'aient. Rends-toi compte... ce serait si bien pour eux. On ne pouvait pas souhaiter mieux. Ils seraient tout près de chez nous. Ce serait merveilleux... » Qu'il jette un regard sur eux. Ils sont si beaux, touchants. Leur fille chérie et son prince charmant, héritier d'une puissante maison, chargé de présents... Qu'il se laisse fléchir... « Mais si, papa, tu verras, qu'est-ce que tu paries qu'un jour on l'aura ? Mais ça ne se fera pas tout seul, je le sais bien. Il y aura des difficultés... » Efforts, conseil, conciliabules. Une lutte à mener. Tous serrés, bien agglomérés ici autour de lui, protégés par lui... Heureusement il est avec eux... « Justement on voulait te demander... Qu'est-ce que tu crois, papa ? On a pensé à un échange à trois. — Un échange à trois ? Comment ? » Mais il a dit cela sans la regarder, il garde encore un air bougon. Qu'il est attendrissant, bon comme le pain, au fond... cette peau plissée, un peu rêche, de sa joue, son cou si doux... qu'il est mignon... « Oh mon petit papa, que tu es gentil... Tu nous diras, dis, papa, tu sais, nous, on n'y connaît rien, on ne sait pas. Tante Berthe nous a parlé d'un échange à trois. Ça dépendrait aussi du

propriétaire. Tu m'avais dit... » Il baisse la tête brusquement et la fixe par-dessus ses lunettes : « Qu'est-ce
que je t'avais dit ? — Eh bien, que tu le connaissais...
— Mais bien sûr que je le connais, c'est Prioulet... »

8

« Si on y allait? Si on allait regarder l'appartement? Tout de suite Alain, je voudrais maintenant, j'en ai tellement envie... Si, Alain, je t'en prie... Mais non, on ne montera pas... Tante Berthe ne nous verra pas, elle fait la sieste en ce moment. C'est juste pour voir du dehors... On se cachera, ce sera amusant... c'est juste pour regarder quelque chose, un petit détail... » Elle se sent si échauffée après ces grands projets, elle a envie de continuer encore un tout petit peu, c'est comme ces envies de sucreries, de pâtisseries après un repas copieux. « Si, Alain, allons-y... On ne va pas rentrer chez nous maintenant, je veux juste regarder quelque chose... la disposition... l'orientation... » Rien qu'un petit coup d'œil, un petit coup de langue gourmand, un grignotement, le gâteau ne sera pas entamé... c'est pour avoir un avant-goût... c'est un petit essai, une ébauche timide de mouvement avant les grands déploiements, les grands bonds excitants... « Alors on y va? tout de suite... Oh que tu es gentil. »

Elle fait penser à un renardeau, elle ressemble à un jeune loup, le bout de son petit nez court au vent, les ailes si fines, roses, légèrement duvetées —

ce duvet doré sur sa peau — frémissent, la convoitise fait luire son œil... c'est cela qu'il aime en elle, cette intensité, cette pureté, quand elle lui échappe tout à coup, toutes ses forces ramassées dans son regard — un petit animal sauvage qui guette sa proie. Il a envie de la capturer, de la tenir toute chaude et soyeuse dans ses mains... il se penche vers elle.... « Mon chéri, tu as de la chance, c'est ce que tu veux. Regarde, je vais t'expliquer : le soleil se lève de ce côté-ci; il tourne, regarde, par là. L'ouest est là-bas. Tu auras du soleil dans cette fenêtre presque toute la journée. »

Elle sent qu'il la regarde, elle sait ce qu'il voit : elle le fait penser à un renardeau, à un petit animal des bois, sauvage, capricieux... Il regarde son nez charmant, un peu court, mais si fin, si droit, fraîchement poudré, duveté, doré... ses yeux deviennent plus sombres quand elle fixe quelque chose ainsi avec cette intensité... le bleu de vos yeux tourne au violet, vos yeux sont comme des violettes... le grand garçon blond qui avait l'air d'un Suédois lui avait dit cela, assis près d'elle sur le banc, se reposant, regardant les autres jouer... elle avait fixé les yeux sur la balle de la même façon — concentrée, toute attention — que sur cette fenêtre, là-haut, sur celle-là, plus petite que les autres, qui avance un peu... elle retrousse la lèvre, elle découvre ses petites canines un peu saillantes, très blanches... « Là, Alain, dis-moi, c'est là que je voudrais avoir du soleil, dans cette fenêtre-là... » Il se penche vers elle, il la serre contre lui... « Eh bien, mon chéri, tu as de la chance, c'est ce que tu veux... Regarde : je vais t'expliquer. Le soleil se lève de ce côté-ci; il tourne... l'ouest est là-bas... » Il sait tout. Les hommes savent toutes ces choses-là. Ils sont forts, intelligents. Ils vous protègent... c'est délicieux... Elle a envie de se blottir contre lui, elle est si heureuse... « Oh Alain, c'est merveilleux. C'est là qu'on fera le studio, on supprimera la cloison... Là où il y a cette fenêtre en coin, j'ai pensé que devant la fenêtre... Si... là, tu vois, qui est surélevée... Je me dis qu'on pourrait faire un rebord en plâtre, très large, tu te souviens, comme dans cette maison... — Laquelle, mon chéri ? — Mais si, tu sais... Pas à San Gimi-niano... non, je crois que c'était près de Lucques... On avait vu une tour dans un village, sur la colline... Près de Lucques, oui, c'est ça : San Miniato, la tour de Frédéric II... Eh bien, un peu après San Miniato... tu te rappelles cette vieille ferme où on était entrés... il y avait une grande cour carrée avec des vieux pavés et un arbre, tu ne te souviens pas ?... Si... près d'un étang... il nous avait rappelé l'arbre enchanté qu'on avait vu en Écosse... Je t'avais fait revenir pour que tu regardes par la fenêtre, dans une chambre basse... Eh bien, la fenêtre avait un rebord, je te l'avais montré... et on trouverait un vieux banc... toi tu le trouveras... bas sur pattes, un peu pataud, un vieux banc tout patiné, le soleil tomberait dessus... il aurait un dossier tout droit... ou bien non, pas de dossier... Mais tu es fou, Alain, on nous voit... de quoi ça a l'air... — Ça a l'air que je t'adore... qu'on a l'air de deux amoureux... — C'est vrai, ça les ras-surera. Tout à l'heure, je me suis dit... pas toi ?... qu'on avait l'air de deux malfaiteurs en train d'ins-pecter les lieux. En train de préparer leur coup... On était cachés là comme deux criminels... »

« Les gens âgés, il ne faut pas les bouger. C'est fragile, vous savez, les vieilles gens. C'est dangereux de les transplanter. » Ces paroles déposées en lui il ne sait par qui, maintenant tout à coup, comme dans les rêves, quelqu'un les dit, un homme qu'il distingue à peine : une silhouette vague dans un pardessus sombre; il les prononce en s'en allant, en marchant vers la porte sans tourner la tête vers lui, sur ce ton doux, par-delà le blâme, qu'ont les prêtres, sur ce ton qui marque les distances, que prennent les médecins, cet air de ne pas vouloir toucher à ces choses-là, de ne pas vouloir se commettre, où perce à peine une pointe très fine de blâme, de dégoût... « C'est fragile, vous savez, les vieilles gens... » Quelque chose qui fait très mal, une image se grave en lui avec force, celle d'une vieille femme aux mèches blanches... l'image ressort avec une grande netteté : la douleur qui coule en lui emplit, fait ressortir ses contours comme ce liquide coloré qui emplit les tubes dessinant les veines et les artères sur certaines planches anatomiques... les mèches blanches en désordre pendent de chaque côté du vieux visage ridé couleur de cire jaunie, tandis qu'elle descend l'escalier de marbre blanc couvert d'un tapis bleu en jetant maladroitement de marche en marche ses jambes raides, décharnées; ses yeux éteints ont un air hagard; son bras, sa main aux grosses veines noueuses, aux doigts déformés, serrent contre sa poitrine une sorte de cabas, de vieux sac, d'un geste d'enfant effrayé...

« Mais c'est complètement ridicule... Là tu exagères... Quels malfaiteurs... Tu penses... Mais pour tante Berthe, c'est du pain béni d'installer une nouvelle maison... ce n'est pas pour rien qu'elle l'a proposé... Égoïste comme elle est... Elle s'ennuie à bricoler, à changer des boutons de porte... On lui offre du travail, du vrai, de quoi l'occuper pendant des années... — Mais tu n'as pas besoin de me convaincre, je pensais juste aux réflexions des gens... — Oh ça, les gens... Seulement tu sais, je la connais, ça ne se fera pas tout seul. Nous, si on lui demande, tu sais bien... Mais ce qu'il faudrait... »

Il a une sensation étrange, comme s'il décollait de terre, comme s'il perdait sa pesanteur... « Ce qu'il faudrait, c'est faire agir quelqu'un... — Faire agir quelqu'un? Mais qui, Alain? — Mais je ne sais pas... — Oh, Alain, j'ai une idée... Si on demandait à ton père d'aller lui parler? — Bien sûr, bien sûr... — Je pourrais demander à ton père, si ça t'ennuie... — Bien sûr, tu peux demander à mon père... Mais si tante Berthe refusait... » Gestes irréels, comme délestés... Dans la solitude. Dans le silence de la nuit... Chuchotements... Où as-tu mis le couteau? les cordes? Prends la pelle... Il a décollé, il monte... Seul. Tous les liens sont rompus. Tous les hommes sont loin... Il flotte, délivré de la gravitation. Seul. Libre. Vertige léger. Nausée... Mais non, il n'a pas peur; il est fort... « Si elle refusait... Tu sais qu'elle n'a pas le droit, tu sais que si on voulait... Ton père connaît le propriétaire... Regarde-moi, Gisèle... » Il la prend par le cou, il la force à tourner la tête vers lui et il lui plonge son regard au fond des yeux... « Gisèle... tu m'entends. Il avance la mâchoire. Nous sommes des bandits... Nous allons faire peur aux bonnes gens... Il grince des dents et roule des yeux féroces d'assassin de film muet... Dépouillons les vieilles femmes. A nous les beaux appartements. Ces fêtes que nous donnerons... Il redescend. Il atterrit. Le voilà sur la terre ferme de nouveau. La foule l'accueille en triomphateur... On l'entoure, on applaudit... Des fêtes, ma petite Gisèle... les gens accourront... trop flattés... Des fiestas, mes amis. »

9

C'est une sorte de rayonnement qu'il dégage, comme un fluide, cela coule vers vous de ses yeux étroits, de son sourire de Bouddha, de son silence... elle ne sait pas ce que c'est... c'est son charme... il est charmant : « Ton beau-père a du charme, tu ne trouves pas ? moi je trouve qu'il a quelque chose, je ne sais pas... je le trouve très séduisant... Ah, il a dû faire des ravages, autrefois... »

Cela lui fait mal, ce qu'elles lui disent là, elle se raidit : « C'est vrai, il est charmant. Je l'aime beaucoup. Oui, c'est un homme délicieux. Je trouve qu'Alain lui ressemble... » Qu'elles soufflent dessus, là, à cet endroit où elles l'ont brûlée, sans le faire exprès peut-être, et aussitôt la douleur passera... Qu'elles fassent juste un mouvement... qu'elles acquiescent, juste par un petit hochement de tête... ne trouvent-elles pas qu'il devait être comme Alain, il y a trente ans ? Alain deviendra comme lui, probablement, en vieillissant, il a ce même sourire, parfois... mais elles ne bougent pas. Et la brûlure s'envenime, la blessure s'étend... Mais ce fameux charme, après tout, dont elles parlent toujours, ce charme qu'il a, qu'est-ce que c'est, quand on y regarde de plus près... c'est quelque chose, plutôt, d'un peu sournois, d'un peu inquiétant...

« Oh et puis au fond, Alain ne lui ressemble pas tant. Ils sont très différents. C'est à sa mère qu'il ressemble surtout, Alain. La pauvre femme, je suis sûre que ça n'a pas dû être toujours drôle, je la plains »... c'est quelque chose de louche et qui fait peur... une connivence cachée, une complicité... Une sorte de dédain : tous les autres sont de pauvres innocents qui ne se doutent pas qu'ils sont pour lui des fantoches, des figurants. Des importuns. Ils auraient beau posséder toutes les grâces et tous les dons, elles pourraient déployer devant lui la science, la beauté, les fastes des impératrices de Byzance, qu'il ne leur donnerait qu'une admiration froide, ne leur rendrait qu'un hommage un peu distrait, un peu agacé, presque hostile : ce n'est rien, tout cela, ce n'est pas ça qui compte, ça ne présente aucun intérêt, ces gens nous font perdre notre temps... Ce qui compte, c'est cette petite chose, cette lueur mystérieuse, ce jaillissement, ce joyau caché, secret... il les décèle n'importe où, cela luit, cela scintille timidement dans la plus misérable petite souillon, dans la plus triste petite guenon... il possède une baguette de sorcier, un pendule de sourcier qui les lui fait découvrir, un phare puissant qui fouille en elles, qui cherche, mais que veut-il trouver ?... On a peur, on a envie de se cacher... On voudrait l'aider, le guider... C'est cela ? Un lutin, un être mystérieux, une flamme dansante et fragile ?... Mais elles n'ont pas besoin d'avoir peur, il ne se trompe jamais. C'est là en elles, quoi qu'elles fassent, il le voit... il s'amuse parfois, il rit pour lui tout seul quand elles veulent briller, paradent, se pavanent, se mettent à discuter devant lui de grandes idées, s'agitent maladroitement, s'excitent, s'avancent imprudemment, et puis sont obligées de plier hâtivement bagage... un adversaire puissant les force à reculer, elles abandonnent le terrain, furieuses, toutes rouges, elles boudent... il aime les observer...

qu'elles sont drôles, qu'est-ce que ça fait, qu'est-ce que ça vaut, toute cette science avec laquelle on croit les écraser, cette puissance du raisonnement, c'est tout juste bon à être déposé à leurs pieds, à être foulé par leurs pieds mignons... elles possèdent ce qui ne s'acquiert pas, ce que personne ne peut leur enlever. Les gens peuvent essayer de les attaquer... « mais c'est une petite sotte, une paresseuse... ». Ils peuvent lui dire cela, il ne daignera même pas discuter avec eux, tout ce qu'ils obtiendront, c'est d'être placés quelques instants dans le champ de son regard avant d'en être chassés pour toujours : ils sont bien ce qu'il pensait, de pauvres brutes, des robots... insensibles, aveugles. Lui seul, à travers toutes les apparences, tous les obstacles, lui — fort, viril, indépendant, peut se frayer un chemin et découvrir... c'est là... il se penche avec tendresse, c'est à lui, au fond de leurs yeux son regard le caresse et elles se sentent vivre plus fort... c'est sa chose, sa création... au plus secret d'elles-mêmes sa possession, cela tremble, palpite doucement — la vie même, la source même de la vie, en elles, elles détiennent cela... quelque chose de sacré, de précieux, quelque chose dont il ne voudra jamais parler, la pudeur l'en empêche, le respect... « Elle est gentille, ma bru », c'est tout ce qu'il dit, mais elle sent qu'elle peut avec lui se laisser aller, tout lui est permis... elle peut laisser les mots sortir n'importe comment... « Voilà, je voulais vous parler... Alain ne saurait jamais... Moi j'ai dit : "Je n'ai pas peur..." » Elle rit et il l'encourage, elle sent sur sa joue la pulpe chaude et sèche de ses doigts. « De quoi n'avez-vous pas peur, mon petit enfant ? — Eh bien de vous demander... Alain a peur de vous, vous savez... » Son hochement de tête exprime une indulgente, une tendre bonhomie : « Ah, Alain a peur de moi ? Voilà du nouveau, par exemple. Quand avez-vous inventé cela ? — Non, je vous assure, c'est vrai. Mais moi j'ai dit : je vais parler à ton père. Il s'agit de tante Berthe. Elle nous a proposé... Mais si, je vous assure, elle-même est venue nous en parler... Alors on s'est dit... vous, elle vous aime tellement. Elle vous écoute. Ce serait formidable pour nous d'avoir cet appartement. Vous savez, là où on est, c'est bien en attendant, mais c'est vraiment trop petit. On ne peut recevoir personne... »

On dirait qu'il est devenu tout à coup plus stable, plus pesant, comme si quelque chose, un précipité, s'était formé en lui et était tombé tout au fond. Il se penche en arrière, il plisse les paupières et la regarde. Un regard perçant et dur. Elle sait ce qu'il voit : elle sent son propre visage se figer sous ce regard. Une expression rusée, vorace apparaît, elle le sent, sur ses propres traits, dans ses yeux, elle a l'œil fixe d'un oiseau de proie, d'un petit vautour, toutes ses serres tendues... elle détourne la tête... « Oh vous savez, moi, ce que je vous en dis, ce n'est pas pour moi... » Mais il la fixe des yeux sans pitié : allons, pas d'histoires, assez de simagrées... elles sont toutes pareilles, chères petites Madames, il les connaît, c'est pour ça qu'elles se marient, réceptions, invitations, rêveries stupides, petits plats, elle va en faire un crétin, un mannequin mondain, il est déjà assez abêti, avili, humilié par ces gens, passant trop de temps chez eux, se faisant installer, meubler, se détériorant, vie facile, délices de Capoue... C'est trop injuste, c'est faux... il la déteste tant en ce moment. Mais il l'a haïe depuis le début... Jaloux, au fond, c'est cela... Se défendre, le repousser, qu'il la lâche donc... « Oh, moi ce que je vous en dis, c'est pour Alain surtout. Il ne peut pas travailler quand je suis là. J'ai beau ne pas faire de bruit... Ça lui ferait le plus grand bien... » Les mots se forment, se pressent... Oui, Alain est humilié, diminué, et pour une fois qu'il a l'occasion devant mes parents de se rehausser un peu, d'apporter quelque chose de son côté, vous ne voulez pas bouger... vous n'avez jamais levé le petit doigt... vous vous en êtes lavé les mains depuis le début... vous vous êtes borné à nous mettre des bâtons dans les roues... mais c'est votre fils, après tout, ce n'est pas à moi de qué-mander auprès de vous, c'est à vous de me soutenir... vous savez mieux que moi... elle retient, arrête tout cela et ne laisse passer que les paroles modelées avec soin qu'elle choisit avec précaution : « Ça ferait du bien à Alain de pouvoir inviter des gens. Il a besoin... vous connaissez Alain... » Il détourne son regard et fixe un objet placé très loin, ses lèvres dessinent une ébauche de sourire un peu amer, résigné. « Ah, vous croyez ? Ah, je connais bien Alain ? » Le mot Alain sur ses lèvres est tout humide, comme imbibé de la tendre odeur du lait, de l'âcre odeur des couches mouil-lées... salives... barbouillant... Napoléon passant son index trempé dans le vin sur le visage de son héritier, le faisant sauter sur ses genoux, faisant le chien à quatre pattes par terre... fossettes, rires, chatouilleries, raconte encore, papa... tous les jours levé plus tôt pour le conduire en classe... problèmes... quittant ses amis, il faut que je rentre plus tôt, Alain a une composition demain... vacances assommantes dans des petits trous... Alain a besoin d'air salin, marin... j'en étais gâteux... toutes ces bribes qu'il lui a jetées, elle les voit en lui rassemblées, liées en un faisceau serré, portant comme étiquette ce seul nom qu'il vient de prononcer : Alain... Et elle lui a tout pris... usurpatrice... voleuse d'enfants... vieille femme tout en noir, visage bla-fard, mains crochues, œil luisant et fixe de ma-niaque, guettant les poupons innocents qui jouent aux pâtés dans les squares, emportant son petit, le berçant durement pour qu'il se taise, lui chuchotant pour le calmer, pour qu'on n'entende pas ses cris, ses appels... a-t-elle jamais su aimer, bercer son enfant?...

La honte, la rage la font rougir. Rien à perdre maintenant. Entre nous, entre vieilles gens qui en savent long, qui connaissent la vie, pas de ménagements, n'est-ce pas? pas d'attendrissements. Voleuse? Mais il veut rire... le beau trésor, entre nous... il aurait pu le garder... un poupon, c'est vrai, un nourrisson couvé, sans force... un gosse capricieux... La vérité longtemps comprimée, l'horrible réalité qu'elle écrasait se délivre, se gonfle, elle sent une boule dans la gorge... toujours cramponné à ses jupes, il faut à tout instant le remonter, le rassurer, le consoler, Germaine Lemaire, sa dernière idée fixe... l'opinion des gens... se jetant à tout moment dans ses jambes pour chercher une protection... pauvre gamin fragile qu'une chiquenaude fait flageoler... Est-ce que ça vaut la peine? Crois-tu que j'aie du talent? Mais oui, mon cher trésor... tu es le plus fort, le plus intelligent... Tirant ainsi sa sève... Pompant sa vie... « Oui, vous le connaissez aussi bien que moi. Vous savez comme il a besoin d'être rassuré, soutenu... » Elle sent qu'en lui tout bouge et se déplace, elle a frappé juste, il se raidit sous le coup, il y a dans ses mâchoires alourdies, dans son regard immobile, fixé droit devant lui une mâle et courageuse résignation, il fait penser à un taureau ensanglanté qui baisse la tête et fait face au matador : « C'est vrai. Vous avez raison. Et vous pensez qu'il suffira de changer d'appartement... Non, ma petite Gisèle, ni vous ni moi n'y changerons rien. Les gens sont comme ils sont... Sa voix s'enroue... Il était déjà comme ça quand il était haut comme une pomme, quand il n'était pas plus grand que ça... J'ai tout essayé, croyez-moi. Mais rien ne peut lui donner confiance en lui. C'est un grand timide, Alain, un anxieux... C'est sa nature, il est comme ça, que voulez-vous. »

Sa voix est sourde, il baisse les yeux, elle a l'impression que les coups qu'il est en train de lui rendre avivent aussi sa douleur à lui, mais tant pis, puisqu'elle l'a voulu, il faut qu'il aille jusqu'au bout... « Non, voyez-vous, c'est une vaste blague, l'éducation. A votre âge, j'y croyais aussi. Mais le fond est ce qu'il est... On ne le change pas. Vous verrez, quand vous aurez des enfants... »

Il y a eu comme de la tendresse dans sa voix, juste maintenant, quand il a dit ces derniers mots. De la tendresse et de la pitié... C'est leur sort à toutes... éternelles sacrifiées, tristes victimes... Marie Stuart, Marie-Antoinette... belles princesses qui font rêver les poètes, les guerriers... livrées à des gamins... Il lui pose les mains sur les épaules : « Alors, ma petite Gisèle, vous y tenez vraiment tant que ça? Je peux donc faire votre bonheur? » Doux et fort. Coura-geux. Un peu désabusé. Il est le compagnon digne d'elle que le sort aurait dû lui donner... « Je vais en parler à ma sœur, si vous croyez que ça peut ser-vir... Je vous avoue que ça m'ennuie un peu... Je crois que c'est peine perdue... Mais enfin, si vous vou-lez... » Un vrai homme et une vraie femme, c'est ce qu'ils sont maintenant, se faisant face, les yeux dans les yeux. Une lueur attendrie filtre de ses yeux bridés, de son sourire... c'est fou, le charme qu'il a... « Vous êtes un ange. Je vous adore. C'est chic de votre part. Je vais aller le dire à Alain. Il sera content. »

— Ton père est un amour. Je l'adore, tu sais, Alain. Il va aller voir tante Berthe. Il va lui parler, il a accepté... — Aller voir tante Berthe? De ce pas? Il a accepté. Comme un petit saint. Je vais aller voir tante Berthe. Sans plus... Il n'a rien dit d'autre? Rien, rien, ce qui s'appelle rien? — Oh Alain, ne fais pas l'idiot, Alain, ne fais pas le fou, tu me fais mal, je t'assure. Arrête, Alain, tu me fais peur. Arrête de faire ces grimaces, écoute... — Pas un mot, pas un mordillement. Le loup a léché tendrement le doux petit agneau venu lui-même gentiment...

— Oh, Alain, tu ne devrais pas, ton père t'adore, je t'assure, il est touchant.

— Oui. Je l'adore aussi. Mais ce n'est pas de ça qu'il s'agit. Alors pas une morsure? Pas le plus léger coup de dent? Il a tenu bon? Oh! qu'on a honte de mentir. Oh! que c'est méchant de raconter des blagues à son amour, à son meilleur copain... Mais pourquoi le cacher, puisque je sais toujours tout. Une voyante extra-lucide, voilà ce qu'il est, ton petit Alain. Y a-t-il quelqu'un de plus intelligent? De plus pénétrant? Alors, juste quelques petits coups... Ah, tout se gagne, n'est-ce pas, dans la vie, on n'a rien pour rien ici-bas, que voulez-vous... Quelques petites taloches éducatives. Il n'est jamais trop tard. Il ne faut jamais perdre une occasion.

— Oh là tu te trompes complètement. C'est tout le contraire... il m'a dit que rien ne pouvait changer les gens.

— Mais que je suis idiot, impardonnable, imbécile, fou, crétin... Bien sûr, mais à quoi est-ce que je pensais? Bien sûr. Je n'y étais pas. A quoi bon l'appartement? Ah néant que tout cela. On ne change pas sa vie. Ce serait trop commode, n'est-ce pas. Les gens restent ce qu'ils sont. Ça y est, hourra, je brûle... c'est ça... et ça t'a fait mal, mon petit fou, mon amour, mon petit lutin... La mère-grand t'a fait les gros yeux. Des ogres, toutes ces vieilles gens. Si on les laissait faire, ils dévoreraient les tendres petits enfants. Heureusement que je suis là. Viens dans mes bras, mon chéri. Viens te mettre là contre moi, on est en sécurité quand on se tient serrés comme ça, l'un contre l'autre, tu sais... Mais qu'est-ce que tu as, Gisèle ? Tu pleures ?

— Non, Alain, je t'aime. Tu es mon amour.

Un air de surprise heureuse. Un air d'abandon, de
grâce tendre. Les mots se forment n'importe comment,
ils jaillissent, transparents et légers, bulles scintillantes
qui montent dans un ciel pur et s'évanouissent sans
laisser de traces... « Ah tiens, mais comme je suis
content, quelle chance de vous rencontrer, il y avait
si longtemps... Vous nous voyez, mon père et moi,
en train de chercher... C'est un livre dont j'ai besoin,
très difficile à trouver... Mais comme je suis heureux...
Mais c'est vrai, vous ne vous connaissez pas... Permettez-moi de vous présenter... Mon père... Madame
Germaine Lemaire... » Voix claire et bien posée.
Regard où glisse, pudique, une lueur de piété filiale,
de tranquille fierté... « Mon père... » Et son père
aussitôt... la moindre preuve d'affection l'attendrit...
ce sourire timide, gêné, quand il avait vu au milieu
de la page blanche la dédicace imprimée : *A mon
père*... Quoi de plus naturel pourtant, de plus banal...
mais il n'est pas gâté... Il s'était penché, lourd, le dos
légèrement voûté, ses cheveux très blancs, brillants,
un peu ébouriffés, une mèche tombant, comme toujours, sur son front... l'image, tandis qu'elle se forme,
déchire et brûle comme gravée dans la chair... il avait
baissé la tête et regardé longtemps sans rien dire la
page blanche, et au milieu : *A mon père*, en caractères

fins, appuyant un doigt, comme il fait pour mieux voir, sur la tige métallique qui joint les verres de ses lunettes... il avait levé la main en une ébauche de geste caressant et l'avait rabaissée aussitôt — un de ces signes entre eux, rares, surprenants, comme ces éclats de lumière qui nous parviennent d'astres lointains, révélant de mystérieuses déflagrations... « Mon père... » avec une intonation à peine perceptible de tendre fierté, et son père, aussitôt, attendri, malléable, se laissant modeler, se serait incliné juste comme il faut, avec dignité, se serait redressé, aimable, enjoué... Vous savez que le père d'Alain Guimier est tout à fait charmant. Il a l'air si fin, si intelligent. Ils ont l'air de tant s'aimer...

« Madame Germaine Lemaire... » Les grosses rafales de vent qui chassent devant elles dans la poussière les réclames distribuées aux coins de toutes les rues par des camelots criards et font claquer les pans des affiches à moitié arrachées ne parviennent pas jusqu'à eux. Aucun souffle du dehors ne fait vaciller la mince flamme qui s'élève, solitaire, toute droite, devant ce nom : Germaine Lemaire.

Personne ne se courbe d'un pouce trop bas, ne se relève juste d'un rien trop haut devant cette femme au visage noble, au regard calme et droit... Mais elle est encore très belle, Germaine Lemaire, tu ne m'avais jamais dit ça... et si simple. On a l'impression de la connaître depuis longtemps. Une femme courageuse, il n'y a pas à dire, qui a dû travailler dur toute sa vie, et si directe, si bon garçon. Elle ouvre tout grand des yeux limpides, elle tend d'un geste ample sa forte main : « Je suis contente de vous connaître, Monsieur, j'aime tant votre fils. » Sourire heureux... regards chargés de sympathie... scène exquise... délicieuse comédie que jouent à ravir des partenaires si bien assortis.

Et il s'en est fallu d'un rien — juste d'un certain mouvement de sa part, que ne se déploie pour la joie de son âme et de ses yeux ce spectacle charmant. Mais ce n'est pas d'un rien qu'il s'en est fallu, c'est l'innocence, la pureté, la bonté, la fierté, c'est tout cela réuni qu'il lui aurait fallu posséder. Mais non, la sainteté même ne lui aurait pas permis d'exécuter dès l'abord ce léger mouvement. Rien au monde n'aurait pu — tant les jeux étaient faits d'avance, les rôles depuis longtemps préparés, la scène tant de fois ébauchée en lui, préfigurée, entrevue à la faveur d'un éclair, vécue en de saisissants raccourcis — rien n'aurait pu empêcher qu'au lieu de l'heureuse surprise, de l'air de tendre abandon, ne se dessine sur son visage et ne s'offre aussitôt au regard de son père, debout en face de lui de l'autre côté du comptoir, cette expression de crainte, de désarroi quand elle est apparue — mais par quelle malchance, par quel coup imprévisible du destin, justement à ce moment, ce jour-là — derrière la porte vitrée de la librairie. Son père l'observe un peu surpris et, se tournant pour suivre la direction de son regard devinant déjà quelque chose — tout était prêt, là aussi, inscrit en creux depuis longtemps — son père voit s'avancer vers eux dans la travée, entre les tables chargées de livres, de revues que son ample mantille de soie noire balaie, une grosse femme curieusement attifée, les traits taillés à la serpe, l'air d'une marchande à la toilette ou d'une actrice démodée, vêtue de bizarres oripeaux. Elle tend la main d'un geste large par lequel elle veut exprimer, qui exprime, on le sent, à ses propres yeux, une royale simplicité... Et lui, honteux, affolé, lui, tiré et jeté là, devant eux, dans une pose ridicule, lui poussé sur la scène à coups de pieds... Allons, qu'est-ce que tu attends? C'est à toi de jouer... titubant, balbutiant d'une voix qui volette et se cogne : « Mais vous ne vous connaissez pas... Permettez-moi... Mon père... Madame Germaine Lemaire... » Et aussitôt, ce qu'il avait prévu, ce petit sourire en coin, cette lueur féroce dans les yeux étroits, entre les lourdes paupières, ce mouvement qu'il perçoit chez son père, un déplacement rapide et silencieux, comme si quelque chose se défaisait, puis se recomposait autrement, prenait une autre forme : « Ah, c'était donc ça... »

Il est un insecte épinglé sur la plaque de liège, il est un cadavre étalé sur la table de dissection et son père, rajustant ses lunettes, se penche... Oui, c'était bien ça, le diagnostic était exact, tout fonctionnait exactement comme il fallait le penser quand on connaissait si bien l'organisme du patient, quand on avait pu le suivre toujours de si près, étudier, se rappeler, depuis sa naissance, toutes ses petites maladies, ses plus insignifiants malaises... Son père n'a pas pu s'y tromper un seul instant : c'était donc cela que signifiait cet air hagard, tout à coup, hébété... Pensez donc, Mme Germaine Lemaire est entrée, et le misérable parvenu, honteux, tremblant, que va-t-elle voir? deviner? penser? ne sera-t-elle pas déçue, choquée? sera-t-on assez aimable? assez déférent?... Rien n'est trop beau pour les autres, pour cette bonne femme idiote, pas une ligne ne restera de ce qu'elle écrit, personne ne se souviendra de son nom dans trente ans, et il le sait bien, parbleu, le petit snob, pas si bête au fond, mais peu lui importe, c'est bon pour les vieux imbéciles, ce qu'ils appellent en ricanant « les valeurs immortelles, les chefs-d'œuvre... », la vie est trop courte, ils sont tous pressés, on n'est pas éternel, vite, se démener, courbettes et compliments, précautions infinies, suivant en elle avec anxiété le cheminement de chaque mot, de chaque nuance... Jamais assez d'égards... Mais avec son père on n'est pas si délicat... moi je ne suis bon qu'à ça, payer des livres d'art qu'il lui fera admirer, qu'il lui posera sur les genoux... voulez-vous que je vous le tienne, ce n'est pas trop lourd ? tandis qu'il tournera vers elle et gardera fixé sur son visage un œil immobile et luisant de chien à l'arrêt, guettant le plus faible mouvement d'intérêt, de satisfaction, attendant patiemment le moment de lui tourner les pages... mais moi, son père, une fois que j'ai servi, vite que je disparaisse, ce serait si commode s'il pouvait se débarrasser de moi, mais voilà, cette fois-ci la malchance s'en est mêlée, nous avons été surpris... un coup du sort cruel... il faut essayer de faire bonne figure... « Mon père... » il le faut bien... comment cacher cette grosse protubérance, cet énorme appendice gênant qui vous tire en arrière, entrave tous vos mouvements... le cocotier, bien sûr ce serait parfait, seulement voilà, c'est un peu trop tôt, je suis encore vivant et fort et jeune, que diable, et, grâce au Ciel, indépendant... « Permettez-moi de vous présenter... Madame Germaine Lemaire... » Et cet air... ce regard... Voyez-vous ça le galopin, taloches qui se sont perdues, passe l'inspection, suis-je assez bien mis ? mains et col propres, mettez-vous en tenue, mon ami, vous allez être introduit... Il me fait l'honneur... à moi... Je m'en moque, de ses Germaine Lemaire, je n'ai jamais, moi, cherché comme lui, par pur snobisme... Ce marquis, autrefois, à Aix-les-Bains, nous nous étions liés pourtant, il tenait absolument... mais c'est moi, dès le retour à Paris, qui n'ai pas voulu... ce milieu mondain... j'ai coupé court moi-même... mais lui, à ma place, le petit vaurien...

Tout cela tourbillonnant, se chevauchant en désordre... Mais il connaît pour les avoir mille fois observées ces infimes particules en mouvement. Il les a isolées d'autres particules avec lesquelles elles avaient formé d'autres systèmes très différents, il les connaît bien. Maintenant elles montent, affleurent, elles forment sur le visage de son père un fin dépôt, une mince couche lisse qui lui donne un aspect figé, glacé. Et elle aussitôt a son air d'impératrice, sa voix aiguë, son accent bizarre, une sorte d'imitation d'accent anglais, et ce ton qu'elle a aussi parfois, d'une politesse trop appuyée... « Je suis très heureuse de vous connaître, Monsieur, je dois vous féliciter, vous avez un fils charmant. Et vous savez, il a beaucoup de talent... » Les particules infimes s'agitent plus fort, s'affolent... Elle lui donne une leçon, à lui, son père, c'est un comble... elle profite de cette occasion — il y a longtemps qu'elle l'attendait — de le tenir, là devant elle, tout perclus de timidité, figé dans la crainte, le respect, le père indigne... Le pauvre enfant martyr s'est plaint à elle, évidemment... grand esprit incompris, génie méconnu, écrasé par son petit milieu, perle dans du fumier... Elle prend sa défense, elle ose... contre lui, son père, qui a donné les meilleures années de sa vie, qui a tout sacrifié pour arriver... mais à quoi, je vous le demande un peu... et au prix de quels efforts... mais encore maintenant, à tout moment, il faut porter ce petit génie à bras tendus... encore tout récemment... la pauvre imbécile, si elle savait... c'en est drôle... Mais ils ont besoin d'une leçon, la dame et son greluchon...

Les yeux fixés sur le visage de son père, il attend. Autour des lèvres étroites la mince couche figée bouge à peine. Les lèvres fines s'étirent... « Mais j'en suis très fier. Alors il paraît que ce sera notre grand critique? Un futur Sainte-Beuve?... »

Il a été ridiculisé, bafoué, avili. Tout est perdu, détruit. Disparaître. Ne plus jamais la revoir. D'ailleurs, il ne la reverra plus, qu'il le veuille ou non. Elle redresse la tête en riant, le mépris luit au fond de son œil... « Oh Sainte-Beuve, je n'en sais rien. Pourquoi Sainte-Beuve, d'ailleurs, vous l'aimez donc tant? »

Elle ne peut pas permettre ces ricanements. Bas les pattes. Elle doit défendre sa caste, son rang. Mais lui, elle l'abandonne. Petit chiot sans race. Elle s'est trompée. Elle ne va pas continuer à se commettre... Elle se détourne, distraite, leur donnant congé pour toujours à tous les deux, elle se tourne vers la vendeuse... « Ah, Mademoiselle, voici ce qu'il me faut. Est-ce que vous n'auriez pas, par hasard, dans l'édition des Deux Sirènes... » Ils n'ont plus prise sur elle. Ils n'ont plus, auprès d'elle, d'accès. Ils ne sont qu'un incident, une brève distraction qu'elle écarte, qu'elle oublie. Ils ne valent pas la peine qu'elle perde une seule parcelle de son temps, qu'elle s'arrête un seul instant sur la route qu'elle s'est fixée et qu'elle poursuit glorieusement, voguant, vent en poupe, bientôt un point à peine visible pour eux, très loin au large, puis disparaissant pour toujours.

C'est ainsi que cela devait arriver, tout bêtement, tout simplement, au moment le plus inattendu. Il a tant pressenti, prévu cela, il a tant redouté cela qu'il éprouve maintenant une sorte de soulagement. Cette fois, tout est fini. Finis les doutes, les craintes, les efforts; ces contorsions pitoyables pour l'amuser, pour la retenir juste encore un instant, juste encore cette fois-ci, obtenir encore une fois une promesse vague, un misérable sursis, un espoir. Il ne rampera plus, cherchant en elle à tâtons quelque chose à quoi s'accrocher, se cramponner. Il ne se sentira plus, tiré loin en arrière à travers le temps — un vertige le prenait parfois, un sentiment de dépaysement, d'étrangeté, quand il était près d'elle, en train de lui parler — tomber au fond d'il ne savait quels âges barbares, courtisan abject se démenant dans la honte et la peur à la table d'un tyran cruel. Fortes doses. Jamais trop fortes. Ils ne sont jamais rassasiés. Cet air qu'elle avait, la tête renversée en arrière, la bouche entr'ouverte, rosissant, le regard voilé, cette fois-là, le jour de ce vernissage, dans la salle du fond, au milieu des toiles — un peu grasses, un peu molles, encore un de ses jeunes protégés, — quand il lui faisait ingurgiter les savoureuses nourritures, confitures... « Les oreilles ont dû vous tinter... Nous avons parlé de vous avec Jean-Luc jusqu'à cinq heures du matin... » Rire en fines cascades qu'elle-même entend résonner comme « un frais rire cristallin de jeune fille » : « De moi ? Jusqu'à cinq heures du matin ? Mais qu'est-ce que vous avez donc pu raconter ? — Eh bien, je croyais que j'étais fou, mais Jean-Luc est encore plus fou que moi. »

Jean-Luc est fou. Voyez les dégâts. Vous êtes le vent brûlant. Vous êtes le simoun, le typhon. Rien ne résiste devant vous, notre esprit vacille, chavire, nous sommes tous fous. Jean-Luc est fou. Voyez, le pauvre a été emporté. Cela nous fait mal, à nous qu'un sort semblable attend, de le voir, les vêtements arrachés, roulé dans la poussière, je regarde, un peu honteux, ce pauvre corps dénudé qui se débat, mon double misérable...

« Il m'a dit : Si je cessais de la voir, je crois que je me tuerais. C'est devenu une idée fixe chez moi...

Je crois que je devrais me soigner... » Comme il est pitoyable, ridicule, voyez, moi je suis plus fort, moi je tiens encore bon. Moi, assis maintenant à vos côtés, je le regarde. Ensemble, nous le regardons. Nous sourions un peu tous les deux. Comment s'en empêcher... « Vous savez que c'est vraiment devenu, chez Jean-Luc, une obsession. Il m'a dit : Je ne vis plus que de cela, de ces brefs moments, dans l'attente, puis dans le souvenir... »

Elle absorbe, fleur buvant la rosée, ses pétales s'entrouvrant au soleil : « Mais je lui donne si peu... J'ai malheureusement si peu de temps... — Mais vous ne vous rendez pas compte... C'est bien simple, il m'a dit textuellement : C'est à elle que je dois tout, sans elle je ne ferais rien. Ma vie entière en dépend. Qu'elle montre la moindre impatience, qu'elle fronce légèrement les sourcils... cette façon qu'elle a, tu sais... »

Elle ouvre de grands yeux où mousse et pétille une joyeuse excitation... « Mais quelle façon ? »

Je suis assis à vos côtés. Je vous observe. J'ai réussi à me glisser tout près, là où personne ne pénètre. Dehors le peuple anxieux attend. Je suis seul dans l'antre redoutable, je dois profiter de ce moment. Risquer, au péril de ma vie... Je vais voir ce que personne ne peut voir... J'avance en tremblant à travers un dédale sombre... « Oh vous avez une façon à laquelle on ne se méprend pas quand on vous connaît, une façon de montrer aux gens, quand ils ont cessé de vous intéresser... » C'est là, la porte va s'entrouvrir, je vais m'approcher, le monstre sera capturé, ligoté, conduit en laisse... le péril, l'angoisse de chaque instant seront écartés pour toujours... « On a l'impression tout d'un coup, personne ne donne comme vous cette impression... »

Elle sourit, de ce sourire qu'elle a dans de pareils moments, un sourire émerveillé devant elle-même : ce miracle, cette mine inépuisable de surprises heureuses. Elle n'a jamais fini de s'étonner, un enfant choyé qui découvre dans son soulier, devant la cheminée, et cela, et cela encore, un nouveau don du Ciel... « Tiens, je ne savais pas, je ne me rends pas compte... »

Maintenant il est tout près... encore un pas... il tremble... « Personne ne donne comme vous l'impression que les gens cessent d'exister pour vous tout à coup, que jamais, quoi qu'ils fassent, ils ne pourront plus exister pour vous... » Encore un pas de plus... « Le malheureux à qui cela arrive n'a aucun recours. Vous ne devez jamais revenir là-dessus... » La porte s'entrouvre... il bondit... « Vous le faites avec une sorte d'inconscience, de naturel... » Un rugissement affreux. Il fait un bond en arrière. Il a été trop vite, trop loin...

Elle fronce le sourcil, son œil le scrute... « Je ne savais pas que j'étais si méchante que cela...
— Méchante? Vous méchante? Mais vous ne le faites jamais exprès, voyons, vous êtes à mille lieues de vous douter... Vous êtes bonne, au contraire, très bonne. — Bonne? Elle fronce toujours les sourcils. Bonne? Je crois qu'on ne me l'a encore jamais dit... » Sauvé. Mais attention. « Oui. Bonne — d'un air très ferme — bonne. Même si le mot vous déplaît. Et nous l'avons dit aussi, cette nuit-là, quand nous parlions de vous, quand vous étiez avec nous... On ne pouvait plus se quitter... Bonne. Vous avez une vraie

bonté. La seule qui soit vraiment efficace. Ne riez pas. Moi j'en sais quelque chose. Je peux en parler. Mais c'est cela qui fait si peur : tout ce qu'on accepte de vous et qu'on risque de perdre d'un seul coup. Chez Jean-Luc, c'est un sentiment — il me l'a dit — presque de panique... »

Il avance maintenant de nouveau, poussant devant lui pour se protéger le corps inanimé de son camarade, il s'approche aussi près qu'il le peut, avec mille précautions, le danger est terrible...

Tous ses chiens de garde lâchés flairent quelque chose. La tyrannie ? la lâcheté ? l'abus de pouvoir ? un sens exacerbé des hiérarchies ? l'avarice ? la mesquinerie ? Alors qu'elle n'est tout entière qu'humanité, que sentiment inné d'égalité, toujours à l'extrême pointe de tous les progrès, simplicité divine... laissant venir à elle n'importe qui, gaspillant pour ces pygmées son temps précieux, fructueux... Elle a une petite moue déçue, aussitôt effacée : « Eh bien, je vois que vous en avez fait de la psychologie sur mon compte... » La morsure le déchire, il fuit, hurlant de douleur, toute la meute est sur lui : « Moi qui vous ai fait connaître l'un à l'autre, pensant vous aider... Et c'est à ça que vous passez votre temps... Non, maîtresse, non, pitié, ne me vendez pas, ne me mettez pas aux fers, ne me faites pas crever les yeux, daignez siffler vos chiens je vous en supplie, épargnez-moi juste encore un instant... Non, ne soyez pas fâchée... Laissez-moi vous expliquer... C'est cela qui fait si peur... Vous commencez par donner toutes leurs chances aux gens, vous leur faites un immense crédit... Ils sentent qu'ils le perdent par leur faute, que vous les abandonnez à bon escient... C'est un jugement qui les englobe tout entiers, qui va très loin, c'est ça qu'on redoute... »

Elle se détend. Une indulgence presque attendrie

fuse de son regard... « A vous entendre, on dirait que je suis je ne sais quelle héroïne de *l'Atlantide*... Mais personne n'est moins redoutable que moi. » Elle a un petit air émoustillé, elle attend, il le sent, tendue vers lui... « Oh si, redoutable, vous l'êtes... » Allons, tant pis s'il se perd, il faut saisir l'occasion, il faut oser : « Vous voulez que je vous dise la vérité ? Eh bien, j'ai terriblement peur de vous. Je suis comme Jean-Luc : je crains toujours de vous décevoir, de vous ennuyer... Je n'ai pas encore compris comment vous avez pu m'accorder un peu d'attention. Quand je pense à tous ces gens brillants, si doués, des génies... » Elle se penche vers lui, ses yeux étincellent, ses lèvres s'entrouvrent... Mais on entend une voix aiguë... « Ah ma petite Maine, vous êtes là, on vous cherchait. On vous attend... » Minuscule chapeau rose planté crânement, regard dur qui appuie sur lui, le transperce, le redresse : Allons, Monsieur, nous sommes dans un lieu public, un peu de tenue, remettez-vous... Ils devaient être tous là dans un coin à l'observer depuis un moment : « Qui est ce type ? J'admire Maine. Elle a une patience... — Je ne sais pas, un nouveau, son dernier engouement. Regardez-le, il est tordant. » Et une même vague a déferlé sur eux, tandis qu'ils l'observaient en silence, une même vague les a traversés où se mêlaient un peu de gêne, de la pudeur, de la pitié, un peu de mépris, de l'étonnement, et une grande quantité de satisfaction... dire qu'eux-mêmes auraient pu, avec moins de chance, moins de force... mais non, comment peut-on... brr... délicieux petit frisson... Ils regardaient ses gestes fiévreux, ses yeux luisants, sa pose... trop penché en avant... perdant la tête, oubliant où il est, se croyant seul avec elle dans les limbes, au septième ciel... dialogue des âmes élues... oubliant qu'il est dans une galerie de tableaux, le jour d'un vernissage, entouré de gens...

Mais elle aussi, il a réussi cela, elle a oublié... C'est là son génie, c'est de là qu'elle puise sa force, de cette attention, tout à coup, de cette importance qu'elle sait donner à n'importe quoi, à n'importe qui, le hissant pour un instant hors du néant... Mais les autres là-bas, pauvres petites brutes, ne comprennent pas... « Maine est trop bonne, trop faible avec tous ces gens, ils en profitent, c'est révoltant... Il faut la délivrer... Allons, moi je vais y aller. — Ma chère Maine, vous savez qu'on vous attend, d'ailleurs on va fermer... Nous sommes les derniers... — Oh mon Dieu, vous voyez, vous m'avez fait oublier le temps... » Elle leur fait un signe de la tête : elle est prête. Elle vient. Qu'ils lui accordent encore un instant... Et elle se retourne vers lui. Il sent posé sur son visage, appuyant sur ses yeux, pénétrant en lui son regard d'où ruisselle le regret, la nostalgie... Ils ont été surpris, encerclés, les étrangers, les barbares les entourent, ils vont les séparer, elle serre sa main dans la sienne, elle retient encore un bref instant sa main tandis qu'ils l'entraînent...

Et un beau jour — comme il fallait s'y attendre — juste ce faux mouvement. Mais s'il avait lui-même tout préparé, organisé la mise en scène, monté les décors, tout mis en place, exprès, pour être obligé de le faire, ce mouvement qui a tout déclenché, il n'aurait pas agi autrement... Fallait-il donc qu'il soit fou, qu'il soit complètement inconscient — il a envie de se donner à lui-même des coups, de se faire mal — pour amener son père là justement, dans cet endroit qu'elle-même lui avait désigné... « Mais c'est ma librairie préférée », elle lui avait dit cela, et depuis ce moment pendant longtemps il n'y était entré qu'en hésitant, plein de crainte, d'espoir, lissant ses cheveux devant la glace de la porte, composant son visage, laissant errer son regard, allant se réfugier devant le comptoir du fond... C'était devenu un lieu privilégié, sacré, propice aux miracles... d'un moment à l'autre elle pouvait apparaître, elle pouvait, pendant qu'il lisait, venir se placer silencieusement à ses côtés... Ils regarderaient ensemble... et cela, vous l'avez lu, vous le connaissez? feuilletant au hasard... qu'est-ce que vous en pensez? un mot suffit, un rire, ils se comprennent si bien, ils sont du même bord, ils ne peuvent plus se quitter, c'est si rare, de tels moments... Mais que faites-vous maintenant?... Si je me décommandais?... Oh oui, je vous en prie... Tant pis, après tout, on ne vit qu'une fois... Tous les obstacles sont balayés, toutes les barrières sont rompues, le bonheur en un flot puissant se répand... Mais elle n'était jamais apparue et peu à peu le lieu saint était redevenu cette boutique commode qu'il connaissait depuis longtemps, où il pouvait entrer sans prendre aucune précaution, avec n'importe quel visage, dans n'importe quel état, n'importe quelle tenue, accompagné de n'importe qui. Non. Là il est allé trop loin. Son père n'était pas n'importe qui. Amener son père ici, même si le risque de la voir entrer était maintenant infime, réduit à presque rien, c'était tenter la cruauté du destin.

Mais il n'a pas tenté le destin. Tout était écrit d'avance. Son père n'a été que l'instrument de la fatalité. Un instrument parfait, idéal, le plus efficace qui soit. Sa seule présence suffisait pour déclencher le désastre. Tout a été révélé d'un seul coup : l'imposture, la supercherie. Comme l'escroc en habit dont la maîtresse de maison aperçoit, tandis qu'il se pavane dans ses salons, sur la page du journal qu'elle est en train de plier négligemment, la photographie, crâne rasé, veste rayée de bagnard, elle a vu tout d'un **coup ce** qu'il était lui, en réalité, un gamin en culottes courtes que son père tenait par la main, un affreux petit bonhomme, mal venu, niais, sournois, vantard... « Tu sais ce qu'elle m'a dit, la grande Germaine Lemaire papa ? Tu sais ce qu'elle a dit de moi ? »

C'est encore trop présomptueux. Ce serait encore trop beau, cet étonnement chez elle, ce dégoût. Elle n'a probablement rien éprouvé d'aussi fort. Tout au plus un vague malaise, une sensation qu'elle ne s'est même pas donné la peine d'examiner. Si un jour on pouvait l'obliger à dire en s'efforçant d'être très lucide, très sincère, le plus sincère possible ce qu'elle a ressenti au moment où avec cet air de froideur implacable — l'air du juge qui coiffe sa toque avant de lire l'arrêt de mort — elle s'est tournée vers la vendeuse, les secouant d'elle, son père et lui, comme des poussières, elle dirait probablement que ce qu'elle a ressenti, tout simplement, c'est qu'elle était là à perdre son temps, c'est affreux de connaître tant de gens, ils surgissent à chaque instant de partout, obséquieux, anxieux, collants, regards qui s'accrochent, mains tendues, on n'en aurait jamais fini, on voudrait tant contenter tout le monde, ils seront si désespérés si on les éconduit, mais il faut se durcir, se blinder contre la pitié, le temps est court, il y a tant de travail en retard, on n'est pas là pour s'amuser... Mais elle ne dirait même pas cela. Elle ne se souviendrait sûrement de rien. Les mouvements qu'elle a accomplis étaient de simples réflexes commandés par son instinct. C'est sa force de s'abandonner à lui, de se laisser guider par cet instinct si souple chez elle, si sûr, cela doit lui donner l'impression de ne jamais se tromper. Et d'ailleurs, quand bien même elle se tromperait, qu'importe ?

Elle se moque de la justice. Elle ne porte aucun

jugement. Il n'a été pour elle, il le sait bien, qu'un caprice, un amusement : une pierre qu'elle a ramassée et jetée dans l'eau pour la voir ricocher. Quelques rides, un léger clapotis. Il a disparu. Elle va prendre un autre caillou.

Et il sent une excitation légère, comme une ébauche d'espoir, de bonheur. Peut-être tout de même qu'un jour, même dans plusieurs années, son nom prononcé devant elle — il se sent fier tout à coup et comme émerveillé — ouvrira dans sa mémoire que tant de noms encombrent, qu'emplit l'univers entier, une case minuscule où il est pour toujours enfermé, elle dirigera vers de vagues lointains un regard pensif : « Alain Guimier... Voyons... il y a bien longtemps que je l'ai perdu de vue. Qu'est-il devenu, au fait ? Il ne manquait pas de talent. Il me semble qu'il préparait un travail, une thèse, sur quoi déjà ?... Oui, il était très timide, timoré, toujours un peu excité, bizarre, un curieux garçon... »

II

Vingt-cinq ans d'efforts, de luttes n'y ont rien fait,
il n'y a rien à faire, les gens ne changent pas : c'est
la même rage impuissante qui le secouait autrefois
quand, comme une bête avide, malfaisante, elle
s'introduisait dans son nid, lui prenait son petit... dans
quel état il retrouvait son enfant... qu'est-ce que c'est
que cet accoutrement de gosse de riche, c'est encore
tante Berthe qui t'a donné ça ? Il avait envie de lui
arracher son béret, ses gants, sa petite cravate, ses
souliers neufs, de le secouer pour faire sortir de lui
toutes ces convoitises sournoises, cette ruse craintive
qu'elle avait fait germer en lui, proliférer, d'effacer
de ce visage de fils à papa gavé son air de supériorité,
d'obtuse satisfaction... Mais il fallait sourire, acquies-
cer, admirer, elle était la plus puissante, toutes
les forces de la nature, toutes les contraintes que la
société fait peser sur les récalcitrants, les inadaptés,
se liguaient avec elle contre lui, le père dénaturé,
bourré de préjugés ridicules, d'idées préconçues,
saugrenues, de « principes »... je vous demande un
peu... le pauvre petit orphelin sans mère avait besoin
d'être dorloté, un homme ne comprend pas ces choses-
là... le pauvre ange, il aime tant les petites gâteries, les
sucreries, ah le petit coquin, gourmand comme une

chatte, et coquet... pire qu'une fille... ce qu'il pouvait être drôle, tout fier, il se regardait dans toutes les glaces, son costume lui allait à ravir, il était à croquer, joli comme un cœur avec son béret, ses cheveux bien coiffés, lissés... Elle ne relâchait jamais sa pression. Elle avait la puissance aveugle d'une force naturelle et lui luttait toujours, comme les Hollandais contre l'envahissement de l'eau, cédant du terrain, construisant plus loin des digues : jeux virils, instructifs, discours moraux, herbiers, promenades dans les musées, collections de papillons, graves conversations entre hommes, mépris pour les joies faciles, nobles curiosités, pures contemplations... mais le flot irrésistible s'infiltrait partout, le terrain était poreux, s'imbibait rapidement. Molle terre spongieuse, bourbeuse, sur laquelle il s'acharnait, qu'il essayait d'améliorer suivant les méthodes modernes les plus perfectionnées, avec les plus riches terreaux, avec de nouveaux engrais... il asséchait, remuait, retournait, désherbait, sarclait, plantait...

Cette fois tout a cédé d'un seul coup. Elle n'a eu qu'à entrer, s'asseoir, remuant comme si elle prenait le vent le bout pointu de son nez, à regarder autour d'elle d'un air navré... « Mais c'est minuscule chez vous, mes chers enfants. C'est quelque chose comme chez moi qu'il vous faudrait. » Et aussitôt ils se sont imbibés tout entiers; gonflés, lourds; la convoitise suinte d'eux et se répand au-dehors en longs conciliabules agités... « Comment faire? — Mais parle à ton père. — A mon père? Tu n'y penses pas... ça non... Quelle folie. La chose à ne pas faire justement. Non, ma petite Gisèle, il n'est pas question que j'aille, moi, parler à mon père, c'est impossible... je ne lui en soufflerai pas mot au contraire. Mais toi, Gisèle, crois-moi, c'est tout indiqué... »

C'était tout indiqué, en effet. Très bien joué, très

fort... Tous les braves gens, toutes les mères de France, tous les pères du monde rassemblés autour de lui écoutaient attendris les paroles de l'innocente enfant : « J'étais sûre que vous ne refuseriez pas de nous aider... Vous êtes si bon... » Douce main fraîche posée sur sa main... Lèvres lisses et fermes sur la peau desséchée de sa joue... et ce regard chargé de confiance tendre, cet air d'attendre de lui seul... lui seul possédait la force, le pouvoir de lui donner cela, cette joie, ce bonheur... et il s'est laissé faire, il s'est abandonné.

Et le voilà maintenant, tout fardé, un enduit gras colle à sa peau, ils ont grimé son visage en cette face bonasse de bon père, de beau-père gâteau, ils l'ont déguisé en brave gros barbon... il se sent poussé, tout pommadé, le long des rues propres et vides, ouvrant des portes bien graissées, avançant sans effort sur des tapis moelleux, enveloppé d'une émolliente chaleur, porté par l'ascenseur qui glisse sur ses cylindres bien huilés... posant sur le bouton de la sonnette un doigt obéissant, résigné, et le timbre résonne discrètement... Il entend des pas feutrés...

Elle est tapie au fond de son antre, gardienne de rites étranges, prêtresse d'une religion qu'il déteste, dont il a peur, fourbissant inlassablement les objets de son culte. Son œil excité de fanatique scrute sans cesse leurs surfaces polies qu'aucune poussière, qu'aucun souffle sacrilège ne ternit...

Dans un instant, cet œil auquel rien n'échappe va se poser sur lui, l'examiner et aussitôt, comme si elle lui avait jeté un sort, il va sentir sous son regard ses vêtements se friper, se défraîchir... pourquoi ne fait-il pas porter plus souvent ses costumes au teinturier pour les faire détacher, nettoyer, délustrer, presser, repasser?... Comment a-t-il pu ne pas se commander

un costume neuf? Il ne s'est pas brossé avec assez
de soin, il y a des cendres sur son gilet, il y a de la
poussière dans le pli de son pantalon... Ses joues sont
mal rasées... pourquoi n'emploie-t-il pas de meilleures
lames? un très bon savon? Il aurait dû changer de
chemise, les manchettes... le col... il passe une main
inquiète dans ses cheveux, il rajuste vite sa cravate,
tandis que la chaîne derrière la porte cliquette,
qu'une voix cassée, hésitante... la voix craintive des
vieilles solitaires, la voix méfiante, hostile des vieilles
rentières avares que guettent dans les escaliers silencieux les assassins sournois, faux camelots venant leur
proposer des brosses, des machines à laver, faux
inspecteurs venant faire le relevé de leurs compteurs
à gaz... une voix toute changée, qu'il reconnaît à
peine, demande « Qui est là? — C'est moi, ton frère,
c'est Pierre... » Il entend comme un pépiement, un
remue-ménage heureux, un déclic rapide, un bruit de
chaîne léger, joyeux, la porte s'ouvre... « Ah, c'est
toi... » Il avait oublié ce regard sous les paupières usées,
fardées, un bon regard d'où ruisselle une tendre
émotion... « C'est toi, Pierre... Mais bien sûr que tu ne
me déranges pas... Je suis contente de te voir, tu viens
si rarement... Mais fais voir un peu, que je te regarde,
que je regarde un peu la mine que tu as. Mais tu as
une mine superbe, dis-moi, tu sais que tu es un phéno-
mène... tu ne changes pas, tu vivras jusqu'à cent ans,
tu seras comme grand-maman Bouniouls... — Grand-
maman Bouniouls... non, ma petite Berthe, je ne crois
pas, je crois plutôt que j'ai pris un bon coup de
vieux ces derniers temps... » Tandis qu'elle le précède
à travers l'entrée, le salon, il regarde sans pouvoir
en détacher les yeux sa vieille nuque fragile, le
petit creux livide entre les deux tendons saillants un
peu plus creusé encore... un endroit très vulnérable,
s'offrant innocemment, où plongerait sans rencontrer

de résistance le poignard de l'assassin... Il a envie de s'en aller, comment a-t-il pu accepter?... Elle glisse une main caressante le long de son bras... « Allons, mais assieds-toi donc, mets-toi donc là... tu as l'air tout empêtré... » Il rougit, il se baisse pour cacher son visage, il se penche, il fixe les yeux sur le coin du tapis qu'il a retourné en passant, il le saisit entre ses doigts, il faut se donner une contenance, gagner du temps... Voilà, il le retourne, il l'aplatit, c'est fait, le mal est réparé. Elle le regarde d'un air soupçonneux et comme un peu vexé : « Ça n'a pas d'importance, voyons... Laisse donc ça... » Il y a comme un reproche attristé dans sa voix... et il lâche le tapis, se redresse aussitôt, un peu gêné : il l'a froissée, blessée, elle doit penser qu'il a voulu lui remettre le nez dans ses petites manies, renchérir encore sur elle pour se moquer... elle doit le trouver mesquin, impur, incapable une seule fois, pendant un seul instant, de jeter, d'éparpiller au vent dans un élan de confiance, de générosité toutes ces bribes d'elle, ces parcelles infimes, insignifiantes qu'il a pendant si longtemps méticuleusement amassées, ne laissant rien passer; incapable juste une seule fois de balayer tout cela et de la voir tout entière comme elle est : sincère, pure, large, capable, elle, de tout oublier dans un moment de tendresse, d'abandon...

Mais elle a tort, il n'est pas si mauvais, si stupide... il la voit ainsi, lui aussi, il sait comme elle peut être, comme elle est, il la connaît mieux qu'elle ne croit... Il ne peut plus attendre, soutenir un instant de plus ce regard qu'elle tient posé sur ses yeux, il ne veut pas avec elle — qui tromperait-il, d'ailleurs? — avoir recours aux petites ruses mesquines, aux petites sournoiseries... « Écoute, ma petite Berthe... Voilà... Il s'éclaircit la voix... Voilà pourquoi je suis venu... ça m'embête terriblement de te parler de ça... mais j'aime mieux t'en parler tout de suite... Gisèle est venue me demander... Les enfants disent... » Mais c'est de sa faute à elle, après tout, pourquoi tant s'attendrir, c'est elle, après tout, elle, de ses propres mains, qui a préparé tout cela, c'est par sa faute à elle qu'il a été acculé à faire ce qu'il fait en ce moment... tant pis pour elle, comme on fait son lit on se couche, qu'elle se débrouille avec eux maintenant... « Il paraît que tu leur as proposé de leur céder ton appartement... »

Il s'y attendait, il le redoutait... ça ne pouvait pas manquer, il a soufflé trop fort... la petite flamme fragile qui s'était allumée en elle quand il était entré, qui avait vacillé faiblement, s'est rabattue, couchée, éteinte... il fait sombre en elle de nouveau comme avant, comme toujours... son pauvre visage tout tiré sous le fard... son œil où aucune lueur ne brille... mais s'il pouvait seulement ranimer, rallumer... c'était vrai qu'il était heureux tout à l'heure quand il l'a vue, qu'il est content d'être ici, il ne la voit pas assez souvent, quel gâchis, on néglige stupidement les gens qu'on aime le plus, on croit qu'il suffit de savoir qu'ils existent, on est si sûr d'eux... elle est comme une partie de lui-même, elle doit bien le savoir, elle est tout ce qui lui reste de son enfance, de leurs parents, ils sont seuls tous les deux maintenant pour toujours, deux vieux orphelins, il a envie de passer la main sur la mince couche soyeuse de ses cheveux si fins, comme ceux de maman, un vrai duvet... c'est indestructible entre eux, ces liens, c'est plus fort que tout, plus sûr, même, que ceux qui vous attachent à vos enfants... « Ces petits monstres, ils se sont mis ça dans la tête maintenant, tu les a mis en appétit... ils ne rêvent que de ça... Tante Berthe nous a offert, elle nous a promis... Tu les gâtes trop... tu sais bien comment ils sont... Ah, s'ils pouvaient nous pousser dehors, prendre notre place... ils ne demandent que ça... Tu n'aurais jamais dû. Mais maintenant ils se sont excités là-dessus, ils m'ont demandé... Que veux-tu que j'y fasse, je suis comme toi, trop faible... J'ai accepté de venir t'en parler. Ça m'ennuie beaucoup... Mais Gisèle est venue me supplier... Alain, bien sûr, n'a pas osé, il avait peur que je me fâche, il me connaît, mais la petite — j'ai pensé que tu étais folle — elle m'a expliqué que tu trouvais ton appartement trop lourd, que tu aurais voulu prendre quelque chose de plus petit, faire un échange... enfin, j'ai accepté de t'en parler, bien qu'il m'en coûte, tu sais. Tu sais combien j'ai horreur de me mêler de ces choses-là. » Pas la moindre lueur en elle, tout est bien éteint. Les gerbes d'étincelles de tendresse, de confiance qu'il fait jaillir de ses mots, de ses yeux, de son sourire crépitent en vain contre la paroi ignifuge qu'elle a dressée entre elle et lui. C'est fini maintenant.

Elle s'était laissé surprendre un instant, mais elle s'est ressaisie aussitôt... Ç'a été facile — elle est bien entraînée depuis longtemps — de se retrouver seule comme avant, c'est dans l'ordre des choses pour elle, c'est son état naturel, ce calme, ce vide en elle, ce froid... Elle pose sur lui un regard fermé, dur et lisse qui le repousse et le tient à distance; elle renifle légèrement en remuant le bout de son nez — un petit bruit bref, énergique, désabusé, un peu méprisant... « Oui, je sais, je leur ai dit ça... Ça me paraissait si petit chez eux... et moi ici, c'est bien trop grand. Mais en fait je ne vois pas très bien comment... Où est-ce que j'irais avec tout ça?... tous ces meubles, ces souvenirs... Je ne pourrais pas m'en défaire, j'y tiens... Et puis, je suis habituée à cette maison, à ce quartier... A nos âges, tu le sais bien, on ne se transplante pas facilement... » Elle se sourit à elle-même, à une image en elle-même qu'elle contemple : « Ah,

bien sûr, l'idée leur a plu... Elle remue les lèvres
d'un air gourmand comme devant un plat appétis-
sant... les petits bougres... ils étaient tout excités...
Ils aiment bien ça, le luxe, le confort, les belles choses,
les meubles... Alain surtout, il tient de moi... »

C'est bien fait, c'est ce qu'il mérite, c'est ce qu'il
a lui-même cherché. Lui-même, il le sait bien, est
venu, s'humiliant, reniant sa foi, se prosterner lâchement devant les idoles qu'elle adore. Elle le méprise
maintenant, quoi d'étonnant? Elle ne se gêne pas,
elle s'étale sur lui, l'écrase de tout son poids, se vautre...
« Ce jour-là, quand j'ai été les voir, ils étaient tout
agités à cause d'une bergère Louis XV... Alain était
furieux. Pense donc, la mère de Gisèle voulait qu'ils
prennent à la place des gros fauteuils de cuir... Alors
c'est Gisèle qui est venue te trouver? Elle le regarde
d'un œil émoustillé, elle a un petit sourire taquin...
Alain n'a pas osé? Tu sais qu'il a encore peur de toi...
C'est comme dans le temps, tu te rappelles... » Elle
ouvre de grands yeux d'enfant, elle se penche vers lui,
elle lève un doigt, elle chuchote : « Surtout, tante
Berthe, ne dis rien à papa... ne lui dis pas qu'on a été
à la pâtisserie... Ah, il n'a pas changé... Ah, qu'il est
drôle, ha, ha, ha... Mais au fait, les parents de Gisèle?
Je croyais que le père avait toutes sortes de possibilités,
qu'il avait même des immeubles à lui... Ça ne doit pas
être difficile pour lui. Il n'a qu'à se remuer un peu, lui,
tu ne trouves pas? » Il secoue la tête comme un bœuf
qui chasse les mouches... « Ça je n'en sais rien... Sa
voix est basse, enrouée... Peut-être bien... je ne sais
pas... » Il a envie de s'échapper, mais elle le tient :
« Tu ne sais pas? Eh bien tu as tort. Je croyais... On
m'a dit quand ils se sont mariés que les parents de
Gisèle, plus tard... C'est bien le moins qu'ils puissent
faire, entre nous, tu ne trouves pas... » Il voudrait se
lever d'un bond, la bousculer, s'enfuir, mais il ne peut

pas. Il est là devant elle, lourd, gourd, enflé, déformé, endolori, comme un hydropique, un homme atteint d'éléphantiasis... tandis qu'elle... ah bien sûr, elle n'a pas connu ces fameuses joies, il était si fier, autrefois : j'ai un garçon... elle a dû avoir l'impression, et elle ne s'est pas trompée, qu'il voulait lui faire un peu honte de son inutilité, qu'elle lui faisait pitié... elle a souffert parfois, il le sait, elle a regretté par moments... mais aussi, quelles compensations... elle voletait, fine, légère, libre, insouciante, autour de lui, se posant un peu au hasard — elle n'avait que l'embarras du choix — sur n'importe quel point de cette partie tuméfiée sensible, de lui-même — le contact le plus léger lui fait mal — appuyant, grattant : « Alors, et Alain ? Ses insomnies ? Ses compositions ? Sa paresse ? Ses mensonges ? Ses végétations ? Et ses ongles ? Est-ce que tu ne songes pas à lui faire mettre des gants ? Qu'a dit le médecin ? Comment supporte-t-il l'appareil sur ses dents ?... Et sa petite amie... ah, mon pauvre vieux... Et ce mariage, en es-tu content ? » Elle se penche vers lui, tout près : « Écoute, entre nous, puisque nous en parlons, tu ne crois pas qu'au fond, Gisèle... remarque que je l'aime beaucoup, elle est très gentille, mais es-tu sûr qu'elle est exactement le genre de fille qui aurait convenu à Alain ? » Il fait un geste de la main comme pour l'écarter, la chasser, il pousse une sorte de mugissement, mm... mm... Elle rit et pose la main sur son bras : « On n'en a jamais fini, n'est-ce pas ?... petits enfants, petits soucis, comme on dit, grands enfants... » Il fait un effort, se soulève : « Tu sais, je crois que je dois m'en aller... — T'en aller, déjà ? Mais tu n'y penses pas... Tu vas me faire croire que tu n'es venu que pour me parler de ça. Il y a si longtemps qu'on ne s'est pas vus. Vieux petit frère, va... Son regard s'attendrit... C'est que tu sais, le temps passe, et vite, de plus en plus vite, il ne reste plus tellement de temps, hein, on vieillit... Allons, tiens, je vais te faire goûter à mon eau-de-vie de prune, tu m'en diras des nouvelles. Ou tu préfères peut-être que je te prépare une bonne tasse de thé, juste comme tu l'aimes, bouillant, bien infusé... »

12

Là, devant le kiosque à journaux, ces épaules
étroites, un peu voûtées, sous la canadienne fripée, ces
cheveux très noirs, très plats, cette nuque malingre...
c'est lui, c'est le type au grand corps simiesque qui
se balançait d'avant en arrière, assis devant le feu
sur le tapis, ses longues mains maigres, serrant ses
chevilles croisées... c'est le fou de la reine, le favori...
sa longue main osseuse au bout de son long bras se
tend, pose la monnaie sur la soucoupe, prend un journal... il va se retourner... le voilà qui se retourne, il
repousse pour se frayer un chemin les gens qui attendaient derrière lui, il avance... son regard va se poser...
Impossible d'affronter cela... Fuir... Se cacher... Non,
il faut rester là, ne pas bouger. Dans un instant, enfin
tout sera clair. Aucun doute ne sera plus possible : il
sait tout, le bouffon, il est de toutes les intrigues, dans
tous les secrets. Il sait qui va tomber dans la disgrâce,
qui sera banni, dépossédé, exécuté... En un fin jet
cela a jailli d'elle et pénétré en lui quand, incliné vers
elle, il échangeait avec elle devant les gens des signes,
des regards perceptibles à eux seuls; en une cascade
étincelante, bondissante, joyeuse, cela a coulé d'elle et
s'est répandu en lui tandis qu'il était assis à ses pieds,
la tête levée vers elle, le cou tendu, l'oreille dressée :
« Ah, vous savez que j'ai rencontré le petit Alain Gui-

mier, l'autre jour, dans une librairie... Il était avec
son père... » il s'est renversé en arrière, il a ri d'un rire
aigu, montrant ses larges dents... elle s'est penchée vers
lui, elle lui a donné une tape sur le dos, elle a ri aussi...
« Taisez-vous donc, grand fou... Mais c'est vrai au
fond, vous avez raison... Ah, ils sont impossibles... Mais
qu'est-ce qu'ils ont? Est-ce qu'à leur âge j'allais me
frotter aux écrivains connus?... Mais eux... » Elle s'est
penchée plus bas, tout près, elle lui a glissé dans l'oreille
quelque chose d'horrible, d'effrayant... cela s'est
répandu en lui partout, il en est tout imprégné, c'est
en lui maintenant, comme la substance dont est imbibé
le papier de tournesol dans un instant cela va virer...
il va se transformer... Son visage va se figer, son œil,
pareil soudain à une coque lisse et vide va s'immobili-
ser, se détourner... mais il ne faut pas fuir, il faut avoir
le courage de rester là, planté devant lui, lui barrer le
chemin... Son œil maintenant a cette expression atten-
tive et absente qu'a celui du soldat quand il regarde,
adossé au mur devant lui, l'homme qu'il a reçu l'ordre
de fusiller, quand il met en joue, quand il vise... Seul
un miracle... Mais quelque chose dans l'œil a bougé,
vacillé, on dirait qu'une douce lumière accueillante
s'est allumée, tout le long visage simiesque se détend,
se plisse, un large sourire amical le fend... le miracle
s'est produit... la longue main osseuse se tend... « Tiens,
Guimier... Je ne vous reconnaissais pas... Qu'est-ce
que vous devenez? On ne vous voit jamais. Maine se
demandait, l'autre jour... Elle voulait vous téléphoner... »

Tout se passe comme dans les rêves, mais c'est
la réalité, il n'y aura pas de réveil... Tous les gestes
sont aisés, adroits, réussis, toutes les forces sont décu-
plées, les actes les plus insensés, les plus extravagants
deviennent tout simples et naturels... « Moi aussi je
suis content de vous voir... Je me demandais justement

si je n'allais pas téléphoner... Mais peut-être que vous avez un petit moment... Si on s'asseyait un peu? — Bon. Je veux bien. Oui, si vous voulez, mettons-nous là... — Oui, là. Parfait. Là on est très bien... » Très bien, au ciel n'importe où, entre amis intimes, entre vieux copains... on se rencontre à l'improviste, on traîne dans les bistrots, on va les uns chez les autres sans prévenir, on se couche sur le divan... Continue à travailler, mon vieux... ne t'occupe pas de moi, je vais lire un peu... Mais non, j'avais fini... Ah ça ne va pas très fort aujourd'hui... Et toi, qu'est-ce que tu as fabriqué?... Ah au fait, est-ce qu'on va chez Maine ce soir? Qui y aura-t-il là-bas? Oh rien. Personne. Des gens assommants. Si on n'y allait pas? Si on restait à bavarder ici, qu'est-ce que tu crois?... Pourquoi pas... n'y allons pas... On est si bien ici... Rassasié, repu, installé en sécurité là où il paraissait impossible d'accéder, au cœur même, au saint des saints... Mais il n'y a plus de saint des saints, plus de lieux sacrés, plus de magie, plus de mirages d'assoiffé, plus de désirs inassouvis... Qu'on est bien... Pelotonné dans la sécurité, couché sur le divan, les genoux relevés, les jambes croisées, agitant son pied, bavardant, fumant... Penchés l'un vers l'autre par-dessus les tables de bistrots... « Tiens, qu'est-ce que c'est? C'est sorti? *L'Ère nouvelle?* Le dernier numéro?... » Tout ce qui vous passe par la tête... on peut dire n'importe quoi... finies les épreuves, les examens, on est entre pairs ici, entouré de confiance, de respect, on peut se montrer comme on est, libre, indépendant... une forte tête... ah, Guimier est impayable... ah, il est formidable, Guimier... quelle originalité, quel tempérament... « Oui, *L'Ère nouvelle*... Mais je suis déçu. Je n'aime pas ça... On m'avait dit, je ne sais plus qui, que c'était intéressant... assez nouveau. Eh bien, je trouve ça timoré, abscons... du faux neuf... »

Sur le visage attentif du bon vieux copain quelque chose s'est ébauché, comme un sourire aussitôt réprimé, une expression de surprise amusée a glissé dans ses yeux, on dirait qu'il s'écarte légèrement pour mieux voir, et puis il détourne son regard, le pose sur la revue, tend sa longue main et la saisit avidement d'un geste presque brutal... « Faites voir, je ne l'ai pas encore lue... Montrez... » il la feuillette avec des doigts impatients, il se met à lire, tout absorbé, hochant la tête par moments puis la levant et fixant loin devant lui un objet visible pour lui seul, que son œil, comme resserré et devenu tout pointu sous les paupières plissées par l'effort, a l'air de perforer... Enfin il tourne la tête et son regard un peu froid exprime l'étonnement... « Mais ce n'est pas si mal, dites-moi. Mais non, vous avez tort, ce n'est pas si mal que ça. Je vois là un texte de Brissaud qui n'est même pas mal du tout... Que voulez-vous, on ne peut pas découvrir tous les mois des Shakespeare, des Stendhal... » Il observe avec attention, assis là devant lui, ce pauvre innocent, cet ignorant... mais d'où sort-il ? quel enfant gâté... n'a-t-il donc jamais eu besoin de lutter, ce doux rêveur loin des réalités, ce provincial peu au courant des usages de la ville, ce gros paysan balourd... « Non, ces gars-là ont parfois des idées... Maine s'est beaucoup intéressée, un moment, à leur mouvement... Et puis elle s'est brouillée avec eux, je ne sais plus pourquoi... »

Eh bien, voilà. Il y a eu maldonne. Ce n'était pas cela. Enfin pas cela exactement. Mais il ne faut pas s'affoler. C'était autre chose, voilà tout. Quelque chose de très bien aussi. Pas cette camaraderie débraillée, bien sûr. On ne se vautre pas les jambes en l'air sur les divans, débitant tout ce qui vous passe par la tête. Mais c'est encore très acceptable, très honorable. Au-delà de toutes les espérances. Seuls les élus sont admis. On est entre camarades, entre compagnons, entre amis. Mais l'ordre règne ici, la discipline. Il faut de la tenue. On doit réfléchir avant de parler. Il y a des sujets tabous, il y a des credo communs. On ne s'attaque pas ainsi sans réfléchir à n'importe qui, on ne prononce pas de paroles en l'air. Mais ce n'est pas l'exclusion? il n'en est pas question, n'est-ce pas? Ce n'est qu'un avertissement, un blâme?... « Vous savez, moi, ce que je vous en dis... Je n'ai pas lu très attentivement... Je sais que j'ai toujours tendance à être trop absolu, trop exclusif... — Mais oui... gros rire protecteur... Je vous assure que vous vous trompez... Allez, vous verrez ça vous passera, cette intransigeance... Quand on est dans le bain depuis un certain temps, comme moi, on devient plus indulgent... — Oui, ça je vous crois, je comprends... Mais vous avez dit tout à l'heure... Mais Germaine Lemaire... vous avez dit qu'elle s'est brouillée... Est-ce que c'est vrai, ce qu'on dit, qu'elle se brouille assez facilement avec les gens?... — Maine? Ah ça, je crois... Ah, elle ne s'embarrasse pas de scrupules. Quand quelqu'un l'assomme, elle le laisse tomber. Il balaie l'air d'un grand geste désinvolte de la main. Tout ce qui la gêne, elle l'envoie promener. Elle écrase tout sur son passage. Maine, c'est une force de la nature. Vous avez remarqué ses dents? Larges, puissantes, elle croquerait n'importe quoi. Ha, ha, ha... Des dents d'ogre. Un appétit de vivre... Elle dévore tout. Insatiable. J'ai toujours dit que Maine était un type d'un autre siècle, un personnage de la Renaissance : Elizabeth d'Angleterre... César Borgia... Elle pense qu'elle peut se permettre n'importe quoi. Elle se sent hors de la norme commune. Hors des règles morales mesquines à la mesure des petites gens... » Un instant ils considèrent en silence l'effigie énorme, la statue aux colossales proportions... Écrasante. Étonnante. « Oui, Maine est formidable... Elle peut faire de ces trucs... son œil se

mouille, une sorte de gouaille se glisse dans son ton...
C'est surtout avec les autres femmes qu'elle peut être
terrible : d'une férocité, d'un mépris... D'ailleurs, elle
ne les invite jamais chez elle. Elle n'a pas une seule
amie. Des petites jeunes femmes béates qu'elle protège,
qui lui apportent leurs manuscrits. Mais essayez donc
devant elle de porter aux nues une autre femme, quand
bien même ce serait Mme de La Fayette ou Emily
Brontë... Elle devient marrante. Vous ne l'avez jamais
observée? Elle a tout de suite un pli, là, entre les deux
yeux. Son œil devient fixe, tout pâle, transparent...
Je l'adore quand elle est comme ça... — Oui, c'est
vrai, moi aussi. Elle a par moments quelque chose
d'impressionnant... J'ai pour elle une admiration... Et
depuis longtemps. Mais elle m'a toujours fait un peu
peur, même de loin, quand je ne la connaissais pas...
Il m'a fallu beaucoup de courage pour lui écrire la
première fois... Ça va vous paraître idiot, mais puisque nous en parlons... Vous la connaissez tellement
mieux que moi... Je ne sais pas si ça va très bien
en ce moment entre elle et moi. La dernière fois que
je l'ai vue, j'étais avec mon père... C'était dans une
librairie, on était en train de chercher un bouquin...
Mon père n'est pas toujours commode. Il est un peu
brusque parfois, il peut être très insociable, je crois
qu'il est assez timide, au fond. Alors j'ai eu l'impression... Elle vous en a peut-être parlé?... — Ah non...
Elle ne m'a rien dit. Mais vous savez, je crois que vous
vous faites des idées... Il ne faut rien exagérer... Quand
je vous dis qu'elle laisse tomber les gens pour un oui
ou pour un non, c'est une façon de parler... Je ne sais
pas comment était votre père, mais ça m'étonnerait
bien qu'il ait pu la choquer. Vous savez, Maine n'observe pas beaucoup les gens... Oui, c'est étonnant...
Je ne connais personne qui se trompe autant qu'elle...
Non... elle sait combien vous l'admirez... Et c'est ça

qui compte pour elle par-dessus tout. Elle a dû penser que votre père était intimidé... Pour Maine, voyez-vous, les gens c'est des miroirs. C'est des repoussoirs. Elle s'en moque, au fond, des gens... C'est elle-même surtout qui compte, elle seule... »

On dirait qu'il s'est adouci, qu'il s'est rapproché, il y a quelque chose de familier, presque de fraternel dans son ton... Est-ce un coup de sonde prudent? Un signe discret? Un appel? Il faut répondre, c'est trop tentant. Il faut courir le risque, tenter sa chance... « Mais si elle est comme ça, comme vous dites, si centrée sur elle-même... est-ce que pour un écrivain?... » Voici un gage. C'est dangereux de le donner sans être tout à fait sûr, mais tant pis, il n'y a plus à hésiter. Le goût, revenu tout à coup, de la liberté fait jaillir des paroles insensées... « Franchement, est-ce que ce n'est pas un défaut qui peut être assez grave... Un manque... » Courage. L'énorme statue va tomber de son socle avec un grand bruit creux, rouler, voler en éclats... Il n'y aura plus de statue... Les portes de la prison s'ouvriront... Il faut oser... au nom de la dignité, au nom de la vérité... « Ne pensez-vous pas que c'est à cause de cela qu'il y a dans son œuvre... quelque chose... » Le pauvre insensé sent, braqué sur son visage, un regard stupéfait : « Quoi donc? » L'alerte est donnée. Les miradors fouillent l'obscurité. Les chiens jappent. On entend des pas précipités, des coups de fusil claquent : « Qu'est-ce que vous lui reprochez, à elle aussi? » Rien. C'est fini. L'ordre est rétabli. A vos cages, à vos geôles, à vos rangs. Nez au mur. Qui a bronché? Personne. Tambours, roulez : « C'est une très grande bonne femme, Germaine Lemaire. »

13

« Madame Germaine Lemaire est-elle notre Madame Tussaud? » Comme les leucocytes, comme les anticorps qu'un organisme sain produit pour se défendre dès qu'un microbe nocif s'y est introduit, un ruissellement de rires, de plaisanteries avait jailli... « Vous avez vu ça, dans *l'Écho littéraire* d'aujourd'hui? C'est inouï... en première page, en gros titre... Mais ils n'ont pas osé, tout de même, le mettre tout en haut, cela se cache, un peu honteusement... On a beau avoir tous les courages, on a un petit peu peur tout de même, n'est-ce pas, quand on donne ces petits coups bas... » Enrobé de flatteries, criblé de railleries... « Mais qui a fait cela? — Comment, vous n'avez pas vu? — Maine est notre Madame Tussaud! — Pas possible? Qui a commis? — Le petit Levaillant, si bien nommé... — Le prurit du ratage le démange, ce garçon... Vous avez lu son dernier bouquin? — Très habile ce petit, il ira loin... — Il cherche, est-ce qu'il n'a pas raison, hors des ornières, il évite les chemins battus... c'est le secret du succès... Maine — notre Madame Tussaud. C'est admirable. Il mérite un bon point. Je lui tire mon chapeau, il ira loin. — Notre Madame Tussaud... Vous êtes toujours notre Madame quelque chose. Maine, c'est notre

drapeau. Notre grande Germaine Lemaire nationale.
— Un professeur à la faculté des Lettres de Lyon, un
type remarquable d'ailleurs, me disait cela, l'autre
jour : Germaine Lemaire me console de nos désastres,
Monsieur, elle me prouve que nous n'avons rien perdu
de notre génie. »

Absorbé, digéré, entièrement assimilé, détruit, qu'en
restait-il encore?... « Voulez-vous que je fasse justice, Maine, de ce petit vaurien? Que je donne un
bon coup de pied dans ses élucubrations? Que je
fasse taire ces vagissements? Ce serait si facile... si
amusant... »

Elle avait incliné en une courbe qu'une noble résignation avait dessinée sa lourde tête couronnée, elle
avait senti errer sur son visage un fin sourire pensif :
« Non, laissez donc, pourquoi? C'est très utile, au
contraire, tout cela... les choses se remettent en place
toutes seules... tout doit suivre son cours... »

« Madame Germaine Lemaire est-elle notre Madame Tussaud? » C'est là, dans ce qu'elle vient
d'écrire. Comme la pointe d'un crin sort d'un matelas
soyeux et bien rembourré, cela a percé de cette phrase
ferme et lisse, sans un faux pli, sur laquelle elle s'est
reposée un instant, bercée par son harmonie, par son
apaisante retombée... C'est de là que cela a jailli et l'a
piquée : Madame Tussaud. Et dans ce geste, dans ce
dialogue... On croit entendre parler vos personnages...
On les voit si bien, ils sont si vivants... dans cet air
si ressemblant... est-ce qu'il n'y aurait pas, justement?... Mais qu'est-ce qui lui prend? C'est là son
génie de pouvoir donner cette impression si forte de
réalité; ses phrases souples et bien musclées enserrent
toute chose avec précaution, sans l'écraser, préservant
tous ses prolongements, ses arrière-plans... elles lui

laissent son épaisseur, elles respectent ses vides, ses coins d'ombre... Son style toujours docile peut, quand il le faut, porté à l'incandescence, forer lentement une matière dure qui résiste, et, par moments, il peut glisser — un souffle, un frémissement, un coup d'aile qui effleure les choses sans courber leur duvet léger... « Vraiment, je crois que je suis arrivée à faire à peu près ce que je veux avec les mots » — elle peut oser dire cela... Mais c'est là. Là, précisément, dans cette aisance, dans cette satisfaction, dans cette joie : c'est dans cette maîtrise si grande et dans cette perfection : Madame Tussaud.

Mais alors, tout ce qu'elle a aimé, tous ces trésors qui lui ont été confiés depuis toujours, à elle, l'enfant prédestinée, et qu'elle a recueillis, préservés en elle avec une si grande piété, avec une telle ferveur... les visages, les gestes, les paroles, les nuances des sentiments, les nuages, la couleur du ciel, les arbres et leurs feuilles, leurs cimes mouvantes, les fleurs, les oiseaux, les troupeaux, le sable des plages, la poussière des chemins, les champs de blé, les meules de foin au soleil, les pierres, le lit des ruisseaux, la crête des collines dans le lointain, la ligne ondulante des vieux toits, les maisons, les clochers, les rues, les villes, les fleuves, les mers, tous les sons, toutes les formes, toutes les couleurs contenaient ce venin, dégageaient ce parfum mortel : Madame Tussaud.

C'est une hallucination, un mirage dû à sa fatigue, elle s'est surmenée, il faut se ressaisir, cela va passer... là, à portée de sa main, dans la rangée d'ouvrages qui s'allonge d'année en année, au prix de quels sacrifices, de quels efforts... dans ce petit livre, son préféré, elle va trouver les pages si souvent citées... elle-même, chaque fois est surprise quand elle les relit... comment ai-je pu faire cela ?... elles contiennent l'incantation qui va la délivrer de ce charme qu'on lui a jeté, l'amulette qui va détourner d'elle le mauvais œil...

Comme c'est inerte. Pas un frémissement. Nulle part. Pas un soupçon de vie. Rien. Tout est figé. Figé. Figé. Figé. Figé. Complètement figé. Glacé. Un enduit cireux, un peu luisant, recouvre tout cela. Une mince couche de vernis luisant sur du carton. Des masques en cire peinte. De la cire luisante. Un mince vernis... Il lui semble que quelqu'un du dehors, sur un ton monotone, insistant, répétant toujours la même chose, les mêmes mots simples, comme fait un hypnotiseur, dirige ses sensations... Elle ne veut pas... Ce n'est pas vrai... Ce n'est pas ce qu'elle sent vraiment... Elle sent que la vie est là... la réalité... et le voilà déjà, il se forme, il grandit, ce sentiment familier de ravissement, de bonheur... la vie est là, captée, elle fait vibrer doucement ces belles formes pures... Mais non... rien ne vibre... Rien... Ce sont des moulages de plâtre. Des copies. Aucune sensation de bonheur. Pas la moindre vie. C'était une illusion. C'était de l'auto-suggestion. Tout est creux. Vide. Vide. Vide. Entièrement vide. Du néant. Un vide à l'intérieur d'un moule de cire peinte.

Tout est mort. Mort. Mort. Mort. Un astre mort. Elle est seule. Aucun recours. Aucun secours de personne. Elle avance dans une solitude entourée d'épouvante. Elle est seule. Seule sur un astre éteint. La vie est ailleurs...

Comme une femme, abandonnée sur les ruines de sa maison qu'une bombe a soufflée, fixe d'un œil hébété, au milieu des décombres, n'importe quoi, un objet quelconque, une vieille fourchette tordue, un vieux couvercle de cafetière en étain tout cabossé, et le ramasse sans savoir pourquoi, d'un geste machi-

157

nal, et se met à le frotter, elle fixe d'un œil vide, au milieu de la page qu'elle n'a pas achevée, une phrase, un mot où quelque chose... mais qu'est-ce que c'est? le temps du verbe n'est pas juste, mais ce n'est pas cela... ce n'est pas ce verbe qui conviendrait... lequel? un mot s'ébauche... elle se tend... Son esprit est pareil au moteur d'une auto dont la batterie était déchargée et qui, au premier tour de manivelle, vrombit, repart, se remet à tourner.

Toutes ses forces bandées, le regard avide, tendu, elle cherche... Elle a trouvé. Juste le mot qu'il lui faut. Fait tout exprès. Sur mesure. Admirablement coupé. Placé là crânement, comme ce petit nœud de ruban, cette plume que sait planter sur un chapeau d'un geste rapide, désinvolte, audacieux une modiste de génie et qui donne à tout ce qui sort de ses mains cet air incomparable, cette allure, ce chic.

Son œil exercé inspecte, furète, rien ne lui échappe. Ses forces se décuplent, se déploient, elle a cette sensation qu'elle connaît bien de parfaite aisance, de liberté. Aucun obstacle ne peut plus l'arrêter. Rien ne lui fait peur. Elle se moque des scrupules. Elle brave les interdits. Elle prend ce qui lui convient où bon lui semble. Ses muscles puissants soulèvent du plomb. Elle peut, comme les bons ouvriers, se servir des instruments les plus rudimentaires, les plus grossiers. La matière la plus molle et la plus ingrate devient ferme, dense, modelée par ses mains. Tout est bon pour son immense appétit d'ogre.

Comment a-t-elle pu se laisser effrayer un seul instant par ces êtres exsangues, à l'œil craintif, aux gestes hésitants? Leur estomac fragile, si délicat, ne supporte pas les belles viandes saignantes, les succulents pâtés préparés suivant les bonnes recettes éprouvées. Ces nourritures trop riches leur soulèvent le cœur.

Ils n'absorbent qu'une nourriture de régime, insipide, stérilisée, pasteurisée, qu'ils se préparent avec mille soins et précautions — ils ont si peur, ils doivent se priver de tout ce qui est bon, sain, fortifiant. Ils finiront par se laisser mourir d'inanition. Leurs œuvres sont pâles, ternes, desséchées, ratatinées, figées. Pas un souffle de vie en elles. C'est en elles que tout est mort. Mort, mort, mort...

On a frappé à la porte : trois coups légers et la porte s'entrouvre lentement. Dans l'entrebâillement, la longue tête familière, un peu simiesque, se tend, les petits yeux noirs très enfoncés pétillent, les lèvres épaisses se retroussent, s'étirent en un large sourire, découvrant toutes les dents... « Tenez, qu'est-ce que je vous disais ?... Et nous on était là à chuchoter, on avait peur de couper l'inspiration... Allons, Maine, avouez, ça vous vaudra l'indulgence... Vous ne faisiez rien... Vous ne réfléchissiez même pas... Je vous ai vue... Ah, cette paresse... c'est honteux... Mais venez, au moins maintenant... On est là tous les trois. Lucette et Jacques sont là. Voilà une heure qu'on vous attend. Lucette rage... » C'est agaçant et c'est agréable en même temps, elle aime bien sentir ces mordillements de leurs gencives irritées, ces petits coups qu'ils s'amusent à lui donner avec leurs ongles encore un peu mous... « Tss... Tss... elle hoche la tête d'un air grondeur tandis que de son regard attendri coule l'indulgence... Tss... Tss... Bon, je m'arrête, allons... En voilà assez pour aujourd'hui. Je viens. Laissez-moi ranger mes papiers et je vous rejoins... »

Leurs rires, leurs moqueries légères, leur familiarité dosée à point chassent de l'air les parfums entêtants. Après tout cet effort, cette excitation, cette dépression, cet échauffement, c'est délassant comme un bain porté à la bonne température, assez frais et mélangé d'essences astringentes. Elle s'étire, elle se plonge... « Mes amis, quelle journée... J'ai le poignet courbaturé, j'ai mal à la tête... J'ai envie de sortir, faisons quelque chose, ce que vous voudrez, allons n'importe où, mais sortons, je n'en peux plus de rester enfermée... Lucette, trouvez quelque chose, au lieu de rester là à bouder... — Mais on ne peut pas sortir, Maine, on est bloqués... Je suis furieuse, j'en ai assez... Voilà deux heures, moi, que je suis là à ne rien faire, je meurs de faim... Et la maison est vide, j'ai regardé partout, pas le moindre croûton de pain, et on ne peut pas mettre le nez dehors, on est bouclés, il y a deux types qui guettent en bas... c'est de votre faute, aussi, Maine, vous auriez dû donner des ordres plus stricts... On est coincés maintenant, ils se sont installés en face, dans le bistrot, ils ont amené un appareil de photo... la concierge a beau leur dire que vous n'êtes pas là, ils n'en démordent pas, ils vont rester là toute la nuit... J'en ai assez. Assez. »

Quelque chose filtre de la colère enfantine qui agite cette tête bouclée de poupée, de cette moue de fillette gâtée, de ce regard buté, borné... quelque chose qui éveille ce mélange de mépris et d'admiration qu'éprouve un père, parti de peu, qui a travaillé dur toute sa vie, surmonté toutes les difficultés, subi toutes les avanies, pour le fils élégant qui sait avec une largesse dédaigneuse dépenser son argent...

Mais ce n'est pas cela seulement... autre chose, qu'elle ne perçoit pas très nettement, se dégage de cette désinvolture boudeuse... quelque chose d'indéfinissable... une qualité... que depuis le premier moment elle a sentie en eux, pour laquelle, mais sans se le dire, bien sûr, guidée par son instinct, elle les a tous choisis et rassemblés autour d'elle — les gens

s'étonnent parfois, ne peuvent pas comprendre —,
pour laquelle, entre tous ceux qui auraient tant voulu,
qui avaient tant de mérites partout appréciés, elle les
a sélectionnés, eux justement, ceux-ci, en apparence si
démunis qu'il faut les imposer à la force du poignet
(et ce n'est pas désagréable non plus, bien au contraire,
cette occasion qu'ils lui offrent de se donner à elle-
même et d'étaler à tous les yeux curieux, envieux, une
preuve de sa liberté souveraine, de sa puissance)...
quelque chose dans leurs colères d'enfants capricieux,
dans ces énervements, ces dégoûts de gens gavés,
suralimentés, de nécessaire pour elle, d'indispensable...
elle ne pourrait pas s'en passer... cela exerce sur elle
cette action salutaire, mais mal connue, qu'ont sur
l'organisme humain certaines bactéries... Il lui semble
que tout ce qui vient du dehors — mais on ne le
nomme jamais ici, entre eux, par un accord tacite, par
un sentiment de gêne, de pudeur, et d'ailleurs comment le nommer? — ce flot énorme, charriant tant
d'impuretés, gonflé de toutes les convoitises, de toutes
les nostalgies, compromissions, intrigues, envies, sa
honte quand, encore maintenant, il lui arrive de
sentir que les autres surprennent son regard inquiet,
quêteur, ce vacillement qu'elle ne parvient jamais à
tout à fait maîtriser au moindre mot louangeur,
détracteur, à la seule mention de son nom, tout cela
est arrêté, filtré par cette rage, cette moue d'enfant
boudeuse : pas une trace ne passe, pas la moindre
parcelle, non, rien qu'une matière parfaitement décan-
tée, distillée, on peut l'analyser, pas une trace, même
indosable, n'est restée de cette vaine satisfaction que
donne la gloire, de cette joie frelatée, mesquine que
pourrait lui donner la victoire, la revanche sur ses
ennemis, non, l'indifférence, le parfait détachement,
purs comme l'eau de certaines sources, comme la
lumière qui tombe d'un ciel clair, radieux comme

les rayons de ce disque que Dieu fait briller autour de la tête de ceux, au cœur innocent, qu'il a élus pour propager sa parole, chanter ses louanges... Elle se laisse choir, accablée, sur le divan... « Cela ne finira donc jamais, on n'aura donc jamais la paix... Bon sang, ce qu'ils peuvent être assommants... Mon petit Jacques, je vous en prie, sortez-nous de là, descendez, dites-leur qu'ils perdent leur temps, dites-leur n'importe quoi... que je suis partie n'importe où, lancez-les sur une fausse piste... » Mais là, tout à coup elle l'a senti, cela vient de passer dans le ton sur lequel elle a dit ces mots et ils l'ont tous perçu, cela a pénétré en eux sans que jamais aucun d'eux ne veuille, n'ose se l'avouer — ou peut-être ose-t-il, mais entre eux jamais un mot, c'est pour cacher cela, probablement, qu'ils prennent ces airs écœurés — cela s'est montré... juste une trace, une ombre, comme l'ombre des poils fins au bout de l'oreille d'un petit démon : une satisfaction secrète...

C'est entré en lui et cela grossit en lui — le contentement d'être ici, tous enfermés dans l'arche, tous solidaires, unis, tous ceux qui méritent d'être rassemblés, sauvés, pendant que battent contre la coque étanche du vaisseau précieux les eaux toujours grossissantes de la convoitise, de la curiosité, cela le remplit, et tous le savent, cela circule dans tout son corps, dans son allure, son air, dans chacun de ses mouvements comme le sang qui irrigue jusqu'aux plus infimes artérioles, tandis que s'élevant à la hauteur de ce qu'exige de lui son rôle il ouvre la porte et dit : « Oui, je vais aller leur parler, je vais essayer de les faire partir... Oui, tout de suite. Je descends. »

« Pendant ce temps-là, René va vous raconter quelque chose d'amusant. Il nous a fait rire, tout à l'heure. Allez-y, René, dites-lui... — Non, je ne sais pas pourquoi ça les a tant amusés, ça n'a rien de si excitant. Je leur parlais de ça pour passer le temps. C'est tout simplement que j'ai rencontré Guimier, l'autre jour... Elle sent comme elle se rétracte un peu, durcit... — Tiens, et alors, qu'est-ce qu'il devient?... quelque chose qu'elle s'efforce d'écraser s'insinue dans le son de sa voix... Qu'est-ce qu'il fabrique? — Eh bien justement, figurez-vous, il m'a abordé l'autre jour... J'étais en train d'acheter le journal... Il avait un drôle d'air, il était tout agité, tout pâle... Il m'a demandé de prendre un verre avec lui... J'ai senti que c'était pour me dire quelque chose de précis... Et j'avais raison. On n'était pas assis depuis cinq minutes qu'il s'est mis à me parler de vous... Il m'a dit qu'il vous avait rencontrée... dans une librairie, je crois... avec son père... que ça n'avait pas marché... que son père vous avait déplu... je n'ai pas très bien compris pourquoi... »

« Notre futur Sainte-Beuve... » ce sourire ironique, cette lueur moqueuse qui filtrait des yeux bridés... Mais elle est habituée, endurcie depuis longtemps... Elle ne sent pas plus de répugnance qu'un médecin qui se penche sur une plaie, quand monte à ses narines la puanteur de leur rancœur, de leur envie, quand gicle d'eux et la salit leur familiarité, leur humilité, leur insolence, ce besoin de prendre, à peu de frais, leur revanche — ils sont si démunis, si médiocres, si paresseux...

Seulement cette fois ce qui sortait des yeux étroits, ce qui perçait dans le ton moqueur, avait traversé, brisé cette épaisse carapace d'indifférence, de dédain un peu apitoyé, derrière laquelle elle se sent protégée et d'où, d'ordinaire, elle peut sans danger s'amuser à les observer. Elle s'était sentie soudain exposée, rosissant, frissonnant sous ce regard d'où coulait sur elle et la recouvrait une rancune froide, un mépris d'homme choyé, comblé depuis longtemps de grâce, de jeunesse, de beauté, un dégoût d'amateur délicat pour une femme... mais elle n'avait pas l'air d'une femme, elle était quelque chose d'informe, d'innommable, un monstre affreux, toute décoiffée, quelques mèches tristes, elle le savait, pendaient dans son cou, elle n'avait pas osé lever la main pour les rentrer sous son chapeau, elle s'était sentie toute molle, grise, graisseuse, comme mal lavée... le regard impitoyable traquait en elle une faute, la plus grave de toutes, un crime, un sacrilège... une sentence terrible la menaçait, elle avait essayé de se défendre avec les moyens dont elle disposait, mais la lutte était inégale, l'homme avait triomphé, elle s'était enfuie, blessée... Et l'autre, à côté, le petit d'homme, avec ce regard de jeune animal que son père entraîne à guetter, à choisir sa proie, voyant tout, lui aussi. Elle les avait haïs...

« Maine, ne faites pas cette moue dégoûtée... Je vous assure que ce garçon vous est très attaché, il vous admire, vous adore. Il vous porte aux nues... Il avait l'air d'en être malade, il m'a fait pitié. Je l'aurais emmené chez vous si j'avais osé... Je l'ai rassuré comme j'ai pu... »

Ce n'était donc pas cela, ce n'était rien — une imagination, un cauchemar, et il s'est effacé. Le monde familier, rassurant, apaisant est là autour d'elle de nouveau. Un sentiment délicieux de soulagement, de délivrance s'échappe d'elle en un flot bondissant... « Mais non, qu'est-ce qui lui a pris, à ce garçon, je n'ai rien pensé du tout. Je ne dis pas que son père m'ait emballée... mais c'est surtout que je n'avais pas le temps, j'étais pressée... Les gens se figurent qu'on doit être toujours à leur disposition, ils sont drôles... »

Mais une autre fois il faudra faire attention. Il faut se surveiller. Essayer de comprendre. Il faut faire chaque fois l'effort de basculer de leur côté. Et de là, de leur place, se voir : chacun de ses gestes projetant en eux des ombres gigantesques, ses mots les plus insignifiants répercutant très loin en eux leurs résonances. Leur fragilité et sa force, à elle, sont si grandes — il ne faut jamais oublier cela, elle doit prendre le plus possible de précautions : un seul mouvement étourdi, si léger soit-il, peut les briser... Un seul mouvement de sa part...

Elle a cette sensation étrange qui la prend par moments, qu'elle éprouvait déjà quand elle était enfant, l'impression de perdre le sens habituel des dimensions, des proportions et de devenir immense — un géant chaussé de bottes de sept lieues qui lui permettent d'enjamber le fleuve, les ponts, les maisons... elle peut soulever cette infime existence... infléchir le cours d'un destin, transformer l'ultime misère en la plus haute félicité... une excitation généreuse la soulève... « Oh mes amis, j'ai une idée... Si on allait tous chez lui ce soir ? — Chez qui ? — Mais chez Alain Guimier... Si, ce sera drôle... Mais non, justement, comme ça, tout simplement... Ce sera très amusant de tomber chez lui tout à coup... Mon petit Jacques, vous savez ce qu'on fait ? — Maine est folle... — Mais non, vous verrez... Ils sont partis ? Nous sommes libres ?... Alors on va lui téléphoner... Vite... Vous, René, faites-le... je vous donne le numéro... Dites-lui que nous sommes dans son quartier, que nous passerons chez lui après le dîner, juste pour un petit moment... Allons, n'ayez pas cet air ahuri... un bon mouvement... »

14

C'est trop d'un seul coup, il n'en demandait pas
tant, c'est trop brusque, c'est trop violent, il aurait
eu besoin de se préparer un peu — juste quelques
instants de recueillement — mais l'énorme vague de
fond l'a renversé, il roule, aveuglé, assourdi, il essaie
de reprendre pied, il serre leurs mains un peu au
hasard, il n'entend pas leurs noms... « Bonjour... très
heureux... Bonjour... Mais pas du tout, entrez... Non,
vous ne me dérangez pas... Bien sûr que non, voyons,
vous savez bien que je suis très content... » Son sourire est crispé, contraint, il le sent, sa voix est mal
posée... il leur avance des sièges, il déplace gauchement un fauteuil, il fait basculer un guéridon
qu'eux calmement, adroitement rattrapent de justesse, remettent d'aplomb, tous ses gestes sont saccadés,
gauches, ses yeux doivent briller d'un éclat fiévreux...
« Tout à l'heure, au téléphone... » ils ont dû s'amuser,
ils en ont sûrement parlé, c'était si grotesque... « je
n'avais pas compris, je n'avais pas bien saisi... » mieux
vaut tout leur dire, leur montrer... « c'était une surprise, je m'y attendais si peu, je vous avais pris pour
un vieux copain... ». Ils savent, ils ont tout vu : sa
stupeur, son humilité, n'en croyant pas ses oreilles...
« Qui? Germaine Lemaire? Oh non, dis... ça ne

prend pas... Pourquoi pas le pape? » Est-ce qu'il n'a pas dit cela?... Si, il l'a dit, il entend son propre rire idiot : « Allons, mon vieux, ça va, ne te fatigue pas... Pourquoi pas le pape? » et le ton surpris de la voix sèche dans l'appareil... « Allô... Vous m'entendez? C'est bien Alain Guimier?... »

Oui, tout leur montrer, cela vaut mieux, ils auront peut-être pitié, un peu honte de voir cela exhibé, ils détourneront les yeux, ils essaieront eux-mêmes de masquer cela, de l'oublier... c'est le seul moyen de déjouer ce tour cruel que lui a joué un sort facétieux... ce sont des tours comme il n'en joue qu'à lui, ce n'est pas la première fois, quelque chose d'analogue, déjà... mais où? mais quand est-ce arrivé? Il ne sait pas, ce n'est pas le moment de chercher... il faut tout de suite leur remettre entre les mains toutes les pièces à conviction, tout leur expliquer, avouer : J'étais si étonné... j'ai cru reconnaître la voix d'un ami... aller jusqu'au bout : J'ai cru qu'il me jouait un tour, c'est tout à fait son genre, je lui ai si souvent parlé de vous... Pourquoi hésiter puisqu'ils savent tout... il s'agit de limiter les dégâts, de sauver ce qui peut encore être sauvé, il vaut mieux se dépêcher, vite, se déshabiller et abandonner entre leurs mains cette guenille, ce costume grotesque de clown dont il est affublé, qu'ils en fassent ce qu'ils veulent — une vieille dépouille qu'il a rejetée, il va, comme eux, la soulever du bout des doigts, l'examiner avec eux d'un air de dégoût apitoyé...

Mais il ne peut pas, le cœur lui manque. Impossible de courir ce risque, de se fier à eux, il sera saisi, happé par eux tout entier, lui, ses guenilles, sa nudité, ils sont sans indulgence, sans pitié, ils le lui ont montré chaque fois qu'il a essayé de s'en remettre à eux... il vaut mieux miser sur leur distraction, leur étourderie, masquer, cacher tout ce qu'il peut, ils n'ont peut-être rien remarqué, rien compris, cela a peut-être glissé sur eux, cela s'est peut-être déjà effacé, ils sont si ignorants de ces choses-là, ils en sont si éloignés — des gens habitués à vivre dehors qui ne peuvent pas comprendre qu'il soit suffoqué, incommodé, pareil à ces enfants dont l'organisme habitué depuis toujours à l'atmosphère calfeutrée d'un taudis obscur n'a pu supporter le grand air, la lumière du soleil...

Il aurait mieux valu pour lui rester enfermé, macérer dans le liquide tiède, un peu nauséeux de sa solitude, de son abandon... C'est pour ne pas en sortir qu'il s'est joué à lui-même ce vilain tour : l'air du dehors lui a fait peur... « Pourquoi pas le pape? » Il a dit cela pour essayer de les écarter, il le sait maintenant, c'est pour les faire fuir, sûrement, qu'il a dit cela : « Oh, ça va... pourquoi pas le pape? » sur ce ton gouailleur... Mais il ne les a pas dégoûtés, il les a plutôt un peu plus excités, ils se sont dépêchés, ils ont accouru, ils s'installent partout, reniflent... leurs regards vifs, sournois glissent, s'insinuent... ils sont comme des chiens qui flairent dans tous les coins pour dénicher la proie qu'ils emporteront entre leurs dents et que tout à l'heure, dès qu'ils seront sortis d'ici, ils déposeront, toute tiède et palpitante, aux pieds de leur maîtresse... elle se penchera... tape approbatrice, regard caressant... « Ah, mais quand? où donc? Que c'est drôle... je n'ai pas remarqué »... l'œil gourmand, elle savourera d'avance le succulent repas que plus tard, chez elle, tout à son aise, avec eux sous la table, elle dévorera...

Elle pose la main sur le bureau... « C'est là-dessus que vous travaillez? — Oui, c'est là, presque toujours. — Ah, vous préférez ça, avoir le dos à la fenêtre, vous asseoir face au mur? » Elle le regarde avec attention et cela le flatte, elle doit le sentir, elle fait exprès de le regarder avec cet air attentif, plein de considération, elle n'aime pas faire les choses à moitié : quand on les fait, n'est-ce pas? il faut les faire bien... c'est si délicieux de pouvoir ainsi faire irruption dans une de ces petites existences confinées et les bouleverser, les transformer d'un seul coup pour très longtemps... Il voudrait se détourner, se renfrogner, mais les mots qu'elle vient de prononcer, le son de ces mots — comme le fameux tintement de la clochette qui faisait saliver les chiens de Pavlov — fait luire ses yeux, étire ses lèvres en un sourire flatté, il ouvre la bouche, il hésite une seconde... « Oui, j'aime mieux ça, travailler le nez au mur... c'est plus... » Il a tout à coup la sensation de marcher sur quelque chose qui se balance sous ses pieds, c'est comme une passerelle étroite jetée au-dessus d'un torrent impétueux et sur laquelle, tandis que tous, massés sur l'autre rive se taisent et le regardent, il avance. Un faux mouvement et il va tomber. Il tâte du pied devant lui avec précaution... « Oui, le dos à la fenêtre — c'est plus commode... » Bien. C'était juste le bon mouvement. « Commode » était bien choisi : modeste à point, un peu négligent... Vraiment, il s'en tire bien. Tous reprennent confiance... « C'est plus commode... pour se concentrer... » Attention, là, casse-cou, le mouvement trop fort, trop brusque, maladroit, le fait peser un peu trop, basculer un peu d'un côté... tous l'observent amusés, il essaie d'avancer encore d'un pas, mais il oscille, il va tomber... tant pis, qu'ils se moquent de lui, qu'ils rient, mais il n'y a pas moyen de faire autrement... « Moi, vous savez... il se baisse, se plie... il m'est très difficile, moi, vous savez, de me concentrer... il s'agenouille... Tout détourne mon attention, un rien suffit... Je ne sais pas si vous aussi... Mais moi... » vers eux, plus près, qu'ils l'aident, à quatre pattes, si pitoyable, il rampe... Elle incline la tête, elle lui sourit... « Oui, moi aussi, j'étais comme vous : un mur nu devant moi — c'était tout. » ... Ils l'observent tandis qu'elle l'aide à atterrir près d'eux sur l'autre rive, à se relever, tandis qu'apaisé d'un coup, rassuré, il se redresse, la regarde tout heureux... « Ah, vous aussi, il vous fallait ça? »

Un courant passe d'eux à lui, il sent sur lui leurs regards bienveillants, il leur fait signe de la tête, il agite le bras... « Mais venez... Mais vous n'êtes pas bien là, venez donc vous asseoir plus près du feu, ici, là vous serez mieux... » Ils s'installent, l'air satisfait, ils regardent autour d'eux... la bonhomie, la sympathie fuse de leurs yeux... « Mais c'est très joli, ça, dites-moi, c'est ravissant ce que vous avez là, c'est de toute beauté cette bergère Louis XV... — Je croyais que vous m'aviez parlé d'affreux fauteuils de cuir... — Oui, mais c'était à propos, justement, de cette bergère. Ces fauteuils... figurez-vous... » Qu'ils sachent... Ils peuvent tout savoir, tout voir, il ne leur cache rien, tout ce qui est à lui leur appartient, ne sont-ils pas ses camarades, ses amis, il est prêt à tout partager avec eux, à tout mettre en commun... « figurez-vous, j'avais raconté à Germaine Lemaire que ma famille voulait absolument m'imposer deux ignobles fauteuils... Vous savez... genre " clubs " anglais... ç'a été toute une histoire... »

Mais c'est si étroit encore, cette ouverture entre eux et lui, cette porte qu'ils tiennent entrebâillée, comment, par là, faire entrer tout cela, tout cet énorme entassement lourd, encombrant, il ne sait pas comment s'y prendre, par où commencer... il sent comme de nouveau ils observent avec une sorte d'étonnement apitoyé ses mouvements maladroits tandis qu'il pousse, tire comme il peut... « La famille, vous savez ce que c'est... ces goûts, ces choses qu'elle veut à toute force

vous imposer... » Mais il n'y a rien à faire, cela s'est
coincé quelque part, c'est bloqué, cela ne passe pas...
il fait un geste d'impuissance, de renoncement, et elle
le regarde, elle a l'air presque choquée... Qu'est-ce
qu'il a? Que veut-il donc? Pour qui ces efforts?
Pas pour eux tout de même, ce serait ridicule, ils
n'ont pas besoin de tout cela. Ils ne sont pas si gâtés.
Quelques miettes tombées de la table où elle, leur
maîtresse, est installée avec lui, son invité, auraient
très bien pu les contenter... A quoi perd-il son temps?
Elle l'arrête d'un petit mouvement impatient de la
main, elle se détourne d'eux, les écarte, elle se penche
vers lui... « Dites-moi plutôt... qu'est-ce que vous
avez fait?...

— Non, pourquoi vous ne le laissez pas continuer?
Si, Maine, laissez-le, je veux qu'il raconte... Pourquoi
il les a refusés, ces fauteuils? Moi j'aurais préféré
ça, de beaux fauteuils de cuir, c'est mieux que toutes
ces vieilles bergères. On peut s'enfoncer, plouf,
comme dans les clubs au cinéma... on peut dormir... »
Les lèvres épaisses, un peu molles se plissent en
une moue boudeuse d'enfant gâtée, la grosse tête
bouclée s'agite d'un air d'entêtement capricieux...
« Des clubs — moi je trouve que c'est bien mieux,
vous ne trouvez pas? »

Plouf! d'un seul coup tout est bouleversé. Le
joueur d'échecs, qui verrait au cours d'une partie
difficile l'enfant des maîtres de la maison renverser
toutes les pièces d'un coup taquin de son petit poing
sur l'échiquier, ferait cette grimace qu'il sent se
dessiner sur son visage, aurait ce sourire tendu, écartelé
entre le désir de voir la mère flanquer une raclée,
de tordre lui-même le cou à l'engeance infernale, et
celui d'arrêter le flot de confusion navrée qui coule
de la mère, il en est aspergé, il a envie de s'essuyer...
Mais non, pas du tout... Mais non, ce n'est rien,

la pauvre petite, elle ne se rend pas compte... ne la grondez pas... cela n'a pas d'importance... n'en parlons plus, oublions cela... Mais il sent qu'il y a quelque chose d'autre encore sur son visage, dans son sourire, quelque chose d'inquiet et d'un peu obséquieux qui rappelle l'expression qu'avaient les domestiques dévoués des vieilles comédies quand leurs jeunes maîtres désinvoltes et élégants prenaient en leur présence un accent vulgaire, employaient des expressions grossières, indécentes : le bon valet tout décontenancé — c'était un vrai bouleversement, un terrible chambardement de son univers si bien agencé, tout ordonné, rangé et astiqué — le fidèle serviteur souriait... tiré malgré lui, comment résister... voilà ce qui arrive quand les maîtres, même pour rire, se galvaudent, se commettent... et une pointe d'obséquiosité se glissait dans son sourire pour masquer sa gêne, son désarroi, faire pardonner sa familiarité... que le jeune maître peut être drôle... oh, ces choses qu'il peut dire, mais il plaisante sûrement, Sa Grâce s'amuse... Elle veut rire... «Des clubs, comme dans les cinémas, vous ne dites pas ça sérieusement?... » C'est sûr, cela crève les yeux, ils ont tous très bien vu cet air outré, scandalisé, ce sourire tendu, inquiet, obséquieux... elle fronce les sourcils, elle hoche la tête d'un air désapprobateur, qu'ils sont donc insupportables, ils sont impossibles... elle essaie de les rappeler à l'ordre... «Taisez-vous donc... Mais ne les écoutez pas, ils disent n'importe quoi. Lucette n'aimerait pas non plus avoir chez elle des clubs de salle de cinéma. Mais non, Lucette, pourquoi dites-vous ça? » Elle pose sur l'enfant terrible un regard sévère : voulez-vous vous taire, on ne fait pas des sorties pareilles devant ces gens-là, ce sont des plaisanteries qu'on peut se permettre entre nous... mais pas devant lui, comment voulez-vous, le pauvre petit, cela le choque terriblement, il ne comprend pas... «Lucette est ridicule, ne l'écoutez pas. »

Mais ils sont difficiles à tenir, ils s'agitent, impatients, dissipés, ils se vautrent, leurs regards font des glissades, se roulent, s'étalent sur les estampes accrochées aux murs, l'affreuse tapisserie... « Oh ça, ce n'est rien, ne regardez pas... Oui, c'est un cadeau... c'est laid n'est-ce pas?... Mais comment refuser? » Ils soulèvent d'un doigt dédaigneux quelques pages d'un livre posé sur la table... « Tiens, vous lisez ça... ah, vous l'aimez?... » Quelque chose est en train de s'amasser, quelque chose comme une vapeur très dense... un seul mot de sa part, il le sent, un seul geste, celui qu'il doit faire, mais il n'ose pas, ce seul mouvement vers le buffet... mais vous allez boire quelque chose, à quoi est-ce que je pense... et aussitôt, comme si un objet froid était introduit dans une atmosphère saturée d'humidité où la vapeur d'eau est sur le point de se condenser, les gouttes vont se former... Oh non, pas pour moi en tout cas, il est trop tard... cela va couler, ruisseler... il est tard, nous ne pouvons pas, nous devons partir, il faut s'en aller...

Mais ce bruit, ce long vrombissement continu, grandissant... c'est l'ascenseur qui monte, il franchit le premier étage... dans quelques instants on entendra le cliquetis de la porte grillagée, le glissement de la clef dans la serrure... la porte va s'ouvrir et elle va entrer, s'arrêter près du seuil, stupéfaite, figée... s'il pouvait courir au-devant d'elle, la prévenir, la préparer... mais attention, ils l'observent, ils se demandent ce qu'il a tout à coup... Mais rien, absolument rien, il tourne la tête comme quelqu'un qui dresse l'oreille, il lève un doigt : « J'entends l'ascenseur, ça doit être ma femme qui rentre... elle va avoir une surprise, elle sera contente... » Elle va les regarder, les yeux écarquillés, bouche bée... son manteau à gros carreaux... mais c'est pour cela justement qu'elle l'a choisi, il n'y a rien eu à faire, c'est cet air naïf, pas recherché qui lui a plu, et en effet, quand on le regardait d'une certaine façon... Mais quelques gouttes, versées par leur regard, de ce réactif qu'ils ont en eux, feront apparaître aussitôt ce qu'il y a d'un peu gênant, d'un peu vulgaire dans les gros dessins voyants, dans l'étoffe grossièrement tissée, dans ce geste qu'elle fera, lissant ses cheveux, un geste inquiet, timide, honteux... il a toujours envie de l'arrêter... mais ce genre de choses-là... même avec les êtres les plus proches, on n'ose pas... Il la sentira collée, soudée à lui comme un frère siamois, il va doubler de volume, former avec elle et étaler devant eux une masse lourde, énorme dont il ne pourra pas diriger les mouvements, dans laquelle ils pourront à leur aise planter leurs regards, leurs dards... mais le vrombissement continue, l'ascenseur a dépassé le palier, il monte toujours plus haut, s'éloigne... Quelle délivrance, quelle sécurité... Il est seul de nouveau, mince, léger, libre de ses mouvements, vif et souple, il peut se dérober, esquiver... Mais ils commencent à s'agiter, ils se regardent... « Eh bien, je crois que nous... c'est qu'il est tard... moi il faut que je rentre... oui... je crois qu'il va falloir... on était venu en passant... Une autre fois... » C'est ce mouvement chez lui de désarroi, cette absence brève, ce silence anxieux — c'est cela qui a amené cette fois à son point de condensation l'atmosphère saturée des vapeurs de l'ennui, du désœuvrement, de l'énervement, de la déception, du sentiment de vide, d'inanité, de gâchis... les gouttes l'aspergent... il se lève aussi, un peu trop vite peut-être, il a hâte, lui aussi, que cela finisse, il aime mieux ça, il n'en peut plus, qu'ils partent, il se dresse avec un air — l'ont-ils perçu? — de soulagement...

Mais non, ils n'ont rien remarqué... Ce n'est pas

le trop-plein de bonheur que donne l'approche de la délivrance qui fait affleurer à leurs visages et couler sur lui généreusement ces flots de sympathie... il ne peut pas se tromper, il le sent, allons, il faut oser se laisser aller un peu, s'abandonner à cette sensation, pourquoi les croire si bornés, si insensibles, les gens sont plus perspicaces, plus lucides qu'on ne croit, ils ont su percevoir ce qui est là en lui, tout au fond, derrière les épaisseurs de ses maladresses, des faux-semblants, ils voient, ils savent ce qu'il est pour de bon, ils l'entourent, ils lui secouent la main, l'estime qu'ils ont pour lui jaillit du regard qu'ils lui plongent dans les yeux... « Mais il faudra qu'on se revoie bien-tôt, plus longuement... Vous téléphonerez... Non, vous plutôt... Quand vous voudrez. — Bon. Oui. Et vous reviendrez? Mais ici c'est tellement petit, on n'est pas bien logés, mais nous allons peut-être déménager... ce sera plus grand, installé tout autrement... — Ah, alors vous avez accepté, votre tante a cédé?... — Que c'est gentil! vous n'avez pas oublié... Non, ma tante n'a pas accepté, pas encore, mais cela se fera peut-être, il y a de l'espoir. — Tant mieux, il faut foncer, ne pas avoir peur... Rappelez-vous : les conquistadors. » Elle se retient avec la main à la rampe de l'escalier, elle tourne le buste, la tête vers lui, elle lui offre une der-nière fois son visage amical, presque tendre... « Je vous aiderai à le meubler, j'adore ça. Nous irons à la Foire aux Puces... Oui, moi aussi, c'est ma passion, on se comprend... »

15

La menace grandit, les signes inquiétants se suc-
cèdent... Sur la poussière d'une des pistes menant au
ranch on a vu des traces insolites de grands pieds
nus. Le chien fidèle a été trouvé étendu au milieu
de la cour, l'œil vitreux, un filet de sang coulant de
sa gueule entrouverte... Et puis, plus rien. Un calme
lourd. On continue d'accomplir comme si de rien
n'était tous les gestes quotidiens. Chacun se tait, dis-
simule sa peur. Un soir, un serviteur disparaît...
Quelques jours plus tard, dans une clairière non loin
de la maison, on trouve, ligoté à un arbre, son corps
à peine reconnaissable, mutilé, scalpé, percé d'énormes
flèches bariolées... Et de nouveau cette fausse quiétude
torpide où l'angoisse mûrit. On se meut avec effort
comme si l'air épaissi, imbibé de terreur, entravait les
mouvements. Peu à peu les fourrés autour de la maison se remplissent de bruissements, de craquements, on
croit voir dans les buissons bouger de sombres corps
nus, luire des visages peints, des anneaux d'or, épier
dans l'ombre des yeux cruels.

Elle ne sait quelles histoires de Peaux-Rouges, lues
autrefois, quand elle était enfant, ont creusé en elle
— comme l'eau creuse le calcaire tendre — un lit,
un sillon resté vide pendant longtemps. Entre ses

bords, épousant leurs contours, prenant leur forme, ce qu'elle ressent depuis quelque temps se coule... cette même frayeur d'autrefois, sa frayeur d'enfant, quand le premier signe menaçant est apparu, quand elle a vu soudain, sous l'aspect rassurant, familier, de son petit frère, de son vieux Pierrot, avec ses yeux malicieux, son regard fin, son bon sourire un peu timide, un peu enfantin, tu es le portrait de papa quand tu souris comme ça... quand elle a reconnu l'ennemi, un envoyé de l'ennemi venu en éclaireur pour étudier le terrain, préparer l'attaque... « Voilà, ma petite Berthe... Je voulais te parler... C'est cet appartement... » Quelque chose d'un peu sournois s'est formé dans le pli de sa bouche, s'est glissé le long de la ligne fuyante de son menton... « Pierre is deep », la vieille anglaise qui leur donnait des leçons avait dit cela de lui à une amie quand il n'avait que cinq ou six ans, la grand-mère qui détestait les curés l'avait surnommé « le moinillon... » il avait sa voix sourde, un peu enrouée... « Moi, tu me connais, ma petite Berthe, tu sais bien que ça m'assomme, mais que veux-tu, c'est de ta faute aussi, tu n'aurais jamais dû... Je sais... Je suis comme toi, trop faible... Stupide... Je me laisse toujours faire... Mais tu as raison... On se comprend. Je vais leur dire que tu ne veux pas... Ne t'inquiète pas surtout, ma petite Berthe, ce serait trop bête... Ah, Alain est terrible, quand il s'y met, tu le connais... Il n'y a rien à faire, il a des côtés qui ne sont pas de chez nous, qui lui viennent de là-bas, tu sais, des Delarue... cet égoïsme féroce par moments... Avec moi aussi, si tu savais... » Elle regardait la peau trop fine de ses mains un peu boursouflées, ses doigts qu'il pliait avec difficulté, tenant gauchement l'anse mince de la tasse de thé, les gros plis de son cou épaissi, son costume un peu élimé, le col de la chemise mal repassé... le traître, l'ennemi avait disparu... Elle voyait assis devant elle un vieil homme seul comme elle, abandonné, son frère, son vieux Pierrot... Elle était triste en le quittant et lui aussi paraissait ému quand il l'a embrassée, quand il a tapoté sa joue dans l'entrée, quand il l'a regardée, sa lourde main posée sur le loquet de la porte... «Allez, je m'en vais... et ne t'inquiète pas surtout, ma petite Berthe... Je vais leur dire, à ces petits chenapans, ils comprendront... A bientôt... Je reviendrai. Et pas pour t'ennuyer, cette fois. On est bête, le temps passe, c'est vrai tu as raison, il n'en reste pas tant... » Elle a eu envie de le cajoler comme autrefois, de se serrer contre lui.

Mais dès qu'elle est restée seule, l'image, un instant effacée, a reparu, le bon frère si affectueux s'est métamorphosé de nouveau : il était en train de se dépêcher, sûrement... Avant qu'il n'ait atteint la porte cochère, toute trace de son attendrissement de tout à l'heure a disparu — le sillage que laissent en nous ces sortes de mouvements s'efface souvent très vite dès que nous nous retrouvons seuls — il était en train de courir là-bas pour leur raconter, il est si léger, vacillant, oscillant à tous les vents... Ils l'attendaient, impatients... Alors, qu'est-ce qu'elle t'a dit, tante Berthe? — Ah, mes enfants, rien à faire. Elle n'a pas marché. Je vous avais prévenus. J'en étais certain. Je la connais, moi, allez. Maniaque. Égoïste. Ses affaires, vous savez... Son confort. Que le monde périsse... L'histoire de la bicyclette qu'elle n'a pas voulu prêter, des bonbons qu'elle a cachés. Ça n'a pas dû manquer, il a dû leur raconter ça...

L'état-major de l'ennemi écoute attentivement ce rapport, pèse les arguments de chacun, suppute, tire ses plans...

Et puis dans la fausse quiétude, dans le calme lourd, ce signe, de nouveau, cette feuille qu'elle vient de trouver, pliée en quatre, glissée en son absence sous sa porte. Chaque mot tracé de la belle écriture ferme et nette annonce que le danger se rapproche... Une nouvelle attaque plus forte est déclenchée... « Chère tante Berthe, quel dommage de ne pas vous avoir trouvée... Je voulais vous parler... Je reviendrai demain. Je vous embrasse bien fort. Votre fou d'Alain. » Impitoyable, buté, rusé, doucereux, câlin, demandant pardon d'avance pour ce qu'aucune force au monde ne l'empêchera plus d'accomplir : votre fou d'Alain... Cette lueur avide dans ses yeux, autrefois, quand il s'arrangeait, et elle, l'idiote, qui trouvait cela attendrissant, il était si drôle, ah, le rusé petit coquin, pour l'amener — quel petit comédien — devant les chevaux de bois, devant le magasin de jouets... cet éclat qui a brillé dans son œil, ce jour-là, chez eux, quand elle a fait cette folie... qu'est-ce qui lui a pris ? elle-même s'est étonnée sur le moment... quel démon l'a poussée ? quelle impulsion morbide... mais non... que va-t-elle chercher ? elle a juste voulu — ils excitent en elle ce besoin — les taquiner un peu... elle a eu un mouvement de tendresse, ils étaient si jeunes, touchants, ils étaient si affectueux, l'installant, lui montrant... c'était si petit chez eux... elle a eu un élan généreux... elle a cédé à cette envie qui la saisit parfois de faire la bonne fée... à ce désir, encore maintenant, à son âge, qui la prend par moments, de tout éparpiller aux quatre vents, de se délivrer, de se libérer, elle s'est sentie un instant légère, rajeunie... pourquoi pas, après tout... « Mais non, mes enfants, ce n'est pas fou... mais si... mais si... » Elle s'est prise au jeu... ils n'en revenaient pas... Mais elle a peur, quelque chose soudain lui fait très peur... un regard qu'ils ont échangé... non, ils n'ont échangé aucun regard... ils étaient très décents, pleins de sollicitude... c'est quelque chose, plutôt, de trop rapide, de trop immédiat dans cet air surpris qu'ils ont eu, dans leur contentement... comme si tout

179

était prêt en eux depuis longtemps... les mots qu'elle a prononcés sont tombés comme un fruit qu'ils avaient regardé mûrir... On supputait... on attendait... on l'observait... des yeux cruels, dissimulés partout autour d'elle, épiaient... bruissements inquiétants, chuchotements... cinq pièces pour elle toute seule... une vieille femme inutile, enfermée toute seule là-dedans... ne reçoit personne, jamais... pour elle seule... Si ce n'est pas honteux, si ce n'est pas malheureux, et voilà des jeunes gens, son propre neveu, son unique héritier... le sourire futé de la vieille en capeline noire, dès le jour du mariage, sa fine voix pointue... « Et où va-t-il loger, ce jeune ménage ? Pas avec vous ? Ah, je croyais... on m'avait dit que c'était si grand... » Elle s'était redressée, rebiffée, furieuse aussitôt : « Avec moi ? je ne sais pas qui a pu vous dire ça... qu'est-ce que c'est que cette idée... moi à leur âge, j'habitais une mansarde, un taudis... et je ne m'en plaignais pas, c'était l'indépendance, c'était le bonheur... Mais à présent... elle avait envie de crier... je mérite qu'on me laisse tranquille, j'ai le droit d'avoir la paix... » La vieille avait acquiescé avec un sourire de fausse compréhension, de fausse bonhomie... « Bien sûr... je vous crois bien ! » Mais il n'y a rien à faire... Ils sont obstinés... Leur étau va se resserrer...

On a sonné. Qu'est-ce que c'est ? Qui est là ? Qu'est-ce qu'il y a ? De quoi s'agit-il ? Mais de la porte. De quelle porte ? Mais de la porte qu'elle a commandée, de la porte qu'elle a fait reprendre pour qu'on la répare... elle avait été abîmée, il y avait des trous, des marques, mais il n'y paraît plus, tout est arrangé, on l'a rabotée, poncée, cirée... On l'a rapportée. Elle est là sur le palier. Qu'ils s'en aillent, qu'on la laisse seule... il est bien question de cela, elle a envie de les chasser. Mais ils sont là, impassibles, inexorables, instru-

ments aveugles d'un sort moqueur. Ils soulèvent la
porte en la tenant entre leurs bras écartés, ils la tournent pour la faire entrer... le mécanisme est déclenché,
il fonctionne, il n'y a rien à faire, elle-même l'a mis en
mouvement, il n'y a ~~plus~~ moyen de l'arrêter, elle
acquiesce, elle incline la tête... ah bon... ah oui... elle
leur ouvre le chemin, elle écarte sur leur passage tout
ce qui gêne, les guéridons, les chaises, elle les guide...
passez par ici, c'est plus commode... ils prononcent à
mi-voix des paroles brèves... Attention... doucement...
baisse un peu... Non, pas là... Tu vas la cogner... Allez,
vas-y, là, tu y es... leurs gestes sont pleins de prudence,
ils avancent en posant doucement leurs pieds sur le
parquet ciré... on dirait des croque-morts qui portent
avec des précautions respectueuses un lourd cercueil en
chêne massif. Ils hissent la porte lentement et l'abaissent
d'un même mouvement pour faire glisser les pentures
dans les gonds. Ils font jouer la poignée. Ils s'écartent
un peu et regardent la porte d'un air satisfait : « Là,
je crois que cette fois ça va aller. » Cette porte en
chêne massif a un air pitoyable entre ces murs minces
couverts de peinture trop claire... On dirait une
fantaisie prétentieuse de mauvais décorateur... Elle
sent en elle, très affaiblie, dernier reflux des émois
d'autrefois, trembler une inquiétude légère, une faible,
une à peine vivante exaspération... Mais à quoi pense-
t-elle ? Que lui importe ? Tout est perdu de toute
manière. Il n'y a plus rien à perdre. Elle peut regarder
la réalité en face... elle sent dans sa bouche une amertume... « Moi je dois dire que je trouve ça affreux.
Dans cet intérieur... Avec ces portes vitrées... Il
aurait mieux valu laisser l'ancienne porte... » Mais
où a-t-elle la tête ? Elle est comme cette vieille cousine
qui choisissait une place au cimetière : Je crois que je
préfère celle-ci, la vue est plus belle... on en rit encore
dans la famille, trésor que se transmettent les héri-

tiers... Mais pourquoi en rire? C'est si difficile de bondir brusquement d'un monde familier et de s'étirer à la mesure de certains événements. Elle a oublié... A quoi est-ce que je pense?... « Oh ça ne fait rien. Aucune importance. Ça va très bien comme ça. Mais si, je vous assure. Merci. Vous avez peut-être raison. Je suis peut-être dans un mauvais jour. Et puis ce qui est fait est fait, n'est-ce pas, on ne va pas se remettre à tout changer, il n'y aurait plus de raison de s'arrêter... » Sa voix est légère, comme vidée, c'est peut-être cela qu'on appelle une voix blanche... elle tourne vers eux un visage impassible, elle leur sourit... elle se sent pareille à une femme qu'un malfaiteur caché derrière un rideau tient sous sa menace, et qui s'efforce de ne rien montrer, répond au téléphone, parle à un visiteur, entré chez elle pour quelques instants et prêt à repartir, inconscient du danger. Ainsi scindée, une part d'elle-même tournée vers l'ennemi invisible, elle les raccompagne. Sa voix paraît calme : « Eh bien oui, il ne restera plus qu'à poser la tringle pour les rideaux... » Mais elle ne se tient plus maintenant, qu'ils partent vite... « Ce n'est rien, on balaiera, laissez donc ça comme c'est, c'est très bien ainsi. Parfait. Merci. » Qu'ils la laissent seule — ils ne peuvent rien pour elle — face à l'ennemi.

Elle est perdue. Impossible de lutter. Ils la tiennent, elle va céder... Quand elle avait eu sa crise, quand elle était couchée, étouffant, levant un regard docile, fautif, reconnaissant vers le visage penché sur elle... « Vous avez eu de la chance, allez, que je vous aie entendue appeler... C'est que c'est si grand chez vous... On n'entend pas... Heureusement que j'étais dans l'escalier... Vous n'avez pas peur?... C'est qu'à notre âge... vous ne devriez plus vivre seule ici... ah, dame, vous savez quand on n'a plus vingt ans... »

Elle s'était débattue : « Moi? Mais vous voulez rire, plutôt mourir... vous ne me connaissez pas... j'ai trop besoin de tranquillité... » Ce sourire satisfait, idiot qu'ils avaient, cet air assuré, implacable, exaspérant, le visage même du destin, de la fatalité... « Hé on dit ça, mais un jour vous y viendrez, vous n'aurez pas le courage de garder tout ça pour vous... ça demande trop d'entretien, il vous faudrait quelque chose de plus petit... Vous le céderez à votre neveu... ils ont besoin d'espace, eux, les jeunes gens, et vous serez si contente de faire quelque chose pour eux, de regarder pousser autour de vous des petits enfants... » Elle avait eu envie de mordre, mais qu'ils la lâchent donc, elle leur avait donné dans sa peur, dans sa fureur, dans sa faiblesse, des coups maladroits qui lui avaient fait mal — vieille hideuse aux mèches grises désordonnées qui pendaient autour de son visage échauffé, faisant des gestes grotesques, maigre vieille sorcière aux entrailles séchées... « Moi, ah ça jamais, vous me connaissez mal... je trouve qu'on n'a qu'une vie, je n'ai jamais rien demandé... tout ce que je veux c'est qu'on me fiche la paix... » perdant la face, oubliant toute décence, toute tenue. Les autres agitaient en riant leurs gros doigts mous : sa fureur impuissante, ses gigotements maladroits les amusaient énormément... « Vous y viendrez un jour de vous-même, allez, vous verrez ça... » Ignoble et moite pression...

Elle se raidit, se redresse... Eh bien, ils verront. Qu'ils y viennent. Plus de cris, de gigotements. Immobile, tassée sur elle-même, lourde, calme, elle les attend comme le vieux sanglier quand il se retourne et s'assied face à la meute.

16

Attention, grand fou, qu'est-ce qui lui prend, attention, il va tout renverser, il va me faire mal, il va me décoiffer, elle s'écarte, elle le repousse légèrement, comme autrefois, quand il était enfant, quand il entrait ainsi en courant, quand il se précipitait sur elle et l'embrassait trop fort, mais il ne se tient plus, il a envie de la serrer dans ses bras, de la soulever et de la faire tourner avec lui, allons, ma petite tante Berthe, réjouissons-nous tous ensemble, soyons heureux... « Nous avons une veine inouïe... C'est extraordinaire, ce qui nous arrive... Un vrai miracle. Un concours de circonstances étonnant... On peut faire un échange avec le voisin des Brété. Leur voisin de palier... Il quitte Paris... Il veut un petit pied-à-terre dans notre quartier... Et chez lui, c'est vraiment épatant. Un vrai bijou. Deux grandes pièces claires au premier sur une grande cour avec un arbre... un tilleul... C'est en parfait état... Dans une belle vieille maison... Il y a de grands placards... Un débarras où on peut installer une salle de bains... Pour nous, il est évident que c'est trop petit... Dans quelque temps il faudrait recommencer... Mais pour vous, tante Berthe, on a pensé... Il faut absolument que vous le voyiez. »

Elle se tait. Elle a son air bougon, son visage

lourd, figé, son regard fermé, buté. Mais il ne faut pas se décourager. Il se penche vers elle, il pose la main sur sa main qui serre l'accoudoir du fauteuil, il se sent toute la patience d'un bon maître d'école qui veut expliquer un problème à un enfant récalcitrant, assez mal doué, allons ne perdons pas courage, on va y arriver, essayons de reprendre tout cela un peu autrement : « Écoutez-moi, tante Berthe. Parlons sérieusement. C'est une occasion unique. Cela ne se reproduira jamais. Ce serait absurde pour vous de refuser. Rappelez-vous quand vous avez eu ces étouffements... Les Brété... Vous savez comme ils sont gentils... ils seront tout près de vous, sur le même palier. Ici vous vivez dans deux pièces, les trois autres ne vous servent à rien, vous avez dit vous-même que vous n'y mettiez jamais les pieds. C'est pour vous, ce que je vous dis là. Pour nous, bien sûr, vous savez bien ce que ce serait. Mais pour vous aussi, tante Berthe, croyez-moi. Tôt ou tard, vous serez obligée de changer... »

Elle ne dit rien. Elle tient ses yeux braqués sur lui.

Mais ce regard ne lui fait plus peur. Le temps est loin où ce regard, comme le projecteur qui fouille l'obscurité pour découvrir le fuyard, le clouait sur place tout ébloui, il se sentait perdu, — pas de salut, il était pris : un être vil, ignoble, répugnant...

Maintenant il est protégé, maintenant quelque chose surgit qui s'interpose entre ce regard et lui — une image, celle d'une masse sombre, d'une silhouette aux contours très estompés qui se meut à ses côtés dans une allée... Il sait qui c'est, bien sûr, il pourrait répondre aussitôt si on le lui demandait : c'est Berthier. Mais il ne prononce en lui-même aucun nom. Quel visage avait Berthier ? Et le visage serait là tout de suite : un visage rose, au nez retroussé, à la large bouche un peu épaisse, aux grands yeux limpides et innocents. Qui était Berthier? Berthier était son camarade de lycée. Quel lycée? Lakanal. Quel air avait-il, quelle impression faisait-il, ce Berthier? C'était un garçon timide, effacé, il avait l'air, par moments, comme un peu hébété. M. Lamiel, le professeur de philo, lui avait dit dans un moment de colère : Vous êtes idiot. Mais il était très fin, il avait des divinations. Que faisiez-vous tous les deux dans cette allée? Nous traversions le Luxembourg, nous allions prendre le train à la gare de Port-Royal pour rentrer au lycée. Nous venions de déjeuner chez tante Berthe. Elle nous avait gavés de tous ses bons petits plats, nous étions un peu ensommeillés, un peu congestionnés. Il faisait chaud, l'allée était ensoleillée. Tout cela et bien d'autres images, d'autres renseignements plus précis et détaillés sont là, par derrière, tout prêts, comme des fiches placées l'une derrière l'autre dans un fichier. Mais ces fiches, il ne les sort pas, il n'a pas besoin de le faire en ce moment, il sait ce qu'elles contiennent en bloc, assez vaguement, et cela lui suffit; ce qu'il fait sortir maintenant, c'est cette silhouette aux contours flous marchant à son côté dans l'allée, il n'entend que sa voix, non, pas même la voix, juste les mots que la silhouette presque effacée a prononcés. Elle s'est arrêtée brusquement dans l'allée, elle a dit : « Tu sais, ta tante est dure. Elle est méprisante. » Comme ça. A propos de rien. Comme une simple constatation. Stupeur : « Ma tante? Méprisante? Dure? Ma tante? — Oui. Dure. Elle a l'air méprisant. » Les mots résonnaient comme résonnent aux oreilles du mineur enseveli les coups de pioche des sauveteurs. Il était délivré. Sauvé. Étreintes. Larmes de joie. On l'entourait : votre tante est dure. Elle est méprisante. C'est un fait. Elle est ainsi. C'est sa nature. Maintenant il n'a qu'à appeler. Aussitôt on accourt de tous côtés. Elle est cernée, capturée, toute une foule rassemblée autour d'elle la contemple, on la montre du doigt, voyez : elle est dure. Méprisante.

Il pose sur elle un regard calme, sévère : « Ce n'est pas la peine de me regarder comme ça, ma tante. Ce que je vous dis là n'a rien de choquant. Vous auriez tort de refuser. Ce serait mauvais pour vous et pas gentil pour nous, je vous assure. Ça n'aurait pas de sens. Je ne vous demande pas de dire oui tout de suite, mais allez regarder au moins, ça ne vous engage à rien... Mais enfin dites quelque chose...

— Je n'ai rien à dire, Alain, tu le sais. Je l'ai déjà dit à ton père. Je n'ai même pas besoin de regarder. C'est tout décidé. »

Lourde. Inerte. Toute tassée sur elle-même. Énorme masse immobile couchée en travers de son chemin. Il a envie de la pousser pour la déplacer, de cogner dedans à grands coups de poing, de pied, pour la faire bouger... « Mais bien sûr... sa voix siffle comme un chalumeau qui essaie de forer un épais mur d'acier... Bien sûr. Que je suis donc idiot... Brave imbécile que je suis... Bien sûr que vous ne voulez pas. Pas même aller regarder. Il fallait s'y attendre, il suffit qu'on vous demande quelque chose — c'est fini, il n'y a rien à faire, vous ne pouvez pas céder. C'est comme le jour où je vous ai demandé pour ce copain, ce n'était pas une blague, il crevait de faim... De vous-même vous l'auriez peut-être aidé, mais c'est de voir quelqu'un... Mais vous savez, je vous préviens, vous n'avez pas le droit. Il y a des lois, heureusement... » Il n'est pas seul, tout le monde est à ses côtés, il a pour lui tous les braves gens. On extirpe, on arrache les parasites qui étouffent tout ce qui doit croître, tout ce qui veut vivre, qui absorbent inutilement la jeune sève qui monte... « Vous savez que c'est interdit, vous savez que vous n'avez pas le droit... L'indignation, la rage font trembler sa voix... Vous n'avez pas le droit de faire ça... La loi elle-même protège... en ce moment, quand il y a tant de jeunes gens... la loi, vous m'entendez, vous interdit... »

Elle a l'air de s'animer un peu. Elle hoche la tête lentement, les sourcils relevés, l'œil narquois, presque amusé : « Ah, vraiment? »

Il se sent balayé, emporté, entraîné très loin, toujours plus loin, dérivant vers des régions étranges, terrifiantes, entrevues autrefois, il y a déjà longtemps, quand il était encore très jeune, presque un enfant...

Des prisonniers évadés, des résistants, des juifs cachés sous de faux noms se prélassaient au soleil, bavardaient sur les places des villages, assis au bord des fontaines, trinquaient, comme si de rien n'était, dans les bistrots, proies sournoises, inquiétantes, forçant sournoisement les autres, les purs, qui n'ont rien fait, les forts, qui n'ont rien à craindre de personne, à une répugnante complicité, les attirant dans leur déchéance, narguant la loi, bouleversant l'ordre, faisant enfin se lever un beau matin, — il faut bien que quelqu'un le prenne sur soi et le fasse, à la fin — sortir de chez lui et courir le long des murs, l'échine courbée, le dénonciateur...

Une grosse masse lourde pèse sur lui, l'enfonce, il étouffe, il veut vivre, il se débat... « Eh bien, vous verrez, vous ne pourrez pas rester ici, vous serez forcée... Il cogne de toutes ses forces... On vous forcera... Mon beau-père... la fureur l'assourdit, il perçoit, comme s'ils venaient de loin, ses propres mots... il connaît votre propriétaire... il va lui dire, je vais lui demander... » Il entend, tandis qu'il court vers la porte d'entrée, qu'elle crie enfin à son tour, très fort : « Mais fais-le donc. Fais-le, tu en es capable. Ça ne m'étonne-ra-pas-de-toi. »

17

« Et les Guimier, qu'est-ce qu'ils deviennent? »
Elle brandit cela sous leur nez et le jette au milieu
d'eux...

Allons, pourquoi hésitent-ils? Qui cherchent-ils à
tromper? Elle sait bien qu'ils n'attendaient que ce
moment. On s'ennuyait à mourir pendant ces préli-
minaires, ces bavardages insipides... Tout le monde en
avait assez de ces mâchonnements à vide, de ces gri-
gnotages... Cela devenait écœurant...

Mais les Guimier, c'est un régal... Quoi de plus
consistant que les Guimier... quoi de plus appétis-
sant? Il y a quelque chose dans les Guimier, qui
n'est qu'à eux... Une qualité exquise... un fumet...
Qu'est-ce qu'on attend?

Allons, qu'ils bougent, comme ils sont drôles —
craintifs, timorés, un peu honteux et alléchés. Que
quelqu'un se décide enfin, qu'on se remue un peu, il
est grand temps... « Alors, et les Guimier? Il me semble
qu'il y a longtemps qu'on n'en a pas entendu parler. »

Mais que signifie ce ton, cette pointe de raillerie
dans sa voix, cette malice dans les fossettes de ses
joues, dans ses yeux? De qui se moque-t-elle, ils

se le demandent... On dirait — voyez-vous ça... mais quel toupet de sa part, quelle inconscience — qu'elle leur jette cela et se met un peu à l'écart, qu'elle s'amuse à les exciter pour les voir — comme une meute avide, sa meute? — trembler et frétiller, impatients de s'arracher les succulents morceaux... Aussitôt tous leurs muscles se relâchent; ils lèvent mollement les épaules, les sourcils; un fin vernis d'indifférence recouvre leurs yeux... « Qui? les Guimier? Mais pourquoi, tout à coup? — Oh moi, vous savez, les Guimier... Je les connais très peu... Ils vous intéressent, vous, hein? Elle rougit légèrement... Ils vous fascinent, hein, les Guimier?... »

Mais l'autre, là-bas, aucune prudence, aucun sentiment de dignité ne la retient... La voilà déjà qui s'agite doucement... Ils savent qu'elle souffre... Cela monte en elle et la gonfle... Cela pèse et tire... « Allez, Fernande, allez-y, vous en mourez d'envie... Alors... racontez-nous... que savez-vous encore? Qu'y a-t-il de neuf chez les Guimier? »

Elle aurait bien envie de les rabrouer, ils l'agacent avec leurs airs condescendants, dédaigneux, légèrement dégoûtés, installés là confortablement comme des grands seigneurs assis les jambes croisées, agitant impatiemment le bout de leur pied chaussé de cuir fin, laissant pendre négligemment leur main gantée qui tient la bourse de soie qu'ils lui jetteront tout à l'heure, à elle, la vieille racoleuse, l'entremetteuse qui connaît leurs goûts secrets, qui sait flatter leurs bas instincts... Qu'a-t-elle encore déniché pour eux? Que veut-elle encore leur proposer? Qu'elle se dépêche, elle leur fait perdre leur temps... Où est ce trésor? Allons, qu'elle leur montre...

Mais quelque chose de plus grand qu'elle-même

lui impose de faire ce sacrifice, d'accepter de se laisser affubler de cet ignoble déguisement (ainsi l'agent secret, pour servir sa patrie, consent à subir, dissimulé sous le vêtement d'un paria, toutes les humiliations et les insultes), quelque chose qu'elle reconnaît à l'excitation si forte qu'elle éprouve, c'est presque de l'exaltation, à cette bonne chaleur qui monte à ses joues, à son front... L'amour de la vérité, de la justice, la soif de connaissance, le désir généreux de donner, de partager, même avec eux, brisent en elle toutes les digues, forcent les dernières résistances, la soulèvent, elle s'élance sans prendre garde à rien au milieu d'eux... « Eh bien oui, figurez-vous que j'en ai appris de belles sur leur compte... Ah, ils sont jolis, les Guimier. Vous savez ce qu'ils ont fait, toujours pour cette histoire d'appartement? Celui de leur tante? Ils veulent le prendre de force. La pauvre femme est comme une bête traquée... Elle a dit aux Delarue que son neveu la menaçait de la faire expulser... C'est ignoble... »

La chaise craque sous son corps trop lourd d'homme vieillissant tandis qu'il se penche, lève sa grosse main velue et l'abat à plat sur la table en un claquement triomphant. Un rire un peu faux, mauvais, secoue ses bajoues... « Ho-ho-ho... j'en étais sûr, tôt ou tard ça devait arriver. Je l'ai toujours prédit, je le savais. On en a fait un petit chenapan. Voilà le résultat de cette éducation ridicule, dans du coton, il ne fallait parler de rien devant l'enfant... Tout était impur, on risquait de salir le petit ange, son père tremblait... il m'a fait taire, je me rappelle, je parlais de je ne sais plus quoi de tout à fait anodin, vous pouvez me croire... le père a rougi... Oh non... après, pas devant l'enfant... Il surveillait tout... Et la tante, cette idiote, gâtait, bourrait le petit en cachette pour se faire aimer... Le résultat, je l'ai toujours prédit : Alain se porte en écharpe, il ne connaît aucun frein... Quand il a envie de quelque chose, rien ne l'arrête, il n'y a rien qu'il ne ferait. D'ailleurs ils sont tous comme ça, toute cette jeune génération, elle, il n'est pas une exception...

— Un lapsus! hi, hi, vous avez fait un lapsus.

— Quel lapsus, chère Madame?

— Eh bien vous avez dit "elle" en parlant d'Alain... petite voix pointue comme un cri de souris... Si, si... petit rire... j'ai entendu, vous l'avez dit...

— Non, j'ai dit " il ".

— Vous avez dit " elle "... Sans vous rendre compte... »

Ah, il va voir, ce monsieur si suffisant... Elle se sent incommodée par son gros rire balourd. Cette satisfaction, cette assurance avec laquelle il débite ses platitudes l'agace. Elle possède quelque chose, heureusement, pour se protéger, un vrai trésor semblable à ceux que les plongeurs ramènent du fond des mers et qu'elle a ramené, après tant d'épreuves, d'efforts, tant de descentes dangereuses, douloureuses, atterrées dans les gouffres, soudain entrouverts, de son inconscient... C'est à peu près tout ce qu'elle a pu recueillir, c'est tout ce qu'elle a gardé, mais elle ne regrette rien — c'est comme un objet magique, un talisman : cela donne à celui qui le possède un pouvoir que ne partage pas le commun des mortels et qui met tous les autres à sa merci.

Rien n'est plus amusant que de les voir — pareils à des autruches, la tête cachée dans leurs plumes et leur derrière pointant en l'air — exhibant devant elle avec une touchante naïveté ce qui peut le mieux les

lui livrer : un mot dit pour un autre et aussitôt rattrapé, mais c'est trop tard, elle a entendu, un geste
en apparence anodin, un objet perdu, un simple oubli,
un petit cadeau des plus innocents et qu'ils croient
choisi par hasard, un goût qu'ils affichent, désarmants,
parfois, d'ignorance, d'inconscience, et aussitôt grâce
à son pouvoir magique elle les saisit, ils ont beau se
débattre... comme il est rouge, le monsieur si satisfait, il s'agite, il proteste, il en bafouille presque de
rage... « Je n'ai pas dit " elle ", j'en suis certain...
Mais enfin, supposons même que je l'aie dit, qu'est-ce
que c'est encore... »

Qu'est-ce que c'est que cette folle... Mais ce n'est
pas la psychanalyser qu'il aurait fallu, ça l'a rendue
plus folle qu'avant, c'est l'enfermer qu'il faut, elle est
insupportable... et pas seulement folle, stupide,
méchante... Qu'a-t-elle été chercher ? Elle l'observe
avec son sourire ravi d'idiote... Tous le regardent
comme s'ils se rendaient complices de quelque chose
qu'elle lui a fait et qu'il ne voit pas — une farce
ridicule... comme un poisson d'avril qu'elle lui a épinglé dans le dos et que tous voient, très amusés, se
balancer de plus en plus fort tandis qu'il s'agite pour
l'attraper... « Qu'est-ce que c'est encore que cette histoire ? J'ai dit " elle ", bon, admettons, alors quoi,
qu'est-ce que c'est ? Quelle folie allez-vous encore
inventer, que quoi ?... il va l'attraper, c'est là, tous le
regardent, il va le saisir... que je pense qu'Alain est...
quoi encore, quoi de plus ridicule... là, il l'a saisi, il
l'arrache, il le tient dans ses mains... Ah, c'est ça
peut-être aussi que sans le savoir j'aime Alain ? Eh
bien, je trouve Alain un garçon parfaitement viril,
figurez-vous... et quant à moi, ma bonne amie...
jusqu'à cinquante ans passés... non, tenez, c'est trop

idiot... » Voilà ce que j'en fais, de votre poisson de carton, tenez, voilà, il est déchiré, j'éparpille les morceaux à tous les vents.

Mais comme il est furieux, comme il résiste... « Je vous taquinais, voyons... Calmez-vous... Nous avons tous en nous... Voyons, qui n'a pas... on le sait bien... Non, sérieusement... Ce que je pense plutôt, c'est qu'Alain... Vous savez ce que signifie le symbole de l'appartement... Alain est un orphelin, il a été privé de mère depuis qu'il était tout petit... Je sais bien que sa tante l'a remplacée, mais justement... »

Là, c'est trop... Tous à la fois protestent... Ils s'étaient montrés patients, ils ne détestaient pas ce suspens, ces atermoiements, ces jeux qui préparent, qui accroissent en la retardant la jouissance... Mais là elle exagère, elle risque de tout compromettre, de briser définitivement l'élan... « Oh non... de toutes parts s'élèvent des voix gémissantes... Non, je vous en supplie, assez de psychanalyse, de psychologie, ce n'est pas intéressant... Ce que nous voulons, ce sont des faits... Continuez, Fernande, ne vous laissez pas interrompre, racontez, c'est grave tout de même, ce que vous disiez, c'est à peine croyable... Les Guimier ont osé? Alain a osé menacer sa tante? Vraiment? — Mais oui, puisque je vous le dis... La pauvre femme l'a raconté elle-même aux Delarue... C'est atroce, elle en est malade... Mme Delarue m'a dit qu'elle faisait peine à voir... Elle a vieilli, maigri... Et il y a de quoi... Figurez-vous... Tous se penchent... Figurez-vous que c'est bien pire que ça... le père de Gisèle connaît le propriétaire de la tante... — Alors? — Alors Alain est allé la voir. Il lui a fait une scène horrible. Il lui a dit que si elle ne cédait pas, ils en parleraient au propriétaire... Elle n'a pas le droit... »

Ils poussent de petits cris horrifiés, joyeux, ils ont envie de se serrer les uns contre les autres en fermant les yeux comme s'ils descendaient sur un toboggan... oh, ça donne le vertige... oh là, ça me fait peur, hou, quelle horreur... Mais c'est immonde... Mais qui croirait?... J'en ai froid dans le dos... Si mon petit Marcel, plus tard... Alain Guimier, ce garçon si bien élevé... Si, vous aurez beau dire, son père lui a donné une très bonne éducation... Se conduire comme un vaurien... « Un vaurien? Je crois que le mot est trop faible... Vous ne savez pas le plus beau... La pauvre femme a reçu un coup de téléphone, soi-disant de son gérant, il lui a dit comme par hasard qu'elle occupait un appartement trop grand, et elle a reconnu la voix de son neveu... — Pas possible? — Elle en est sûre. Et vous savez, moi, ce que je crois... Elle est très nerveuse, assez fragile... Elle a eu de graves crises de dépression autrefois... Ce qu'ils cherchent, je vais vous le dire... S'ils essayaient de la rendre folle... eh bien moi, ça ne me surprendrait pas. »

Ils éprouvent une sensation étrange comme s'ils mâchaient de ces graines qu'absorbent les Indiens, du peyotl, ou fumaient du haschisch... l'image qu'ils voient apparaître ressemble un peu à celles que renvoient les miroirs déformants des foires... Une image insolite, grotesque, un peu inquiétante. Ils fixent sur elle des yeux fascinés... C'est eux-mêmes, ils se reconnaissent parfaitement bien jusque dans les moindres détails, mais bizarrement distendus, déformés, difformes — des nabots hideux plus larges que hauts, aux jambes courtes, au front bas; ils ont quelque chose d'extraordinairement lourd, de tassé sur soi; quelque chose de borné, de buté, de bestial dans leur face sournoise de criminels... Mais il suffit de tourner les yeux et là, dans un autre miroir, c'est encore eux sortant de toutes les mesures communes, s'étirant

sans fin, devenant immenses, leur front très haut se
perd, dépassant le bord du miroir... Comparés à ces
géants, les gens qui circulent autour d'eux ressemblent
à des poupées d'enfants... Un instant ils se contemplent,
presque attirés, un peu effrayés, mais juste un peu,
c'est délicieux, ils savent bien que c'est un jeu, il
suffit de détourner les yeux, leur miroir habituel est
là, fort heureusement, pour remettre les choses en
ordre, détruire toutes ces inquiétantes illusions... un
miroir qui ne déforme pas, qui leur renvoie exactement
l'image de ce qu'ils sont... pas si mal, après tout,
qu'en dites-vous, pas mal du tout même, il faut
le reconnaître, ils se rengorgent... « Moi ça me dépasse
complètement, je l'avoue, ce n'est pas pour me vanter...
mais chez moi, dans ma famille, c'est impensable,
tout ça... Je ne parle même pas d'employer des procédés pareils, évidemment il ne peut en être question,
mais d'essayer, même par la persuasion... Quand je
pense combien de fois ma mère, la pauvre femme, elle
ne vivait pourtant que pour ses enfants, combien
de fois elle nous a proposé, mais jamais ni mes sœurs
ni moi, on n'aurait osé... — Bien sûr, voyons, vous
surtout, ah non, je ne vous imagine pas... Mais nous
c'est pareil, on n'est pourtant pas des modèles de vertu,
des petits saints, mais de là... Ah non, c'est honteux,
heureusement que c'est tout de même une exception,
des monstres pareils... Je n'exagère pas, ça peut la
tuer, ce qu'ils font là, c'est fragile, vous savez, les
gens âgés... C'est vraiment de la graine d'assassins,
vos petits Guimier... »

« Mais comme vous êtes terribles. Vous êtes
méchants. Moi vous aurez beau dire tout ce que vous
voudrez contre les Guimier, je ne le croirai pas tant
que je ne l'aurai pas vu de mes yeux. Et encore... Je

trouve les Guimier absolument charmants. Voilà. Ils sont beaux. Intelligents. Affectueux. Alain adore sa tante et elle le lui rend... »

La voix forte, assurée, résonne à leurs oreilles comme un de ces haut-parleurs qui avertissent les voyageurs dans les gares. Ils sursautent. Ils se dressent. Qu'est-ce que c'est? Que s'est-il passé? Où ont-ils été transportés? Où sont-ils? Ils regardent de tous leurs yeux.

Voici les Guimier. Un couple charmant. Gisèle est assise auprès d'Alain. Son petit nez rose est ravissant. Ses jolis yeux couleur de pervenche brillent. Alain a un bras passé autour de ses épaules. Ses traits fins expriment la droiture, la bonté. Tante Berthe est assise près d'eux. Son visage, qui a dû être beau autrefois, ses yeux jaunis par le temps sont tournés vers Alain. Elle lui sourit. Sa petite main ridée repose sur le bras d'Alain d'un air de confiance tendre.

Mais on éprouve en les voyant comme une gêne, un malaise. Qu'est-ce qu'ils ont? On a envie de les examiner de plus près, d'étendre la main... Mais attention. Un cordon les entoure. Tant pis, il faut voir. Il faut essayer de toucher... Oui, c'est bien cela, il fallait s'en douter. Ce sont des effigies. Ce ne sont pas les vrais Guimier.

Attention. Pas de folies. C'est interdit de toucher aux poupées. On doit les contempler à distance. Il y a des gardiens partout. Les voilà déjà qui fixent sur les curieux leur regard hébété. S'ils se penchent par-dessus le cordon, s'ils étendent la main vers ces faux Guimier, les gardiens vont actionner le dispositif d'alarme. Les cars de police vont arriver. Les policiers vont agiter leurs têtes de poupées : Pourquoi avez-vous voulu toucher aux faux Guimier? Répondez. Ils n'osent pas répondre. C'était pour les abîmer? Vous vouliez abîmer, salir les faux Guimier? Ce couple charmant. Cette tante gâteau qui les aime tant. Vous vouliez détruire les Guimier. Ils vous gênaient. Voyez-vous ça. Les Guimier les gênaient. Voulez-vous me dire pourquoi? non? Vous n'osez pas. Eh bien, je vais vous le dire, moi. Vous vouliez les détruire par bassesse, par envie, par besoin malsain de souiller, de saccager tout ce qui est beau, noble, charmant. Ils se taisent. Ils ont peur. Ils savent que cela peut les mener loin. Ils seront déshonorés, marqués, montrés du doigt, conspués, promenés sous les yeux hostiles des foules dans un costume infamant. Des doigts cireux seront pointés vers eux. Voilà les misérables qui ont voulu salir, abîmer, détruire ce qui fait la joie de tous les braves gens, l'objet de leur contentement, de leur ravissement, cette famille adorable : les Guimier. Ils sentent apparaître sur leur visage un sourire fautif : « Oh, après tout, vous avez peut-être raison, on est là à s'acharner... Moi personnellement, je les aime beaucoup, les Guimier... — Moi je les ai toujours estimés... Je reconnais qu'ils sont très gentils, sympathiques... — Fernande se trompe peut-être, elle a pu être trompée — Oh mais moi, vous savez, je n'ai fait que répéter ce qu'on m'a dit. Je n'ai rien vu par moi-même. J'ai été surprise aussi. Personnellement, je n'ai jamais eu à me plaindre d'eux, je les ai toujours trouvés charmants, moi, les Guimier. »

18

Les gens qui ne le connaissent pas s'y trompent.
Ils prennent pour de la pudeur, pour un excès de
sensibilité, cet air terriblement embarrassé, gêné,
replié sur lui-même qu'il a parfois, comme en ce
moment, cette voix sourde, un peu enrouée — cela
fait partie de son charme, à leurs yeux, on lui fait
crédit si facilement — mais elle le connaît trop bien :
c'est de l'agacement qu'il éprouve, presque de la
fureur, et qui lui donne cet air, cette voix, c'est une
rancune sournoise, honteuse, contre celui qui se
permet de troubler son confort, de détruire sa tranquillité peureuse et étriquée de vieux garçon... le mariage,
la paternité n'y ont rien changé, il était déjà ainsi à
l'âge de dix ans... Dès qu'il entend quelqu'un pousser
des cris de détresse, appeler au secours, il se pelotonne
sur lui-même, remonte ses couvertures jusqu'au menton, éteint sa lampe...

Mais elle criera tant qu'il le faudra, elle le forcera
bien à vaincre sa prudence paresseuse, son égoïsme...
il est en danger, lui aussi, c'est de lui aussi qu'il
s'agit, un crime va être commis, un crime est en train
de se préparer, et le criminel est son fils, à lui, il
faut faire quelque chose tout de suite, il doit l'aider,
elle a fait tout ce qu'elle a pu... elle a essayé de

faire revenir à lui le jeune inconscient, le pauvre dévoyé... glacée, pétrifiée, n'en croyant pas ses yeux... son tendre petit garçon, son petit Alain faire ça à sa « Tatie », sa bonne vieille tante gâteau... elle l'a repoussé de toutes ses forces aussi loin qu'elle l'a pu, elle a rejeté à une grande distance cet étranger, cet inconnu à la face de vil intrigant... elle a fait peser sur lui un regard qu'elle a alourdi d'une charge énorme de réprobation, de mépris, espérant qu'il se débattrait sous ce poids, qu'il se dégagerait, qu'il se redresserait, tout stupéfait : Mais tante Berthe, que se passe-t-il? Vous ne me reconnaissez donc plus? Je suis toujours votre petit Alain... J'ai perdu la tête. Qu'est-ce que j'étais en train de raconter? Un seul bon mouvement eût suffi. Elle l'aurait reconnu aussitôt, elle aurait retrouvé son Alain de toujours, si affectueux, il peut être, à certains moments, si prévenant, si délicat, si oublieux de soi... personne ne pourrait l'être autant... Mais il était lancé, il ne pouvait plus s'arrêter, c'est la honte qui montait en lui, c'est son dégoût de lui-même qui venait grossir, enfler hors de toute mesure sa fureur, sa méchanceté... Ne pas se défendre dans ces cas-là... pas un mot... elle n'a pas bougé... elle s'est faite plus passive encore, plus inerte, s'offrant à ses coups... qu'il frappe, qu'il s'acharne sur une pauvre vieille femme sans défense, qu'il aille plus loin, jusqu'au bout de la honte, du dégoût, qu'il lui fasse mal, qu'il se fasse mal, encore, à lui-même... la souffrance va devenir insupportable... il sera forcé de s'arrêter...

Jusqu'au dernier moment elle a espéré cela quand fou de fureur il s'est dressé... elle n'a senti sur le moment aucune douleur, comme il arrive, dit-on, parfois, à ceux qui reçoivent un coup mortel, ils prononcent quelques mots d'une voix calme, ils font quelques pas : l'impératrice Élisabeth frappée au

cœur, montant sur le bateau, César... Et toi, Brutus...
Elle a conservé toute sa lucidité, un étonnant sang-
froid... Même à ce moment-là, quand tout s'ébranlait
autour d'elle, s'écroulait, elle a eu la force de continuer
à appuyer sur lui son regard lourd, glacé, de considérer
avec sang-froid jusqu'au dernier moment, voulant lui
laisser encore une chance, cette face répugnante de
délateur qu'il lui montrait pour l'effrayer, elle a pu
articuler distinctement tandis qu'elle titubait sous le
coup : « Bien sûr, tu en parleras, tu vas le faire...
je te connais »... espérant encore qu'il reviendrait à lui,
qu'ils se réveilleraient tous les deux, que ce n'était
rien, un cauchemar... le voilà qui se retourne, il a
son visage grave et triste qu'elle aime, il accourt, il
la serre dans ses bras, il couvre ses joues, ses cheveux
de baisers comme autrefois, quand il avait été méchant... Oh, tante Berthe, je suis un monstre, par-
donnez-moi... j'ai perdu la tête, j'ai dit n'importe
quoi... C'est cet air que vous aviez, si froid, si hostile...
Vous savez bien que je vous adore... Mais il ne
s'est pas retourné, il est parti, il a descendu l'escalier
en courant, elle a suivi, comme si elle les avait entendus
battre dans son cœur, le bruit décroissant de ses pas...
    Maintenant quelque chose d'intolérable va arriver,
elle ne peut pas l'affronter, il faut l'arrêter à tout
prix... Elle est prête à s'humilier, comme autrefois,
quand elle courait, perdant tout contrôle d'elle-même,
sortait en chemise de nuit sur le palier, descendait
quelques marches, s'accrochait, suppliait... « Je t'en
prie, Henri, reste avec moi... Juste ce soir... Ne sors
pas ce soir, ne me laisse pas... » Aussitôt la porte
refermée, elle se rendait compte que ce n'était pas le
besoin de l'avoir auprès d'elle — et il ne s'y trompait
pas, il le savait — qui la poussait à s'avilir ainsi,
à se défigurer : cette solitude, ce silence seraient
plutôt apaisants après ces scènes, ces cris, et un bon

roman policier qu'elle lirait pelotonnée au fond de son lit, plus distrayant que ces mornes remarques échangées par habitude, cette lourde contrainte — c'était quelque chose qu'elle ne discernait pas bien, une étrange et sourde terreur... elle courait au téléphone, elle appelait au club, au café... il faut l'atteindre, le rejoindre, le rattraper à tout prix... S'il ne rentre pas tout de suite, quelque chose d'irréparable va arriver... il va franchir une limite... qu'il rebrousse chemin, qu'il revienne, il en est encore temps, qu'il se dépêche... encore un pas de plus et il sera trop tard, il va pénétrer sur un terrain dangereux où un mauvais sort va le métamorphoser, elle ne pourra plus le reconnaître, ce ne sera pas lui, cet homme étranger... « Un mauvais mari, voilà ce qu'il est. Henri est un très mauvais mari. La pauvre Berthe n'a pas eu de chance. Elle est mal tombée. Elle est mal lotie, mal mariée. Le neveu de cette pauvre Berthe est un chenapan. Alain se conduit comme un forban. C'est un ingrat... » Le gamin nerveux, mais bon au fond, brave petit, affectueux, par lequel elle se laisse mordiller, forte, généreuse, indulgente, s'offrant au martèlement furieux de ses petits poings, l'enfant gâté, insupportable, coléreux, va se transformer en cela : un forban, un ingrat. En quelque chose de dur, d'irréductible, quelque chose d'inflexible contre quoi elle va se heurter, contre quoi elle va se briser. Finis les mordillements, les morsures, les embrassements, la chaleur vivante des corps à corps. Elle sera séparée de lui pour toujours par une distance qu'il ne lui sera plus possible de franchir.

Elle aussi, à ses yeux à lui, sera pétrifiée — un objet, un instrument dont il va se servir, une chose inerte, livrée à lui, qu'il va manœuvrer à son gré... Une sensation insupportable — comme celle que lui donne toujours une image qu'elle efface aussitôt : son propre cadavre que les autres manipulent, transportent, échangeant par-dessus lui des paroles à voix basse... et elle, séparée pour toujours, sans pouvoir sur son propre destin, elle, pour toujours hors du coup — une sensation d'horreur la fait se rétracter... Non, pas à elle, ce n'est pas possible, cela ne lui arrivera pas, elle ne veut pas le croire, elle ne peut pas le penser... « Écoute-moi, mais écoute donc ce que je te dis, Pierre, je t'en prie... C'est très grave, tu sais... j'en suis malade, je n'en dors pas... Je ne demande qu'à croire que je me suis trompée... Mais écoute-moi... »

Il fallait s'y attendre. Il ne fallait rien espérer d'autre de lui. Il l'écoute à peine, il fixe des yeux fascinés sur le coin du tapis qu'il a retourné tout à l'heure en venant s'asseoir... Le voilà qui se penche, sa nuque se gonfle et rougit... il étend la main, saisit le tapis... Elle a envie de le prendre par le col de son veston, de le redresser, de le pousser brutalement et de le maintenir appuyé au dossier de son fauteuil pour le forcer à la regarder, à l'écouter... mais elle sait que cela ne servirait à rien. Rien maintenant ne pourrait l'arracher à ce coin de tapis retourné... il est impossible de le distraire d'une chose qui tout à coup accroche son attention, cela devient en un instant une obsession, une manie... il peut se moquer d'elle, il est plus maniaque qu'elle-même... Mais non, pas si maniaque, au fond, pas fou du tout... c'est à ces moments surtout où on veut le forcer à fixer son attention sur quelque chose de précis qui vous tient à cœur, où on le presse, l'implore, c'est alors surtout qu'il s'échappe et va se fixer ailleurs, attiré irrésistiblement... tout l'intéresse, l'amuse à ces moments-là, quand les autres le supplient de se donner un peu, de se prêter un instant à eux... brusquement, juste au moment — combien de fois c'est arrivé — où elle se plaint à lui, se confie, il lui pose la main sur le bras... « Comme c'est joli, regarde, tu ne trouves pas? » Elle est stoppée en plein élan, bousculée, elle chancelle, elle n'arrive plus à reprendre pied, tandis qu'un peu apitoyé, regrettant un peu sa brutalité, mais satisfait, amusé — il est toujours indulgent à ses propres petits méfaits — il l'aide... « Alors, qu'est-ce que tu disais? Excuse-moi, mais c'était si beau... » Maintenant, après cette petite escapade, il est prêt à faire un effort. Il se redresse, se cale dans son fauteuil, il croise les mains : « Mais si, mais si, je t'écoute. Mais si, j'entends très bien. Qu'est-ce qu'il y a? » Cette satisfaction qu'il vient de s'offrir leur a fait perdre du temps, mais elle ne lui en veut pas, il s'agit bien de cela en ce moment, de griefs, de ressentiment... elle a déjà pardonné, tout est effacé, allons, s'il le veut, il peut rattraper le temps perdu, mais qu'il se dépêche, qu'il montre un peu de bonne volonté, elle est à bout de forces, elle sent les larmes lui monter aux yeux... c'est très sérieux, qu'il se rende compte... « C'est grave... Alain a été odieux... »

Il se rengorge tout à coup. Il a l'air de contempler quelque chose en lui-même qui lui donne ce petit sourire plein d'attendrissement, de contentement... il se renverse en arrière... «Ah, sacré Alain va, qu'est-ce qu'il a encore fait? »

Elle sait, elle reconnaît aussitôt ce qu'il regarde en lui-même avec ce sourire fat, le film qu'il est en train de projeter pour lui tout seul sur son écran intérieur. Elle l'a vu souvent, autrefois, prenant l'enfant sur ses genoux ou serrant sa petite main tandis qu'ils le promenaient ensemble le dimanche, lui montrer ces images qu'il contemple en ce moment : lui devenu tout vieux, tout chétif et pauvre, debout dans la foule, là, au bord de cette chaussée, serrant contre lui, car il fait froid, son pardessus râpé, et attendant pour voir le beau cavalier (elle sentait à ce moment quelle volupté il éprouvait à voir dans les yeux de l'enfant, sous les larmes de tendresse, de déchirante tristesse, briller des éclairs d'orgueil), le conquérant intrépide, dur et fort, traînant tous les cœurs après soi, qui passe sur son cheval alezan sans le reconnaître, il revient d'une croisade, de longues campagnes victorieuses, il croit avoir perdu, il a peut-être oublié son vieux papa, mais le pauvre cœur paternel est inondé de joie, de fierté... Voyez-le... Ah, c'est un gars, ça, au moins, ce n'est pas une poule mouillée. C'est un rude gaillard, hein, mon fils?

Pauvre bougre. Il lui fait de la peine. C'est en s'amusant à prendre ce genre d'attitudes-là, déjà avec leur père autrefois, qu'il a fait de lui-même ce qu'il est : un pauvre homme qui s'est rétréci, qui s'est diminué, qui n'a pas exploité à fond ses possibilités... Elle sent ses forces lui revenir, un salutaire besoin de le secouer... en voilà des attitudes malsaines de faiblesse, d'abandon... il est ridicule... qu'est-ce que c'est que ces conduites de gâteux... un peu de tenue, voyons, un peu de respect de soi, d'autorité... qu'il se souvienne donc un peu de son rôle d'éducateur, de juge... le petit s'est conduit comme un voyou, il a probablement besoin d'être redressé, il n'y a vraiment pas de quoi se vanter... c'est un petit vaurien... « Il est venu me menacer. Il veut me dénoncer au propriétaire. Il va me faire expulser. Mais enfin, est-ce que tu te rends compte?... »

Son visage devient grave, il a l'air de revenir à lui enfin, il se cale dans son fauteuil, pose ses coudes sur les accoudoirs, joint le bout des doigts de ses deux mains grandes ouvertes, paumes écartées — un geste qu'il fait quand il réfléchit. Il tourne vers elle un regard ferme... « Qu'est-ce que tu racontes? Qu'est-ce que c'est que cette histoire? Mais c'est une plaisanterie, voyons... Ça ne tient pas debout... Alain te dénoncer... Alain te faire expulser... Tu connais Alain mieux que moi... Tu sais bien que c'est le garçon le plus franc, le plus délicat... Elle tend son visage vers lui... encore... c'est trop délicieux... Il est très affectueux, tu le sais bien... Et toi, il t'aime beaucoup. C'est sûr, tout le monde le sait, il t'est très attaché... »

Elle n'en demandait pas tant, c'est trop... la vie revient, une vie plus intense, purifiée, une vie riche en biens précieux, en inestimables trésors... les liens du sang, l'amour lentement fortifié par tant de sacrifices, d'abnégation... comment a-t-elle pu s'aveugler, au point de ne plus voir — mais elle l'avait entrevu, senti confusément quelque part en elle-même, tout à fait en dessous, et cela dans les moments les plus terribles — que les scènes de ce genre entre eux révélaient, justement, la force indestructible de leurs sentiments, un trop-plein de richesses qu'ils s'amusaient à gaspiller... l'excès même de sécurité leur donnait ce besoin de s'exciter de temps en temps par ces joutes brutales, ces jeux cruels...

Mais il ne faut pas encore s'abandonner entièrement, il faut contenir ce jaillissement de vie retrouvée, rénovée, que donne la convalescence, l'approche de la guérison. Rien ne presse maintenant, elle peut prendre tout son temps et regarder sans crainte... c'est juste un excès de précaution... Qu'il examine encore cela, elle n'a plus peur de tout lui montrer maintenant qu'elle sait que la guérison est assurée... Il y a eu autre chose encore, des symptômes étranges... elle sait bien qu'elle a été stupide de s'inquiéter, qu'elle est peut-être un peu persécutée, mais tout de même, s'il voulait juste voir... bien sûr, elle ne demande qu'à s'être trompée... « Seulement voilà, il y a eu encore autre chose, il n'y a pas eu que des paroles... Il s'est passé quelque chose, il y a quelques jours. J'ai eu un coup de téléphone du gérant. » Il sursaute, il s'écarte pour mieux la voir : « Du gérant? » Sa voix est un peu rauque, il lui fait peur... il ne va pas maintenant l'abandonner? Qu'il garde tout son sang-froid... « Ce n'était pas pour ça exactement. Pas pour me faire expulser. C'était pour une question de robinetterie... Mais à ce propos, le gérant m'a dit : un cabinet de toilette et une salle de bains, il me semble que c'est un peu beaucoup tout ça, pour une personne seule. Et ça, quelques jours après qu'Alain soit venu me dire : Vous n'avez aucun droit de rester... mon beau-père connaît le propriétaire... Tu te rends compte. Tu peux comprendre, il y avait de quoi s'affoler. Et ce n'est pas pour moi, tu sais, c'est de penser qu'Alain... » Il secoue la tête d'un air exaspéré... il frappe avec force ses dents de devant avec la pointe de sa langue pour produire ces tss... tss... désappro-bateurs, agacés. « Tss... tss... tu perds la tête, je t'as-sure, c'est une simple coïncidence, je t'en réponds... Alain ne peut pas faire ça. C'est de la folie, il n'en est pas question, tu sais bien qu'il dit n'importe quoi quand il est furieux. Si c'est ça qui t'empêche de dor-mir... »

Voilà. C'est tout ce qu'il faut. Tout est bien. Tout est pour le mieux maintenant. Ne plus y penser, s'abandonner à cette sensation délicieuse de détente, d'apaisement... Mais il a l'air ennuyé, maussade. C'est une de ces chutes brusques comme il en a souvent : quelque chose tombe tout à coup en lui, son visage s'affaisse. Il se renfrogne, se replie sur lui-même, il doit ruminer — mais quoi? quel grief? contre qui? contre elle, sûrement — sa lèvre se tord en une gri-mace de dégoût... c'est elle qui le dégoûte, elle le sent... « Des tempêtes dans un verre d'eau, tu fais des histoires pour rien... tu vois le mal partout... » Il se tait, cette fois, il regarde devant lui d'un air buté... Mais ce n'est pas vrai, il a tort, elle peut être bonne, naïve comme un enfant... elle a confiance, confiance en lui surtout : quelques mots de lui ont suffi pour tout effacer. Elle est prête à lui demander pardon de l'avoir dérangé pour rien, inquiété, allons, qu'il fasse un effort... elle a déjà tout oublié... ils pourraient être si heureux maintenant...

Mais contre ce dégoût en lui, contre ce mépris la joie qui jaillit d'elle se heurte, s'aplatit, s'enfle, se déforme. C'est une joie aux formes grotesques, boursouflées, elle le sent tandis qu'elle rit d'un rire aigu de petite fille, ouvre de grands yeux émerveillés... « Oh, comme je suis heureuse... Tu ne sais pas quel plaisir tu me fais... Alors tu crois vraiment qu'Alain est incapable de ça? Bien sûr, c'était fou de le penser... » Il hausse les épaules, l'air excédé, impatient... « Mais non, voyons, c'est ridicule, il n'en est pas question. »

Elle se sent soulevée, poussée par quelque chose de puissant et de doux — une sensation comme celle qu'on éprouve quand, couchée sur le sable de la plage, on se laisse pousser, rouler doucement par les vagues, le visage couvert d'écume, les cheveux pleins d'algues, de varech, humant avec délices l'odeur de l'océan... elle se laisse porter, c'est excitant, allons, c'est si amusant, peut-être un peu dangereux, mais elle aime ce danger-là, elle est bousculée — c'est si drôle — elle est lavée, purifiée, une vague mousseuse balaie tout cela : les angoisses, les erreurs qu'on ne peut plus réparer, qu'il faut traîner avec soi toute sa vie... portes ovales qui ont un air de camelote, tristes chambres en enfilade, toujours fermées, long couloir d'hôtel qu'elle a toujours détesté, cuisine trop sombre, voisins bruyants... tout est arraché, emporté... cela fait un petit peu peur, mais c'est si excitant, vivifiant... allons, donnons-nous la main... ces deux belles pièces — ils ont raison : c'est exactement ce qu'il lui fallait depuis longtemps — sur une cour paisible avec un grand arbre; de beaux vieux parquets, plus de moquettes poussiéreuses, sans

vie, tout va changer, au diable tout ça, elle en a assez...
tiens, cette vieille bergère que tu aimes tant, prends-la
donc, mon petit Alain, elle est à toi, je n'en veux pas...
et la grosse armoire... prenez-la, qu'est-ce que tu veux
que j'en fasse là-bas... Oh c'est vrai, ma tante?
Que vous êtes bonne... Bonds joyeux, bras forts et
doux autour de ses épaules, jeunes rires insouciants,
confiants... tous ensemble tournés vers l'avenir... c'est
là qu'est la vérité, la sagesse, dans cette vie toujours
renouvelée, dans cette marche en avant avec eux, la
main dans la main... elle se penche vers lui... « Tu
sais comme j'aime Alain... S'il s'était conduit autrement, j'aurais peut-être fini par céder. Au fond, ce
ne serait peut-être pas si bête. Ce serait à voir... »

Il pose sur elle un regard qui l'enveloppe d'un coup
tout entière, rien ne peut s'échapper, il rapproche les
paupières comme pour mieux l'enserrer, il hoche la
tête comme pour la soupeser... « Mais bien sûr, à qui
le dis-tu? Mais tu céderas sûrement. Ils peuvent dormir tranquilles. C'est déjà fait. Elle sent qu'il fait
un effort pour contenir la rage méprisante qui affleure
dans sa voix, mais il n'y parvient pas, elle s'échappe
en un fin sifflement... Tu n'as jamais rien fait d'autre
que de céder à tous ses caprices... tu l'as rendu comme
il est, un enfant gâté, pourri. Il n'y a rien à faire maintenant. Seulement moi je vais te dire... »

C'est donc là en lui toujours, après tant d'années,
aussi virulent qu'autrefois, quand cela lui faisait si
peur qu'elle n'osait pas emmener le petit dans une
pâtisserie, lui acheter un jouet... le pauvre petit savait
bien qu'il était inutile de demander à son père —
bien trop égoïste, trop mesquin — c'était à elle que le
pauvre amour s'adressait, à sa Tatie... Mais cela, justement, il ne pouvait pas le supporter, cette tendresse
de l'enfant pour elle, leur joie quand ils sortaient
ensemble, ce bonheur qu'elle éprouvait à le gâter un

peu, pauvre petit bonhomme toujours un peu triste, qui n'a pas connu la tendresse d'une mère... Le voilà parti maintenant, elle connaît l'antienne, elle sait, c'est de sa faute à elle, bien sûr, voilà ce qu'elle en a fait : un faible, un bon à rien... « Ce n'est pas ton appartement qu'il lui faut, à Alain, en ce moment... L'idée même est absurde, je l'ai toujours pensé... Mais ils m'ont tellement assommé avec ça, supplié... j'étais ravi que tu aies refusé... Je vais te dire, moi, ce qu'il lui faut... Est-ce que tu te rends compte de sa situation ? Il ferait bien mieux, crois-moi, de se dépêcher de finir sa thèse et de se faire nommer n'importe où, dans n'importe quel trou... Il aurait un traitement assuré, au moins, et une retraite, plus tard, ce n'est pas à négliger, ce serait mieux que de vivre de bricoles, d'expédients, de demander à ses beaux-parents... Un avenir modeste, ah, bien sûr...» Il est content maintenant, il les a arrachés l'un à l'autre, ils sont séparés, il les tient serrés chacun dans une main, il les tourne l'un vers l'autre et la force à regarder : voilà avec qui elle allait s'acoquiner, avec qui elle allait préparer l'avenir, marcher la main dans la main, ah il est joli, son compagnon, son enfant chéri... un petit snob, un paresseux... « Ce mariage... Germaine Lemaire... il ne s'agit pas de vivre à Paris dans cinq pièces, dans les beaux quartiers... qu'ils se regardent donc... passer son temps à faire des installations... il les cogne l'un contre l'autre... donner des réceptions... des fiestas, comme ils disent... il lui fait mal... il rit, ravi, là, encore un bon coup : et sois tranquille, ce ne sera pas pour nous... »

Il a l'air de s'apaiser — ça a dû le soulager de se laisser aller ainsi, ou peut-être a-t-il un peu de remords... Son regard s'adoucit... « Va, Alain sera bien forcé de comprendre. J'espère pour lui que ce ne sera pas trop tard. » Il y a dans l'inflexion de sa voix une sagesse désabusée, une noble résignation : « La vie lui apprendra comme à tout le monde. Il verra. Et ça vaut mieux pour lui. C'est mieux comme ça. »

Elle attend un instant, très calme maintenant, elle aussi, elle prend bien son temps : « Oh, écoute, là permets-moi de te dire que tu pousses au noir. Tu sais bien que ce n'est pas tout à fait comme ça, tu vois tout en noir. A t'entendre, ils seront dans la rue, ils sont menacés de finir leurs jours à l'asile de nuit. Même si Gisèle, plus tard, n'a rien — et encore ce n'est pas sûr... Mais enfin, admettons. Mais moi... » Elle ne peut s'empêcher de sourire tant elle sait ce qui va se produire, et en même temps elle a un petit peu peur et comme un peu honte, elle ne sait pas pourquoi, pour qui, si c'est pour elle ou pour lui, mais tant pis, il le faut, quelque chose de très puissant à quoi elle ne peut pas résister la pousse... « Mais moi ce que je lui laisserai vaudra largement toutes les retraites qu'il pourra avoir. Ça vaut beaucoup plus, tu le sais... »

Il détourne les yeux, il remue sur son fauteuil, on dirait qu'il va se tordre comme l'exorcisé au moment où l'on expulse de lui le mauvais esprit : « C'est extraordinaire ce que tu peux ressembler à papa... » Il y a de l'hostilité dans sa voix... « Il me semble que je l'entends : Ça ne vaut pas un clou, tout ça, tous vos projets, qu'est-ce que c'est à côté de ce que je vous laisserai... Tu me fais rire avec ça... il ricane, sa lèvre se retrousse... tu me rappelles le bon vieux temps... Ça ne t'a donc pas servi de leçon ce qui est arrivé à la fameuse fortune, aux fameux placements qui occupaient tant ce pauvre papa... tu as vu ce que ça a donné... »

Il lui fait vraiment de la peine, son cas est plus mauvais encore qu'elle ne le pensait... c'est pénible, pitoyable, ces efforts qu'il fait pour tirer tous les autres à lui, pour l'attirer, elle, là, près de lui, logés à la même enseigne tous les deux comme autrefois, pauvres hères bien mal lotis, bien mal partis, elle — dactylo, lui — gratte-papier dans une banque... Mais ça non, c'est bien fini, tout ça... hé là, attention, bas les battes... « Oh écoute quel rapport y a-t-il ? Tu sais comment était notre père. Comment peux-tu le comparer à Henri ? Les placements d'Henri, c'est autrement sûr. Il était tranquille pour moi, il me le disait toujours... »

Il se tait, on dirait que quelque chose en lui s'incline, se plie... Et elle se sent humiliée maintenant de cette défaite qu'elle vient de lui infliger, elle ne peut pas supporter de le voir ainsi courbé, abaissé... C'est stupide de s'amuser à se déchirer ainsi, allons, c'est fini, vite, qu'il se redresse... elle va l'aider... « Écoute, je voudrais que tu me dises... Jardot me dit que les pétroles ont encore monté. Il me conseille de vendre maintenant. Je voulais justement te demander... Qu'est-ce que tu me conseilles ? Moi j'aurais préféré attendre un peu... Qu'est-ce que tu crois ? » Il hausse les épaules, il détourne les yeux... « Oh écoute, tu me fais rire. Je crois que tu n'as pas besoin de moi pour ça... tu connais ça mieux que moi. Henri t'a donné de bonnes leçons. Je n'ai pas de conseils à te donner... »

Elle est toujours là en elle, la plaie jamais bien cicatrisée, ravivée par le plus léger effleurement... la blessure d'autrefois, quand, aussi intimidée — des années de mariage n'avaient rien pu y changer — qu'au temps où elle était la petite dactylo qui répondait au coup de sonnette du patron, elle entrebâillait la porte tout doucement : « Je te dérange, Henri, tu travaillais ? » Lourd corps trapu tassé dans son fauteuil, lourd regard aux yeux saillants, fixé droit devant lui quelque part très loin. La chaise de bureau pivote

lentement, le regard pesant se tourne vers elle, appuie :
« Qu'est-ce qu'il veut encore, ton frère? Qu'est-ce
qu'il lui faut? »

Qu'il fasse donc un effort. Cela ne dépend que de
lui. Il est son frère. Ils sont du même sang : aussi
forts, quand ils le veulent, aussi intelligents que
n'importe qui, que tous les autres — ces étrangers.
Qu'il l'aide. C'est à lui aussi, après tout, ce qu'elle
possède, cela ira à son fils, tout ce qu'elle a, c'est
leur bien commun : « Jardot me conseille de réaliser
ces titres-là maintenant et de racheter quand les cours
auront baissé. » Il redresse la tête : « Eh bien, il
est très fort, Jardot. Qu'est-ce qui lui fait croire que
nous sommes au plus haut? C'est idiot, ce qu'il te
dit là, il n'y a aucun signe que la hausse soit sur le
point de s'arrêter. Au contraire, si tu veux mon avis,
je crois qu'elle ne fait que commencer. Si tu vends,
tu vas te trouver avec tes disponibilités sur les bras
à regarder monter les cours... » Elle aime ses yeux
quand il s'anime : tout à fait le regard de leur père,
un peu dur, aigu, perçant, un regard un peu rusé de
paysan de bonne vieille souche — intelligents en
diable tous les deux... S'ils avaient consenti à faire
ce qu'il faut... mais on est perdu d'orgueil dans la
famille, on est sauvage, indépendant, pas ambitieux
pour un sou... S'ils avaient voulu, ils auraient pu
grimper haut, eux aussi... « Mais enfin, Berthe, tu ne
vas tout de même pas te mettre à faire de la spéculation? Qu'est-ce qui lui prend, à ton Jardot? » —
« Mon Jardot... » Elle sourit, elle le regarde, amusée,
faire fuir ce vilain garnement. Son frère est là, auprès
d'elle. Il est fort. Que quelqu'un s'avise maintenant
de la tarabuster, de la tromper... « C'est bien ce
qui me semblait, aussi, c'est pour ça que je voulais
t'en parler... Je pensais bien... — Mais c'est l'évidence
même, voyons, il n'y a pas à penser. Il y a une règle

d'or, je te l'ai toujours dit : ne jamais lâcher une valeur sûre... Il se renverse dans son fauteuil, il pose sur elle un regard presque tendre : Tu connais, je te l'ai dit, le secret du vieux Vanderbilt : ne jamais vendre, toujours acheter. » Oui, elle se souvient. Elle savoure en l'écoutant une sensation délicieuse de bien-être, de sécurité. On dirait qu'elle est sur un terrain qu'une bataille avait dévasté et qui vient d'être nettoyé, déminé, nivelé... Encore un peu craintive, elle s'avance : « Alors, Pierre, pour cette autre chose, pour cet appartement tu es d'accord ? Je crois que tu es de mon avis... elle regarde sous ses pieds, elle pose les pieds avec précaution... Il faut que je réfléchisse, mais en principe... eh bien... Silence. Elle ne détecte rien. Elle fait encore un pas. Là, c'est sûrement dangereux, on voit encore la trace d'entonnoirs énormes... Seulement ce que je voudrais te demander... attention ici... mais non, c'est ridicule, il n'y a plus rien... c'est de le dire à Alain. Après ce qui s'est passé, tu comprends, moi ça m'ennuie... Si tu voulais dire à Alain qu'il passe me voir... » Elle s'arrête, l'oreille dressée. Quelque chose, cette fois, a été heurté, elle a buté sur quelque chose de dur... Il rejette la tête en arrière, il se lève... « Ah, il faut que je parte. Il est temps... » et puis vient l'explosion, mais très légère... à peine quelques égratignures, un peu de poussière... « Non, ma petite Berthe, cette fois je ne m'en mêlerai pas. Vous êtes assez grands. Je crois que vous vous débrouillerez très bien sans moi. »

Ce coin de tapis, là, devant ses pieds, qu'il a
retourné tout à l'heure en avançant son fauteuil —
il ne peut en détacher les yeux : sur la bigarrure
soyeuse du tapis ce coin forme un triangle de trame
grisâtre et rugueuse que borde sur un côté une frange
en désordre. Il a envie de se pencher, d'étendre la
main, mais il n'ose pas... Elle est là en face de lui
sur le divan, il voit sans avoir besoin de la regarder
ses yeux grands ouverts, déjà un peu humides, implo-
rants, il entend sa voix tremblante d'inquiétude conte-
nue, de souffrance : « Écoute, Pierre, c'est grave, je
t'assure, je ne t'aurais pas fait venir pour rien. Il
faut absolument que tu saches... Alain a été... tu ne
peux pas t'imaginer... je me fais beaucoup de mauvais
sang... » Non, impossible, il faut se retenir, ce serait
comme ce geste malheureux qu'il a eu (elle s'en souvient encore, sûrement, le lui a-t-on assez reproché,
c'est une de ces choses que la famille n'oublie pas,
cela colle à vous pour toujours), quand il a allumé
une cigarette aussitôt après avoir fait ses adieux à
leur grand-mère, tandis qu'il était encore sur les
marches du perron et que sa pauvre grand-mère le
suivait des yeux en pleurant. Cela remonterait en elle
aussitôt. Le moindre geste, le moindre mot entre eux

se gonfle, s'alourdit de tout ce qu'il tire après lui, de tout ce qu'il fait resurgir; elle devait avoir ce même ton éploré qu'elle a maintenant, en racontant cela à leurs parents... Tant pis, il ne bougera pas. Mais elle l'agace. Il perçoit dans son intonation, mêlée à la souffrance, une assez louche excitation, presque une certaine satisfaction... « Tu peux me croire... Si j'en suis malade ce n'est pas pour moi, c'est pour Alain. Qu'il ait pu être horrible à ce point, jamais je n'aurais pensé... » Une tempête dans un verre d'eau, probablement... encore leurs histoires d'appartement... Il n'aurait jamais dû s'en mêler, c'était stupide, il n'a pas envie de recommencer... Cela ne finira donc jamais, il faudra donc qu'il ait jusqu'à sa mort cette charge, ce poids à traîner, il n'en peut plus, c'est de lui qu'on devrait s'occuper à présent. « Un fils de cet âge-là, ça doit être un grand soutien pour vous... » Un soutien! Mais il n'en a pas besoin... la paix... qu'on le laisse tranquille, c'est tout ce qu'il demande... la frange est emmêlée, le triangle se bombe fortement à sa base puis s'aplatit jusqu'à son sommet... ce sera l'affaire d'une seconde... il étend la main... et puis ça la calmera un peu, elle en a besoin, qu'est-ce que c'est que ces tragédies, il faut garder aux choses leurs justes proportions... il saisit le coin du tapis par sa frange, il le soulève, il le rabat, l'aplatit... quel soulagement, quel apaisement, juste un instant encore et ce sera fini, le tour sera joué... voilà... il égalise la frange en la peignant rapidement avec ses doigts, il se redresse et se cale dans son fauteuil... Voilà qui est fait enfin : « Oui, oui, je t'écoute. Mais si, j'entends très bien. De quoi s'agit-il? — Mais je te le dis, tu n'écoutes pas... Rends-toi compte, voyons, c'est grave... Alain est venu me trouver pour cette histoire, pour cet échange d'appartements... Il m'a fait peur, je ne plaisante pas...

Elle se tamponne les yeux, elle détourne la tête, sa voix s'étrangle... Oh! il a été... tu n'imagines pas... »

Cet air de faible femme martyrisée, de biche aux abois, dès qu'il le lui voit, fait lever chez lui aussitôt, il ne sait pas pourquoi, une grosse brute, un dur, un mâle qui se vautre, étend ses jambes chaussées de grosses bottes boueuses, ricane, ah, nous sommes ainsi faits, et mon fils, hein, il se pose un peu là, pas une mauviette, un gars, un mauvais garçon, paillard, trousseur de cotillons, détrousseur de vieilles dames avares, il se rengorge, il rit d'un rire fat : « Ah, sacré Alain, va, qu'est-ce qu'il a encore fait? » Elle rougit, ses yeux se rapetissent, son regard devient aigu, féroce : « Qu'est-ce qu'il a encore fait? Sa voix siffle... Eh bien, ce qu'il a fait, imagine-toi, c'est qu'il est venu me menacer comme un petit vaurien, il m'a menacée de me dénoncer au propriétaire. De me faire expulser. Rien que ça. Tu te rends compte? Tu vois? » Ah non, ça, il ne le voit pas. Il ne verra pas, qu'elle n'y compte pas, son fils dans le box des accusés parmi de jeunes délinquants, pâles visages de petits vieux vicieux, regards sournois, insensibilité, retard mental, troubles du caractère, signes de dégénérescence accusés... « Vous êtes le père?... » Un homme aux yeux baissés, au dos courbé sous le poids de la honte, un pauvre homme faible, accablé, s'avance sous les regards de mépris apitoyé : « Oui, monsieur le Président, je suis le père. » Il n'a pas envie de s'amuser avec elle à ce nouveau petit jeu, si passionnant, si excitant que ce soit pour elle — il y a là de quoi faire trembler sa voix — de jouer le rôle du destin et de le précipiter ainsi en un tour de main des cimes de l'orgueil paternel dans des gouffres d'opprobre. Il se renverse davantage, se cale plus fort au fond de son fauteuil, il appuie ses coudes sur les accoudoirs et joint calmement le bout de ses doigts... « Tss... Tss... Qu'est-ce que tu racontes?

Qu'est-ce que tu vas chercher? Alain va te faire expulser! Alain va te dénoncer! Qu'est-ce que c'est que cette plaisanterie... Mais c'est une plaisanterie, voyons... Tu connais Alain mieux que moi, c'est le garçon le plus franc, le plus délicat, et puis affectueux comme tout. Tu sais bien quel attachement il a pour toi... »

Il lui semble qu'il se produit en elle comme une sorte de mue, elle se transforme entièrement, d'un seul coup, et apparaît, toute pudique, rougissante, avec un regard purifié d'enfant confiant, heureux. Il se sent touché. Il la regarde... sûrement, elle comprendra... il n'a jamais su les exprimer, mais elle le connaît, lui aussi, elle connaît ses sentiments... « Alain est coléreux, tu le sais mieux que moi, capricieux, nous l'avons assez gâté... Et toi surtout, avec toi il se laisse aller... quand il se met en colère, il ne sait plus ce qu'il dit... Alain, aller te dénoncer... Non, mais je t'assure, par moments... » Elle se penche vers lui et parle tout bas comme si elle avait peur d'être entendue : « Je ne demande qu'à croire ce que tu me dis, tu sais bien, tu sais ce qu'il est pour moi. Mais voilà. Il y a eu encore autre chose. Il n'y a pas eu que des paroles. Il s'est passé quelque chose il y a quelques jours. J'ai eu un coup de téléphone du gérant... » Il sursaute, il s'écarte : « Du gérant? — Oui, du gérant, mais pas pour ça exactement, c'était pour une question de robinetterie. Mais à ce propos, il m'a dit : un cabinet de toilette et une salle de bains, il me semble que c'est un peu beaucoup, tout ça, pour une personne seule. Et quelques jours avant, Alain était venu me dire : « Vous savez que vous n'avez aucun droit de rester, je pourrais vous faire expulser, mon beau-père connaît le propriétaire. Tu te rends compte... C'est surtout de penser qu'Alain... »

Il sent une douleur, un élancement, quelque chose

en lui tire, appuie... ce n'est pas cela, ce n'est pas ce qu'elle vient de faire pénétrer en lui, qui fait si mal... Ça ne tient pas debout, cette histoire, c'est rocambolesque, c'est du Grand-Guignol... « Tss... tss... tu perds la tête, je t'assure, c'est une simple coïncidence, je t'en réponds. Alain ne peut pas faire ça, c'est de la folie, il n'en est pas question. Tu sais bien qu'il dit n'importe quoi quand il est furieux. Si c'est ça qui t'empêche de dormir... » Il sait ce que c'est maintenant, c'est sa vieille douleur, son vieux mal implacable qui revient plus fort, cette fois, comme toujours après une période de rémission. Vieil imbécile, vieux fou! Il s'était cru délivré, il s'était senti si heureux, il s'était fait des reproches... quelle folie de se tourmenter... on se trompe si facilement sur ses enfants, on est si injuste, si exigeant... c'était un si bon petit... son propre sang... ce tendre sourire d'autrefois, ce sourire d'enfant, cette main sur son épaule...

« Eh bien, tant pis, papa, laisse tomber, ne t'en occupe plus, ça va très bien comme ça, je m'en moque, au fond, tu sais, de cet appartement. On peut très bien rester où on est. Si tante Berthe elle-même ne nous en avait pas parlé, on n'y aurait même pas pensé. » On oublie, on croit qu'on est guéri, et le mal est toujours là, tenace, sournois... Qu'on ne vienne pas lui parler d'éducation, quelle sottise... Il n'y a pas moyen de changer la vraie nature des gens, le vrai fond ressort toujours... Cette peur qu'il sent grandir maintenant, c'est celle, il la reconnaît, qu'ont semée, fait germer en lui de vieux romans policiers... cette scène, dans l'un d'entre eux, il ne sait plus lequel, chaque fois qu'elle surgit en lui, il a ce même petit mouvement de répulsion... Une vieille maison de Londres, une grande pièce tendue de soie grenat; le feu dans la cheminée jette des lueurs sinistres; il y a beaucoup d'invités assis autour des tables de bridge... l'assassin doit se trouver parmi eux... le détective a disposé partout, à portée de la main, toutes sortes d'objets, d'armes étranges rapportées des colonies et, sur une table basse en cuivre ciselé ramenée des Indes, un très fin stylet qui peut servir de coupe-papier. Le stylet est l'arme de choix de l'assassin : chacun de ses crimes est « signé ». Il n'y a qu'à rester à l'affût, qu'à attendre. Enfin, le moment est venu. Une force irrésistible, quelque chose de sournois, d'avide et d'aveugle à la fois, quelque chose de très effrayant, d'horrible, fait se tendre la main d'un des invités vers le stylet... Elle vient maintenant sans le savoir de lui révéler cela, ce signe — toujours le même — et cette même force aveugle qui faisait luire déjà dans les yeux du petit garçon, de son enfant, arrêté avec lui devant les devantures des magasins, des pâtisseries, cette convoitise sournoise... Le petit ne lui demandait rien, il n'osait pas... il demanderait à sa tante « gâteau »... « Mais tu ne diras pas à papa que je te l'ai demandé, papa n'aime pas ça, il sera fâché... » ; cette même convoitise, cette avidité dans son œil luisant et fixe de jeune loup, tandis qu'il courait chez la vieille — mais il ne faut rien dire à ce pauvre vieux papa, il a ses idées là-dessus, il ne comprend pas... C'était irrésistible chez lui comme une crise d'épilepsie... le moindre obstacle exaspère son désir au point de lui faire perdre la tête, tout doit céder... C'est le lâche, le honteux besoin de l'ivrogne, de l'intoxiqué...

« Oh, comme je suis heureuse... tu ne sais pas le plaisir que tu me fais... Alors, tu crois vraiment ? Bien sûr, c'était fou de le penser... » Elle ouvre de grands yeux ravis d'enfant, un peu plus elle va battre des mains.

Il l'écarte, il écarte d'un geste impatient — il s'agit bien de cela — cette idée puérile, saugrenue... « Mais non, voyons, c'est ridicule, il n'en est pas question.

C'est une colère comme il peut en avoir. Une colère d'enfant gâté... — Moi je ne demande qu'à le croire, tu le sais. Tu sais comme j'aime Alain. S'il ne m'avait pas fait si peur, eh bien, je ne sais pas, après tout, ce que j'aurais fait. J'aurais peut-être cédé. Au fond, ce serait à voir, il a peut-être raison, ce ne serait peut-être pas si bête...

— Si tu "aurais" cédé!... Mais à qui le dis-tu, mais bien sûr, mais tu céderas. Ils peuvent dormir tranquilles. C'est déjà fait... La douleur, la fureur chez lui ont atteint leur point culminant. Tu n'as jamais rien fait d'autre que de céder à tous ses caprices idiots... Tu l'as rendu comme il est... Il n'y a plus rien à faire maintenant... Il n'y a qu'à continuer. Seulement moi je vais te dire... Je vais te dire, moi, ce qu'il lui faut, à Alain, en ce moment. Et ce n'est pas ton appartement. Est-ce que tu te rends compte de sa situation? Est-ce que tu vois où il en est? Il ferait mieux de se dépêcher de finir sa thèse et de demander un poste quelque part... S'il y arrivait, ce serait déjà beau. S'il pouvait être nommé dans n'importe quel trou, ce serait mieux que de courir les salons, de meubler des appartements, de vivre aux crochets — parfaitement — de ses beaux-parents... la douleur qu'il ressent est celle qu'on éprouve quand on vous cautérise une plaie, quand on vous coupe un membre gangrené, il le faut, jusqu'au bout, il faut couper carrément, il faut arracher de soi cette tumeur, cette chair malade qui est en train de le contaminer, il ne faut pas se laisser pourrir tout entier... il crie presque et elle se recule effrayée... Voilà ce qu'il lui faut, à notre Alain, si tu veux le savoir : songer à son avenir... Les beaux-parents ne leur laisseront à peu près rien, ce n'est que de la frime, tout ça, ce luxe, de la poudre aux yeux... et il n'est pas reluisant, son avenir, si tu veux tout savoir... je te dis toute ma pensée... ce mariage l'a abruti et ce milieu snob, idiot, cette Germaine Lemaire, moi je l'ai vue, une vieille fausse gloire qui s'entoure de jeunes imbéciles comme lui pour se faire encenser... Ah, il s'agit bien d'appartements luxueux... Il a devant lui — je sais ce que je dis — un tout petit avenir et il devra s'en contenter... la douleur maintenant, encore vive, est en train de régresser... Un petit avenir bien modeste, une petite sécurité, une retraite, un traitement. Encore heureux s'il arrive à décrocher un poste quelconque, il n'est pas agrégé, sa thèse, je ne sais pas ce qu'elle vaudra... s'il parvient à obtenir un poste de suppléant, de lecteur, ce sera encore beau... La douleur se fait plus sourde, il semble qu'elle s'apaise peu à peu... Il s'agit bien de s'installer à Paris, dans cinq pièces, dans les beaux quartiers, de donner des réceptions... des fêtes... comme ils disent... des fiestas, comme il dit... »

Non, non. Il y a tout de même un ordre. Dieu merci. Une justice. Même ici-bas. C'est bien encore là, à sa place, tout ce sur quoi il a bâti sa propre vie, ce au nom de quoi il a eu la force de surmonter tous les obstacles : il a fallu se priver, trimer, il y a eu, bien sûr, des moments durs, mais il n'a jamais douté, et c'est ce qui l'a sauvé, il n'a jamais cessé de croire qu'il y a, en ce monde, une règle d'or, une loi à laquelle tous doivent se plier... sinon tout chancelle, s'écroule, molles terres friables où l'on perd pied... Il faut que l'ordre règne, que le bien triomphe, que l'effort, le travail soient récompensés, que tous les resquilleurs soient punis... Il est prêt à souffrir, à exécuter son propre fils, à offrir, s'il le faut, en sacrifice, ce qu'il a de plus cher, la vie de son enfant... « Va, Alain sera bien forcé de comprendre. J'espère pour lui que ce ne sera pas trop tard. La vie lui apprendra, comme à tout le monde. Il verra. Il ne fera pas l'enfant éternellement... Et ça vaut mieux ainsi. Même pour lui, c'est bien mieux comme ça. »

Elle sourit d'un mince sourire un peu ironique et indulgent, elle fait aller de côté et d'autre sa lèvre supérieure et le bout mobile de son nez, elle regarde devant elle, elle a l'air de calculer, de supputer... « Écoute, permets-moi de te dire, là tu pousses au noir, tu sais bien que ce n'est pas comme ça, tu vois tout en noir. A t'entendre, ils sont menacés de finir leurs jours à l'asile de nuit. Même si Gisèle, plus tard, n'a rien — et encore ce n'est pas sûr... Mais enfin, admettons... Mais moi, ce que je leur laisserai vaut largement toutes les retraites qu'il pourra avoir. Ça vaut beaucoup plus, tu le sais... »

Je vous laisserai... vous aurez... Après ma mort, vous pourrez dormir sur vos deux oreilles... ce que je vous laisserai vaudra plus que tout ça... C'est exactement le même air, le même ton... « C'est extraordinaire, par moments, ce que tu peux ressembler à papa, il me semble que je l'entends... tu te souviens quand il disait : Ça ne vaut pas un clou, tout ça, tous vos projets, qu'est-ce que c'est, à côté de ce que je vous laisserai... » Et c'est aussi la même sensation qu'autrefois, quand il était tout jeune, un frêle et timide adolescent, comprenant mal ce qui lui arrivait, n'osant se fier à ses impressions, mais il sait maintenant, il a compris, c'est cette même sensation, après tant d'années, après de si grandes transformations — elle revient comme ces douleurs dans les membres amputés, dans les os depuis longtemps ressoudés, dès que le temps devient plus froid — une curieuse sensation d'asphyxie... quelque chose de lourd s'est rabattu sur lui, une pierre tombale, une porte de caveau, ils sont enfermés, lui, son enfant, ils sont emmurés, enterrés vivants, et elle, assise sur eux, pesant sur eux de tout son poids, belle effigie d'elle-même en marbre, — qu'elle a fait construire et qu'elle contemple à l'avance avec satisfaction — installée pour toujours sur la dalle ornée d'urnes de bronze du caveau familial, veillant sur leur « repos »... Mais c'est fini, tout ça, fini le bon vieux temps, il est fort maintenant, il sait se défendre contre les morts, soulever les lourdes plaques de marbre et les urnes en bronze massif, démolir les statues funéraires... Il la regarde d'un air qu'il rend volontairement amusé, distant... délices de l'âge mûr, de la vieillesse... il peut s'amuser maintenant... il a payé son écot, et largement... «Tu me fais rire avec ça... Tu me rappelles le bon vieux temps... Ça ne t'a donc pas servi de leçon, ce qui est arrivé à la fameuse fortune, aux fameux placements qui occupaient tant ce pauvre papa... Tu as vu ce que ça a donné... »

Elle hoche la tête lentement et fronce les lèvres d'un air désapprobateur comme si elle regardait un enfant qui fait des grimaces pour agacer les grandes personnes... « Oh, écoute, quel rapport y a-t-il? Tu sais bien que ça n'a rien de commun. Tu sais comment était papa. Quand il s'emballait pour quelque chose... on pouvait lui faire faire n'importe quoi. Comment peux-tu le comparer à Henri? Je crois que c'est autrement sûr, les placements d'Henri. Il me disait toujours : S'il m'arrive quelque chose, je suis tranquille pour toi. » Elle se penche vers lui, elle pose la main sur son bras : « Écoute... je voudrais que tu me dises... Jardot me dit que les pétroles ont encore monté. Il me conseille de vendre maintenant. Je voulais justement te demander... Qu'est-ce que tu en penses? Moi, j'aurais préféré attendre encore un peu. Qu'est-ce que tu crois? »

C'est comique de la voir apparaître sous ce déguisement : le loup sous la peau d'un agneau, imitant ses bêlements... conseille-moi, je ne sais pas, qu'est-ce que tu crois, je suis si seule, si naïve, toi tu es fort, tu comprends... viens à mon aide... Mais il voit briller ses yeux, luire ses longues dents... Solide, prudente, méfiante, elle en remontrerait à n'importe quel homme d'affaires quand il s'agit de calculs, de placements... Plus de « vapeurs » quand il s'agit de cela, plus de tremblements, elle s'est très bien renseignée, elle a probablement déjà pris sa décision.

Cela l'agace de la sentir qui l'observe sournoisement, qui attend que perdant toute méfiance, flatté, attendri, il se mette à réfléchir, à lui expliquer, tout fier, généreux, fort, condescendant, tandis qu'elle, courbée, pliée en deux, le conduira doucement, d'un pas faible et branlant, là où elle veut l'attirer, sur le terrain où elle règne, où enfin il sera à sa merci acceptant d'abandonner ses divagations de vieil « idéaliste », d'inadapté, et de se soumettre comme elle aux lois du bon sens, de la bonne et solide réalité, de marcher droit, de rentrer dans le rang... Il hausse les épaules, il a un petit sourire désabusé et méprisant... « Oh, écoute, tu me fais rire... je crois que tu n'as pas besoin de moi pour ça. Tu connais mieux que moi la valeur des pétroles en ce moment. Je crois que je n'ai pas de conseils à te donner... — Oui, bien sûr, je les connais... Mais Jardot me dit qu'en ce moment les cours sont soufflés... »

Est-ce une ruse encore, de sa part, ou bien s'est-il trompé entièrement et était-elle vraiment sincère dès le début?... A-t-il été, pour une fois, trop méfiant, il se le demande... Elle a un ton grave, tout à coup, préoccupé, un air de ne pas penser à lui, mais de fixer les yeux avec une extrême attention sur l'objet qu'elle est en train de lui présenter... « Jardot me conseille de réaliser ces titres-là maintenant et de racheter quand les cours auront baissé... »

Quelque chose va se commettre sous ses yeux, quelque chose d'exaspérant, d'insupportable, un acte de vandalisme aveugle, une destruction stupide, un intolérable gâchis... il faut arrêter cela à tout prix, il se sent rougir, sa voix monte... « Il est très fort, ton Jardot... Comment peut-il savoir... qu'est-ce qui peut lui permettre d'être si sûr que nous sommes au plus haut? » Comme sur le champ de bataille les troupes que le général fait transporter sur le point tout à coup menacé, toutes ses forces mobilisées aussitôt s'attaquent à cet ennemi surgi soudain, à cet imbécile, ce criminel... « Jardot par moments me fait l'effet d'être complètement idiot, je t'assure... C'est complètement idiot ce qu'il te dit... Non, mais tu te rends compte... Il n'y a pas le moindre signe ni ici ni aux États-Unis que la hausse soit sur le point de s'arrêter. Au contraire, si tu veux mon avis, je crois qu'elle ne fait que commencer. Si tu vends, tu risques de rester je ne sais pas combien de temps avec tes disponibilités sur les bras, à regarder grimper les cours... » Le branle-bas, l'excitation, la mobilisation de toutes ses forces dispersées, l'attaque qu'il a lancée contre un objectif précis, la puissance, la justesse de ses coups lui donnent une sensation délicieuse de sûreté de soi, de fierté... Il voit qu'elle le regarde avec respect, qu'elle l'écoute gravement, avec une grande attention... « Mais enfin, Berthe, tu ne vas tout de même pas te mettre à faire de la spéculation... Qu'est-ce qui lui prend, à ton Jardot... »

Elle se penche vers lui, l'air heureux. Elle cède, elle est des siens. Elle va se liguer avec lui contre leur ennemi commun... « C'est ce qui me semblait aussi. C'est pour ça que je voulais t'en parler... Je pensais bien... — Mais c'est l'évidence même, voyons. Il n'y a pas à penser. Il y a une règle d'or, je l'ai toujours dit : ne jamais lâcher une valeur sûre... » L'ennemi a fui, abandonnant ses positions, le terrain est déblayé, c'est une promenade pour eux deux maintenant côte à côte, à travers le pays reconquis, elle

le regarde avec des yeux attendris, il a un rire joyeux...
« Tu connais le secret du vieux Vanderbilt... » Oui,
elle se souvient. Il le lui a dit. Elle rit d'un petit
rire tendre, confiant. Sa bonne vieille sœur. Son amie.
Ensemble, la main dans la main...

Il se sent tout détendu, il a envie de s'abandonner.
La vie peut être douce. C'est sa folie de prendre les
choses trop au tragique, de marcher toujours sur des
échasses, juché sur les grands principes... C'est ce
goût morbide — l'effet d'une vieille habitude — qu'il
a de l'inquiétude, de la souffrance... Il est comme
ankylosé d'être resté si longtemps dans des attitudes
incommodes... c'est bon de se détendre un peu... ses
membres sont engourdis... de s'étirer... pourquoi pas,
après tout, quel mal y a-t-il à cela, qu'est-ce que cela
fait? Elle est ferme et douce sous ses pieds, comme
ces belles et solides pelouses anglaises tondues depuis
des siècles et que tant de générations ont foulées, la
bonne vieille terre où marchent les gens qui ont le
sens pratique, du sens commun... L'avenir d'Alain est
assuré... Eh bien, tant mieux, parbleu... Il n'y a plus
à s'inquiéter. Son rôle, à lui, de père, est depuis
longtemps achevé. Il faut enfin savoir prendre ses
distances, se détacher. Il est grand temps... Tout cela
ne le concerne plus. Son devoir est accompli. Il ne reste
plus rien à faire. La tâche est terminée. Aucun effort
ne pourrait plus rien modifier. Et c'est très bien ainsi,
c'est parfait. Il sent un bien-être dans tous ses membres
tandis qu'il s'étire... une exquise sensation de légèreté,
un goût d'autrefois qu'il avait oublié, de liberté,
d'insouciance... Libre enfin, délesté. Qu'ils fassent
tout ce qu'ils voudront... Elle l'observe, on dirait
qu'elle a compris, elle paraît contente, apaisée, elle
aussi, elle lui pose la main sur l'épaule... « Alors,
Pierre, pour Alain, tu es d'accord? Je crois que tu es
de mon avis. Il faut que je réfléchisse. En principe,

je ne dis pas non. Il faudra voir. Seulement ce que je te demanderai, c'est de le dire à Alain. Après ce qui s'est passé, tu comprends, moi ça m'ennuie... Si tu voulais juste dire à Alain que j'y réfléchis. Qu'il passe me voir... » Il s'écarte légèrement, il se lève, rajuste le pli de son pantalon, il rejette ses coudes en arrière pour que ses omoplates se rapprochent, il dégage son cou, c'est bon de sentir ce craquement, et sa nuque, son dos si droits... « Ah non, ma petite Berthe, pour ça, c'est fini, je ne m'en mêlerai pas. Je crois que vous êtes assez grands tous les deux. Vous vous débrouillerez très bien sans moi. »

Non, décidément, il vaut mieux renoncer. C'est cette ligne surtout, là, ce contour du bras, de l'épaule... il y a là décidément quelque chose d'un peu mièvre, d'un peu mou... et dès qu'on l'a bien vu, cela se propage à tout le reste, comme toujours, cela contamine, gagne tout. L'ensemble prend un air de basse époque, de copie de copie. Mais quel crève-cœur... On peut chercher longtemps avant de retrouver une tête comme celle-ci... et l'autre bras, la retombée des plis, le corps de l'enfant... quelle grâce tendre, et quelle force, quelle retenue... cela vibre, c'est vivant... « C'est vraiment beau, dites-moi, c'est très étonnant... où l'avez-vous trouvée? Mais vous savez que c'est une pièce rare... Ils tourneront autour, tout excités, ils se rapprocheront, se pencheront, plisseront leurs paupières, rajusteront leurs lunettes... Vous savez à quoi cela me fait penser? A ces merveilleuses statues gothiques de l'école de la Loire... » Il baissera les yeux modestement : « Oh! Je suis tombé dessus par hasard... je l'ai aperçue en me promenant... dans la vitrine d'un petit brocanteur... » Ils hocheront la tête, ils avanceront les lèvres. « Eh bien... » Mais il sera obligé de refouler sa fierté, sa satisfaction, le danger sera toujours là, à chaque instant plus menaçant, il devra guetter, surveiller... un seul mouvement, un déplacement très léger de leur œil qu'ils feront tourner de quelques degrés et leur regard ira se poser, se fixer là, sur cette épaule, ce bras... il devra essayer d'aller au-devant d'eux pour les préparer, les amadouer, quémander leur indulgence... « Oui, mais là, je sais, c'est douteux, n'est-ce pas? Je sais... C'est tellement moins bon que le reste — vous ne trouvez pas? — que je me suis demandé si ce n'était pas rapporté, mais pourtant... » Ils examineront de plus près : « Mais non, on ne voit pas... — J'ai hésité à la prendre... cela m'a gêné... » et ils le rassureront, amusés, un peu condescendants... « Oui, là, évidemment... Mais vous auriez eu tort... C'est tout de même très bien... » Jamais il ne lui sera possible de relâcher sa vigilance. A tout instant, derrière son dos, leur regard, prospectant discrètement, effleurera cela imperceptiblement et se détournera aussitôt, une petite flamme s'allumera au fond de leur œil : Tiens, tiens, c'est le fin connaisseur, le grand expert, c'est cela, ce goût fameux, mais il n'y connaît rien, ce pauvre Alain... « Vous avez vu sur sa cheminée, cette Vierge avec l'Enfant... C'est du faux Renaissance ou je ne m'y connais pas... On n'a pas idée de mettre ça chez soi. » Non, il faut résister à la tentation. Il n'y aura pas de point vulnérable où ils pourront le frapper, le percer, par où ils pourront le vider et s'amuser à le gober d'un seul coup tout entier comme on gobe un œuf, ne laissant de lui qu'une coquille fragile...

« Alors, vous vous intéressez au style Renaissance? » Alerte. Branle-bas. Pendant qu'il était là à parer à Dieu sait quelles attaques imaginaires, à essayer d'éviter les embûches dressées par un adversaire

inventé, l'ennemi, le vrai, le seul redoutable l'épiait...
L'ennemi a fondu sur lui. Il sent sur son épaule sa
lourde main, son gros rire cahotant dévale sur lui.
Il rassemble tout son courage et se retourne — c'est
bien cela, le voici devant lui, planté lourdement
sur ses jambes écartées; les poches bourrées de revues,
de journaux, de son pardessus élimé lui élargissent
les reins; son cou épais, puissant, que traverse un
gros bourrelet, sort de son col ouvert; son feutre
déteint et cabossé est rejeté en arrière; ses grosses
lèvres amollies à mâchonner d'innombrables mégots
fendent de part en part sa grande face hilare. Une
satisfaction repue luit comme toujours au fond de
ses petits yeux perçants : « C'est très couru, hein,
le style Renaissance, à ce qu'il paraît, en ce moment ? »

A moi, mes compagnons. Mes vrais amis. Tous
ceux qui parlent la même langue, qui sont du même
sang. Tous ceux-là, que je redoutais, qui se seraient
penchés avec curiosité, avec respect... soutenez-moi.
Oublions nos luttes intestines, les guerres criminelles
entre frères. Faisons face ensemble à l'ennemi commun.
Le barbare est à nos portes. Toutes nos valeurs sont
menacées. Tout ce qui fait notre raison de vivre va
être bafoué, détruit. Pendant que nous disputions
du sexe des anges, le Turc sauvage assiégeait Byzance.
Toutes vos vierges de haute ou de basse époque seront
piétinées par les sabots de ses chevaux... Il faut cacher
tout ce qui est sacré, mettre nos trésors à l'abri de
ses regards, de ses mains impies... « Le style Renaissance, très couru ? Ah... eh bien, je ne le savais pas,
vous êtes mieux renseigné que moi... Mais non... Mais
je n'y pensais même pas. Je regardais si je trouverais
des meubles... Une table, des chaises, voilà ce que je
cherche. De n'importe quel style. Je ne suis pas très

fixé. C'est des meubles qu'il me faut. Je viens de déménager. — Ah! vous déménagez... »

Désastre. Folie. Dans sa hâte désordonnée, dans son désarroi il a ouvert une brèche par où l'ennemi va s'engouffrer, il lui semble qu'il entend déjà rouler dans un bruit assourdissant ses chars, galoper ses chevaux, il entend ses cris sauvages... « Ah! vous déménagez! Et où allez-vous habiter? » Il va courir, jetant bas ses armes, il va fuir honteusement... « Je vais... nous allons habiter... oui... dans l'appartement de ma tante... il va tomber à ses pieds, demander grâce. Nous allons déménager... à Passy... » L'ennemi sera sans pitié. Il entend déjà son rire féroce... « A Passy? Vous déménagez dans les beaux quartiers? » Il est capturé, ligoté, il est traîné derrière le char du vainqueur, la face dans la poussière, les vêtements déchirés, sous les rires, les huées... Voyez-vous ça, dans les beaux quartiers... On s'installe à Passy... dans l'appartement de sa tante... Voyez-vous ces goûts bourgeois... cet enfant gâté. Ce petit snob. Belles relations. Service de table et réceptions. Regardez-moi ça... Mais l'adversaire ne bouge pas, ne jette pas un regard vers la brèche ouverte. Il n'est même pas nécessaire d'essayer de la colmater... Mais il vaut mieux quand même la boucher vite, avec ce qui se trouve sous la main, il saisit n'importe quoi... « Oui, nous changeons d'appartement... C'est-à-dire que ma tante en avait un peu assez du sien. Il était trop grand. Alors elle s'est décidée à faire un échange avec nous... Enfin, pas avec nous exactement... » Efforts inutiles. Vaines alarmes. Rien dans les mouvements de l'ennemi ne révèle qu'il prépare une attaque. Tout est calme de son côté, paisible; des fumées s'élèvent, rassurantes, de ses bivouacs... « Ah tiens, mais c'est très bien, dites-moi, en ce moment c'est une grande chance... Et votre travail, où en est-il? Votre thèse? J'ai vu Dastier, l'autre jour, il m'a dit qu'elle a beaucoup avancé. Vous pensez la finir pour quand? » Pas trace de convoitise chez lui. Pas la moindre soif de conquêtes, de destruction — il n'a pas besoin de cela, c'est évident... Il laisse les autres vivre à leur guise. Il a l'air si invulnérable, si puissant.

Installé quelque part dans une petite chambre mansardée, meublée d'un divan déchiré d'où sortent des touffes de crin, d'une table de bois blanc, de vieilles caisses, jonchée de livres, de brochures, de papiers, il pose son regard lucide et calme sur le monde. Sur tous ces êtres qui s'agitent, mus par de puériles et vaines passions. En ce moment, son regard placide se pose sur ce qui frétille là, devant lui, ce petit Alain Guimier... un bien gentil petit, insatisfait, inquiet... produit très pur de sa classe : jeune intellectuel bourgeois marié à une petite fille gâtée comme lui. Mais que faire à cela? Ils sont comme ils sont. Ni meilleurs ni pires que ne seraient d'autres à leur place. Ils n'y peuvent rien, les pauvres petits. Ils sont pris dans l'engrenage. Écureuils tournant dans leur cage dorée. Faisant probablement de temps à autre de touchants efforts pour s'échapper. Mais trop faibles pour briser les barreaux. Il faudrait qu'on vienne du dehors les aider; qu'on casse tout : un grand chambardement. Mais ce n'est pas pour aujourd'hui. Et en attendant, il faut les prendre comme ils sont, les aider même — pourquoi pas? — à l'occasion... « Ah, déjà? Elle sera finie pour mai prochain? C'est si avancé que ça? — Oui, elle est presque finie. Ce ne sera pas trop tôt. Depuis le temps... Il me tarde maintenant d'avoir terminé et de faire autre chose de plus intéressant. J'en ai vraiment assez... » Oui, il en a assez. Assez de ces faux-semblants. Assez de se sentir glisser, s'accrochant à des points d'appui qui cèdent, assez de ces quêtes misérables qui le laissent plus inassouvi, plus démuni qu'avant. Assez des appartements, des statues gothiques, des amis dont les noms font se courber puis se redresser dans les gens quelque chose de flexible, de léger comme l'herbe que couche un instant un souffle de vent et qui se relève aussitôt et se tend vers le soleil. Quitter tout cela. Changer de peau. Changer de vie. Aller s'asseoir aussi sur ces cimes où souffle un air vivifiant. Boire aux sources une eau que rien ne peut venir souiller. Être admis à partager cette certitude, cette sécurité. Regarder au loin s'agiter ces êtres pareils à ce qu'il était lui-même, misérables, inquiets...

Il essaie de se rapprocher un peu plus. Il s'incline avec respect et dépose aux pieds de celui qu'il supplie de lui permettre de le suivre, de se racheter, de se sauver, tout ce qu'il peut lui donner, une très modeste offrande, peu de chose, il ne trouve rien d'autre... « Je ne sais pas si vous avez vu, si vous avez lu cet article sur vous dans *La Source* du mois dernier... A propos de votre étude sur Husserl? — Non, je n'ai pas vu, je ne sais pas... » Il ne jette pas un regard sur ce qu'on vient de lui apporter là. Son visage conserve l'impassibilité souriante du Bouddha : « Vous savez, on ne voit pas tout. Voilà des années que je ne suis plus abonné à l'Argus. Allons, au revoir... » Mais non, ne m'abandonnez pas... Tout vacille et tremble autour de moi, je perds pied... Encore un moment... ne me lâchez pas... « Je suis content de vous avoir rencontré. Je voudrais tant pouvoir vous parler. Je voudrais avoir votre avis. J'ai pensé à un article... Je voudrais vous montrer... » Mais les doigts lisses et secs ont desserré leur étreinte, ils glissent, cherchant à se dégager... « Bien sûr, je ne demande pas mieux. Seulement en ce moment, je suis un peu bousculé... Les épreuves d'un bouquin qui va sortir à corriger... et les copies d'agrégation qui vont arriver. Mais donnez-moi donc votre adresse. Je ne sais pas si je l'ai. Il tâte ses poches, sort un carnet. Voyons... Alain Guimier...

Il lève la tête tout d'un coup... Tiens, et Germaine Lemaire, au fait? Qu'est-ce qu'elle devient? Est-ce que vous la voyez? Il y a longtemps que je ne l'ai pas vue... Elle me donne des remords... Chaque fois qu'on se rencontre, elle me fait des reproches. Je me promets toujours d'aller la voir. De lui téléphoner... »

Tout croule... tout ce qu'il a savamment, patiemment construit au prix d'efforts constants, inquiets... chaque détail, le plus infime, travaillé avec un soin craintif... Petits bouquets champêtres choisis avec précaution... pas cela, non, juste ces coquelicots, ces bluets, les grandes marguerites, peut-être... non, elle ne les aimera pas... cela pourrait déparer... Éditions rares dénichées pour elle seule pour la voir poser ses mains l'une sur l'autre, ouvrir de grands yeux... « Oh, c'est trop beau... Vous êtes fou... Mais où avez-vous trouvé ça? » Billets déchirés cent fois avant que ne vienne enfin ce ton libre, spontané, dépouillé... Élans, mouvements qu'une mâle pudeur retient et qui le font, par moments sous ses regards ravis, émus, se cabrer, plein de force et de grâce, comme un pur-sang... Caresses qu'il faut inventer sans cesse, varier, renouveler pour satisfaire une vieille vanité fatiguée qu'un attouchement trop appuyé laisse insensible, mais qu'excite parfois délicieusement le contact le plus léger, mais si inattendu, mais si délicat... « Que vous êtes drôle... Moi?... les yeux gris s'ouvrent tout grands d'émerveillement... Moi? Vous croyez? On ne m'a jamais dit ça... C'est curieux... Vous êtes le premier... » Cette entente avec lui seul, cette complicité contre tous les autres, contre celui-ci, ce lourd philosophe qui ne comprend pas grand-chose à l'art... « Une modiste, vous ne trouvez pas?... Si, il trouvait... Une modiste, une modéliste fait un effort plus créateur, a plus d'originalité, plus de fantaisie... »

Répugnante comédie. Infâme mensonge. Trahison...

L'autre n'a qu'à paraître, lourd, satisfait, redressant son cou épais, bien calé sur ses courtes jambes écartées, et aussitôt elle court vers lui, soumise, plaintive, toute douce, quémandant humblement... « Quand? Quand viendrez-vous me voir? Vous êtes un monstre, vous êtes un méchant. Vous promettez toujours... Cette fois, je vous prends au mot. Dimanche prochain. Non? alors quand? Oh, vous êtes insupportable... Alors téléphonez-moi... Mais toujours, mais n'importe quel jour, je sors si peu, vous savez, je suis là toute la journée... »

Tout ce qu'elle lui avait montré, à lui, n'était que de la camelote, une mauvaise imitation, personne d'autre que lui ne s'y serait trompé... ces sourires vers lui seul, cette entente secrète, ces mouvements qui lui avaient semblé si spontanés, petites tapes sur l'épaule, regards chargés d'amitié... « Il faut nous voir plus souvent... » c'était la dose qu'elle lui administrait froidement, sa piqûre : il souffrait tant, le pauvre, il fallait bien l'apaiser. Mais rien de plus que ce à quoi il avait droit. A chacun son dû, chacun à sa place. Jamais rien ne pourrait le faire passer de la catégorie de ses pauvres, qu'elle soignait, sur lesquels elle se penchait (toutes sortes de signes révélaient leur condition, — et il l'avait toujours su, il l'avait deviné, mais il avait lâchement fait semblant de l'ignorer — certains jours où ils ne sont pas admis, certains mots qu'on ne leur dit pas : Téléphonez-moi n'importe quand... je suis toujours là... ce serait, bien sûr, trop dangereux de donner de telles tentations à ces malheureux affamés, il faut les tenir à leur place, à une certaine distance, ne jamais céder, ne jamais se laisser apitoyer, sinon que ne se permettraient-ils pas?), jamais aucun effort ne le ferait passer de la classe de ces indigents à celle des puissants, de ses pairs.

Il est brisé, détruit. Il est pareil maintenant à un

petit navire à la coque fragile et mince qu'un gros bâtiment a touché, éventré, il s'ouvre de toutes parts, il va sombrer... « Si vous voyez Germaine Lemaire, faites-lui mes amitiés. Dites-lui que je ne l'oublie pas. Il faudra que je lui fasse signe. Mais on a si peu de temps... Et puis, je vais vous l'avouer... C'est drôle... Je m'ennuie toujours un peu chez elle... » L'énorme coque épaisse aux parois renforcées du grand paquebot, du cuirassé, continue son mouvement, écrasant tout... « Elle n'est pas bête pourtant, intelligente même, si vous voulez, mais je ne sais pas, elle m'ennuie... » Une énorme explosion pulvérise tout d'un seul coup... « Et puis cette vanité... Elle se croit un peu trop Germaine Lemaire, ha-ha-ha... Mais elle est brave, au fond... ha-ha... » Tout sombre, tout coule tandis que le gros bâtiment s'éloigne... Il n'a pas dû recevoir la moindre trace, pas la plus légère égratignure sur sa belle coque luisante...

Il faut laisser se calmer cette sensation... Comme si le sol se dérobait... cette vague nausée... avant de mesurer l'étendue du désastre... Tandis qu'il avance machinalement, sans trop savoir où il va, le long du trottoir, il entend derrière lui un pas pressé... « Hé, Guimier... » La large face est rouge, la voix est un peu essoufflée... « Écoutez, Guimier... Juste un mot... Je viens d'y penser, j'ai oublié tout à l'heure de vous demander : cet article sur moi, c'est dans *La Source* de quel mois? Qui l'a fait, vous ne vous souvenez pas? » Le sourire qu'il arborait héroïquement tout à l'heure, au moment où tout volait en éclats, n'est pas encore effacé de son visage : dans son désarroi, il l'a oublié, et ce sourire est toujours là, heureusement, prêt à porter... « Mais si, je me souviens. C'est dans le numéro du mois dernier. »

« Oh, Maine, quelle jolie chose... C'est ravissant... »
Il prend la fine amphore par chacune de ses anses
et la tient en l'air à bout de bras, il plisse les paupières pour mieux la voir, et la pose avec précaution
sur la cheminée... « Là... il faut la mettre ici, c'est
tout indiqué... Ce sera l'ornement du salon... » Il
s'écarte, il passe des mains caressantes le long de son
col, de ses anses, de ses flancs... il la tourne un peu...
« Comme ça, c'est parfait... On peut voir dans la
glace le reflet de ce faune admirable, de ce char...
Quelle pureté de trait, c'est étonnant... » Mais il n'y
a rien à faire, le courant ne passe pas. Il sent dans
tous ses gestes, dans ses mots, dans ses intonations
quelque chose d'un peu guindé, un apprêt, une
outrance, tout cela manque de chaleur, de vie... on
dirait d'assez gauches et grossières copies exécutées de
mémoire d'après un modèle imposé, un modèle parfait qu'il connaît bien et qu'elle connaît, elle aussi :
elle compare à ce modèle idéal ces plates copies, assise
là, sur le divan, toute droite, très calme, juste un
peu surprise, sûrement, — mais elle ne veut pas le
montrer — un peu déçue, frustrée... une image de
lui est en train de se graver en elle, que rien ne pourra
plus effacer, elle va l'emporter d'ici, la conserver...

il faut empêcher cela, il tourne vers elle un visage où il s'efforce d'exprimer l'admiration, le ravissement qui sont là pourtant en lui, il les sent... « Cette amphore me fait penser à celles que j'ai vues au musée d'Arezzo, il y en avait de très belles... Maine, vraiment vous nous gâtez trop, c'est trop gentil... » Mais ce n'est pas sa faute, à lui, il n'y est pour rien... Voilà, il le sait, ce qui empêche ses sentiments de couler, forts, libres, chaleureux, dans ses mouvements, c'est cette masse inerte, là, près de lui, ce bloc lourd... C'est vers cela que toutes ses forces, que toutes les ondes qu'il émet dévient, il faut ébranler cela, le faire vibrer... « Mais Gisèle, tu ne trouves pas que cette amphore est aussi belle que celles que nous avons vues au musée d'Arezzo?... Vraiment, Maine nous gâte trop... Non, mais tourne-la un peu par ici... Regarde ce faune, ces chevaux... » Mais c'est à peine si quelques vibrations légères révèlent dans la masse inerte le passage d'un très faible courant... « Oui, tu as raison, Alain... c'est très beau, c'est ravissant... » Il n'y a rien à faire, il le sait, les efforts qu'il déploie ne font, comme toujours, qu'accroître cette inertie, augmenter cette résistance... il faut avoir le courage de couper court, de renoncer... il jette encore un regard hésitant, nostalgique, vers la cheminée...

« Eh bien, je suis contente que vous l'aimiez. Je l'ai ramenée de mon dernier voyage en Italie. On m'a dit qu'elle provenait de Paestum, on m'a garanti qu'elle était du début du IVe siècle... Remarquez qu'on ne sait jamais... » Il opine de la tête, il proteste : « Oh, mais c'est sûrement vrai... Comment voulez-vous? Il n'y a qu'à voir ce dessin... tout à fait le style de Meidias en plus austère, en moins orné... » Elle se soulève du divan, elle lui tend la main — un geste un peu emphatique aussi, où il sent quelque chose d'un peu gêné, d'un peu faux... les séquelles, probablement, de la déception qu'elle vient d'éprouver et qu'elle a déjà surmontée... « Allons, maintenant, montrez-moi tout... Vous savez que je n'ai encore rien vu, ça a l'air vraiment magnifique chez vous... » Allons, courage, elle lui laisse un espoir, elle lui offre une chance... il saisit sa main, il l'aide à se lever... « Oui, c'est ça, venez. Excusez-moi je passe devant pour vous montrer... » il la précède d'un pas, tourné vers elle, le long de l'étroit couloir, il ouvre toutes les portes, celles de la petite lingerie, oui, il y a même une lingerie, celles de la cuisine, de la salle de bains, des placards, tout est à elle ici, elle est chez elle, la reine est chez elle partout dans les demeures de tous ses vassaux, sur le château qu'elle visite flotte le pavillon royal... Elle inspecte avec une bienveillante curiosité, elle inaugure, elle lance, dévoile pour d'autres qui viendront après elle admirer, s'étonner... Un rien arrête son regard, une toute petite chose, ce placard à claire-voie pour le linge sale sous la fenêtre du cabinet de toilette... « C'est bien, c'est très commode, je trouve, ces machins... » Quelque chose glisse en lui... un vague malaise, un agacement, comme une très légère répulsion, il se rétracte légèrement, il a envie de se détourner, de s'écarter — c'est ce vieux réflexe de défense qui joue malgré lui, celui qu'il a... Mais où se croit-il? Avec qui? A quoi pense-t-il? Contre quoi veut-il se défendre ici? Contre quelle platitude? Quel petit esprit pratique étroit? Quelle mesquinerie? On est entre grands seigneurs ici, on peut se permettre cela, d'examiner avec cette lueur excitée dans les yeux, cet intérêt intense, presque de l'envie, les placards à linge sale aérés par une claire-voie, rien de ce qu'on fait ici, entre soi, ne peut vous faire déchoir, elle peut s'offrir ce luxe d'apprécier ces « machins-là » en femme pratique qu'elle sait être aussi, c'est si admirable, c'est si touchant... sarclant elle-même son jardin, plantant ses choux, tenant ses comptes, parfaitement, aimant cuisiner... Maine et son omelette baveuse, Maine et sa carpe au bleu... Le malaise léger a disparu presque tout à fait, il ne reste que quelques traces très faibles, de minces traînées... encore un petit effort et elles seront effacées... Il doit prendre un peu de recul, il la voit de trop près, il doit se mettre à une certaine distance pour retrouver — il l'avait perdu — le sens de la réalité, des justes proportions... aller se placer près de tous ceux, innombrables, dont les yeux affamés se jettent avidement sur son image quand elle apparaît sur les écrans de la télévision, sur les couvertures des magazines de luxe, dans les vitrines des libraires, se transporter plus loin encore, très loin d'ici, de cette femme un peu vulgaire qui, tout près de lui, pointe son large index à l'ongle peint vers le placard et la voir telle que la voient ceux qui, disséminés dans tous les coins du monde, seuls dans leurs chambres, tenant un de ses livres entre leurs mains, les yeux levés vers elle la contemplent, comme les fidèles agenouillés contemplent, vacillant et étincelant dans la lumière des cierges, la Madone couronnée de pierres précieuses, parée de satin et de velours, couverte de pièces d'or apportées en offrande... Il sent monter en lui l'émotion, la surprise, la crainte qu'ils éprouveraient si Germaine Lemaire en personne se tenait au milieu de leur cuisine, pointait son doigt vers leurs placards, s'arrêtait pour admirer la vue de la fenêtre de leur chambre à coucher... il est trop gâté, comblé, indigne, il ne mérite pas... il a envie de s'effacer... qu'elle voie plutôt... il s'empresse, il s'écarte, il écarte davantage les rideaux... qu'elle veuille bien poser son regard... « Par là, voyez, quand on se place ici, on peut apercevoir, c'est joli, n'est-ce pas? la Seine, les péniches, les reflets sur l'eau... » Elle hoche la tête d'un air d'approbation, d'admiration, elle se tourne et examine la pièce... « Quelles belles proportions et quelle jolie lumière. » Il la prend par le bras, tout excité... « Mais vous n'avez encore rien vu, ça, ce n'est rien... Venez voir la salle à manger, mon cabinet de travail... » Un orgueil venu de très loin, il ne sait trop d'où, déferle en lui, roule en lui ses hautes vagues... Voyez mes domaines, mes châteaux, les signes de ma puissance, mes quartiers de noblesse, les actes valeureux accomplis par mes ancêtres qui ont fondé la gloire de ma lignée... admirez mon courage, mes hauts faits... « Ces boiseries... ah, vous les aimez? J'ai pensé que ce serait joli... C'est du bois tout à fait ordinaire, de l'okoumé. Tout dépend de la façon de le travailler... Cela, c'est une miniature persane que mon arrière-grand-père a rapportée... Ici, on a mis un rideau en attendant. Plus tard on mettra une porte coulissée... Ah là, ne regardez pas... ça, c'est ce qui faisait le grand désespoir de ma tante. — Tiens, au fait, et votre tante? Que devient-elle? Est-ce qu'elle ne regrette pas? — Ma tante? Oh non, elle est enchantée... Elle s'installe : c'est tout ce qu'elle aime. Elle a rajeuni de vingt ans. Elle veut du moderne partout... le dernier cri... Elle a voulu se débarrasser de ce qu'elle appelle ses vieilleries... Cette commode, tenez, et cette bergère, elle nous les a laissées... La bergère est jolie, n'est-ce pas? — Oui, je l'avais remarquée... Elle va très bien avec l'autre, c'est une chance, elles sont assorties... Et les fauteuils de cuir, il n'en est plus question? — Non. Grâce à Dieu, je crois que j'ai gagné la partie... Et on a réussi à se débarrasser de tous les bibelots... Mais non, ne regardez pas cette porte... — Ah, c'est celle-là, la fameuse, dont vous m'aviez parlé, vous étiez si drôle... C'est celle qui a tant fait souffrir votre tante? — Oui, elle en était malade, elle m'avait appelé au milieu de la nuit... — Au milieu de la nuit? Elle rit... Oui, oui, c'est vrai, vous m'aviez dit... » Il rit aussi, il se sent heureux, très libre, détendu... « Oui, à cause de la poignée. Le décorateur avait mis là-dessus! vous vous rendez compte! une poignée en métal chromé. Mais j'avoue que chromée ou pas... Je trouve que même avec celle-ci... Je crois qu'un jour il va falloir... » Elle regarde la porte avec une grande attention... « Eh bien non, moi je dois dire que j'aime bien ça... C'est beau, ces vieilles poignées... Elle fait quelques pas et prend la grosse poignée lourde et lisse en cuivre massif dans sa main... Il y a des gens qui trouveraient ça peut-être un peu... recherché, ici, mais moi j'avoue que j'aime bien cette forme ovale, ça fait très doux... ça change un peu de toutes ces lignes droites un peu froides... Il y en a plein, de ces portes-là, dans le Midi... On en voit partout... dans de belles maisons... ailleurs aussi, c'est vrai, dans les vilains petits pavillons qu'on construit en bordure de la route qui longe la côte... Mais qu'est-ce que ça fait? Il faut la voir ici. Eh bien ici, moi, ça ne me choque pas, je trouve que c'est agréable, ça fait très bien. » En un instant la plus étonnante, la plus merveilleuse métamorphose se produit. Comme touchée par la baguette d'une fée, la porte, qu'entouraient aussitôt, dès qu'il jetait sur elle un regard, les minces parois de carton-pâte, le hideux ciment des villas de banlieue, revient, telles les princesses qu'un mauvais sort avait changées en crapauds, à son premier aspect, quand, resplendissante de vie, elle était apparue, enchâssée dans les murs d'un vieux cloître, d'un couvent... Des lignes courbes de son sommet, de ses médaillons en chêne poli coule une douceur timide et tendre. C'est une surprise délicieuse, c'est le plus beau des cadeaux, il fait une pirouette joyeuse, il crie : « Tu entends, Gisèle, Maine trouve la porte ovale très jolie. Elle trouve qu'elle fait très bien ici. » Tout heureux, enhardi, confiant, il montre d'un signe de la tête, du bras le petit banc en chêne sombre dans l'encoignure de la fenêtre : « Et cela, ce coin sous la fenêtre, est-ce que ça vous plaît? » Elle regarde, elle réfléchit, et il se sent inquiet, le sol solide sur lequel il se tenait se met à bouger... elle hésite... que voit-elle? à quoi peut-elle penser?... Il attend. Enfin, elle se décide : « Eh bien là, alors, je ne sais pas. Il me semble qu'un bon fauteuil confortable devant cette fenêtre, cette vue... » Il trébuche, il titube, il s'accroche... « Ah... Et nous et moi... qui le trouvais si joli... c'est un vieux banc d'église... — Oui, je vois bien. Mais je ne sais pas... » Quelque chose oscille, tremble aussi là-bas, dans la mince forme silencieuse qui s'affaire, penchée sur la table à thé, quelque chose en elle aussi s'est ébranlé, quelque chose, d'un instant à l'autre, peut s'écrouler... il perçoit, venant de là-bas, adressé à lui seul, en un langage muet, leur langage à eux deux, un appel, plus qu'un appel, une objurgation de ne pas trahir, de ne pas jeter dans un moment de faiblesse, dans un mouvement d'abjecte lâcheté sous les pieds de l'étrangère, de l'intruse insolente et grossière, leurs trésors secrets qu'ensemble, tous les deux, ils ont choisis avec piété, avec ferveur, recueillis — chaudes et palpitantes parcelles de vie... penchés à la fenêtre d'une vieille ferme, se prenant par la main... viens donc, viens regarder, Alain... s'asseyant côte à côte dans des petites églises de campagne, de montagne... ce banc... j'avais envie de l'emporter... objets magiques, arbres enchantés... Il l'appelle, il la supplie... « Gisèle, écoute... qu'elle ne l'abandonne pas, qu'elle se joigne à lui... ensemble de nouveau... comme toujours... Écoute, Gisèle... ce banc est très joli, mais peut-être qu'ici, devant cette fenêtre... c'est vrai, peut-être qu'un grand fauteuil... qu'est-ce que tu crois?... C'est peut-être une idée... — Non, Alain... la voix est sèche, coupante. Son cri lamentable n'éveille aucune pitié... Non, Alain, je ne trouve pas... il est rejeté doucement mais avec fermeté... Moi, que veux-tu, je l'aime bien ici, devant cette fenêtre justement... » Il vacille, bredouille... « Peut-être... enfin... nous on... enfin on va voir... Non écoute, Gisèle... c'est à voir... » La voix sévère les appelle, le rappelle à l'ordre comme un enfant : « Le thé est servi... Venez prendre le thé... » Ils avancent vers la table... « Oh mais là, sur cette crédence, qu'est-ce que c'est? Elle s'arrête... Mais c'est très beau, dites-moi, cette Vierge gothique. — Oui, ce n'est pas mal, n'est-ce pas? Je pense que c'est de l'école de la Loire... » Elle approuve de la tête d'un air qui exprime l'admiration, le respect. Il retrace dans l'air avec sa main le contour de la tête de la Vierge, du corps de l'Enfant... « Oui, c'est beau, cela, n'est-ce pas? » Il a envie de dissimuler l'autre épaule, ce bras... mais non, ce serait imprudent, il n'y a rien à faire, elle verra, elle a déjà vu probablement, c'est exactement ce qu'il redoutait, il faut prévenir le péril, vite, se mettre à l'abri, se protéger avant qu'il ne soit trop tard... « J'ai hésité long-temps, je suis revenu plusieurs fois. — Oh, c'était très cher? — Mais non, c'était une extraordinaire occasion, au contraire... Mais j'avais trouvé que là... elle pose sur le bras rapporté un œil vide, et il bat en retraite aussitôt... Enfin, je ne sais pas, ce bras... c'est peut-être authentique... j'avais cru, moi. » Mais elle ne bronche pas. Elle regarde fixement, elle englou-tit avec flegme cette épaule, ce bras, son estomac solide les digère sans difficulté, son œil conserve l'expression calme, indifférente, d'un œil bovin... La surprise, la déception se mêlent en lui à une sensation de sou-lagement... quelque chose se déplace... une rupture se fait, une coupure brutale... Il a une impression de dépaysement... la porte ovale flotte, incertaine, suspendue dans les limbes... vieille porte massive de couvent ou porte de pavillon tocard... Et le banc?... Il a envie de détourner les yeux, de faire semblant de n'avoir rien vu, de ne pas avoir surpris chez elle cette chose gênante, comme un défaut ridicule, une secrète infirmité... « Allons, venez, le thé refroidit... Mais à propos de cette statue, vous savez qui j'ai rencontré? Il est venu me frapper sur l'épaule pendant que j'étais en train de me demander si j'allais l'acheter. Eh bien, Adrien Lebat, figurez-vous. Ah ce n'est pas à lui que je pouvais demander un conseil, vous savez comment il est... — Ça oui, pour ce genre de choses... Mais comment va-t-il? Qu'est-ce qu'il devient? — Il avait l'air d'aller très bien. Heureux, très sûr de lui, comme toujours. Il m'a demandé si je vous voyais. Il m'a dit qu'il aimerait bien aller vous voir, qu'il voulait toujours vous téléphoner, mais qu'il était débordé... son livre... ses cours... les examens... enfin, il m'a dit de vous faire ses amitiés... » Tous les traits de son visage, ses yeux, ses gestes ont un air d'animation joyeuse tandis qu'elle s'assoit devant la table, tend la main pour prendre la tasse de thé, pose la tasse devant elle, choisit un gâteau avec une moue d'enfant gourmand... « Eh bien, c'est tout ce qu'il a trouvé, qu'il n'avait pas le temps? Il est toujours bousculé, c'est toujours comme ça depuis que je le connais. Je sais qu'il m'aime bien, mais il n'y a pas moyen de le faire sortir de chez lui, de sa tanière d'ours, comme il dit. Moi je lui dis que c'est de la paresse, au fond... ça le fait rire... Adrien Lebat est un grand paresseux, voilà. Mais il va voir, vous m'y faites penser... Je vais le houspiller un peu... — Ho, ho... il sent percer dans ce petit rire qu'il a quelque chose de faux, de la méchanceté... et elle lui jette un regard légèrement surpris... Ça me fait rire, je ne sais pas... houspiller Adrien Lebat... J'admire votre courage... votre optimisme... il a l'air de ne pas se laisser houspiller facilement. Il a quelque chose de si lourd, c'est comme si on essayait de déplacer l'Arc de Triomphe. Non, mieux que ça, le mont Blanc. Avec lui j'ai toujours envie de lever la tête tant il a l'air de trôner quelque part très haut... de vous considérer avec condescendance... » Elle fronce les sourcils : « Vous? — Enfin "vous"... je veux dire tout le monde, tous les gens comme moi, tous ces pygmées à ses pieds... qui s'agitent sans comprendre, pauvres fourmis... Non, je ne sais pas... C'est chaque fois pareil, j'ai envie de me rapprocher de lui, de communiquer... il n'y a rien à faire... Il me bouche l'horizon, je ne vois plus clair. — Tiens, comme c'est drôle... Moi au contraire... il me donne à moi plutôt l'impression... je trouve que quand on est avec lui, on se sent... eh bien, je ne sais pas, plus intelligent... Il sait si bien écouter. — Oui, il écoute, bien sûr, et avec une grande attention. Mais chez moi... j'ai pourtant fait des efforts... il n'y a rien à faire, rien ne sort. Ah ce n'est pas à lui que je raconterais des histoires sur les poignées de porte de ma tante, il ne me viendrait même pas à l'idée de lui parler comme à vous. Vous savez, lui, ce qui lui manque, c'est un peu d'humour, un peu — il n'en a pas pour un sou — de sens du comique, du tragique saisi n'importe où, dans les petites choses, pris à sa source, sur le vif. Non, à lui il faut les grands sujets. Il plane sur les hauteurs. J'imagine son air si j'osais lui parler de tout ça... des fauteuils de cuir... Au fond, malgré l'apparence, il est assez comme mon beau-père... l' "esthétisme"... il appuie sur les consonnes, elles sifflent... Lebat, voyez-vous, a des grilles qu'il pose sur tout... c'est trop commode... il vous a à tous les coups : décomposition bourgeoise... sentiments de votre classe... psychologie... son dernier dada... Il n'est pas seul, du reste... Ah quand il a dit ça... Il est drôle... enfermé dans un système clos, figé. Pas un souffle de vie ne passe... il ne risque rien... il se croit bien abrité... Et vous savez que c'est lui que ça conduit à la pure convention, à la stérilité... à l'inanité... Montrez-lui quelque chose de très simple... n'importe quoi, un objet quelconque, un homme, une œuvre d'art, il juge souvent plus mal, plus faux que l'épicier du coin... il ne comprend absolument rien... — Mais que vous êtes partial... Je le défendrai... Ce n'est pas vrai. Vous serez bien étonné : il m'a écrit sur mon dernier livre une lettre comme je n'en ai, je crois, jamais reçu... pleine de finesse, d'idées, ne niez pas, de vraies idées toutes neuves, bien à lui, qui m'ont fait réfléchir, qui m'ont beaucoup appris. Je vous la montrerai... — Bon, peut-être, sur l'œuvre d'un autre, là, peut-être, je ne dis pas... il est très intelligent... Mais sur la matière elle-même, la matière brute, non élaborée, d'où l'on part, sur laquelle on travaille, à partir de laquelle on crée... » Elle égrène un petit rire « argentin »... « Ha, ha, ha, les boutons de porte ? Les fauteuils ? Les petites manies des gens ? — Oui, n'importe quoi, vous le savez... Il me semble que si on s'y cramponne vraiment, ça peut mener... — Mais vous êtes drôle... On ne peut pas courir après tout à la fois... C'est ce qui lui donne sa force, à Lebat, ces partis pris, ces œillères... Chacun défriche comme il peut sa parcelle de terrain... La vôtre, d'ailleurs, n'est pas si loin... — Vous voulez parler de ma thèse ? Aaah bien sûr, une thèse sur la peinture... il perçoit dans sa voix un petit ricanement morne... ça c'est autre chose, ça c'est sérieux. — Eh oui... elle regarde autour d'elle... Vous savez, je vais vous dire, cette matière brute — les objets, les gens, quand on les appréhende comme ça directement quand on colle à eux de si près, sans

248

prendre de recul, sans poser de grilles, eh bien, tout
ça... Il a la sensation d'avoir, dans un moment de
folie, touché à quelque chose de très dangereux, d'avoir
mis en marche un mécanisme que rien ne peut plus
arrêter, il est saisi, happé... Tout ça, finalement, c'est
très amusant, mais entre nous, soyons tout à fait
francs... c'est souvent, vous ne croyez pas, du pur
gaspillage... un certain goût de la facilité... Lui,
Lebat... »

Tout autour de lui se rétrécit, rapetisse, devient
inconsistant, léger — une maison de poupée, des
jouets d'enfants avec lesquels elle s'est amusée à jouer
un peu pour se mettre à sa portée, et maintenant
elle repousse tout cela, allons, assez de puérilités...
le ciel tourne au-dessus de lui, les astres bougent, il
voit se déplacer les planètes, un vertige, une angoisse,
un sentiment de panique le prend, tout bascule d'un
coup, se renverse... elle-même s'éloigne, elle disparaît de l'autre côté... Mais il ne veut pas la lâcher,
il peut la suivre, les suivre là-bas, il vient... seulement qu'elle ne le repousse pas, qu'elle ne l'abandonne pas... il est avec eux, de leur côté... « Eh bien,
figurez-vous, tout ce que vous me dites là, je l'ai
un peu pensé aussi quand j'ai vu Lebat la dernière
fois... Ça m'a même rendu un peu envieux... Je me
suis senti coupable... Il donne une telle impression de
force, de sérénité... Il y a chez lui, dans sa façon de
tout survoler, une espèce de renoncement... très rare...
Il a réussi... je dois vous avouer que c'est ce que j'envie le plus aux autres dans la vie... une ascèse. Il y a
en lui de l'unité, une grande pureté, aucun mélange...
Je pensais tout ça moi aussi, l'autre jour, en lui parlant, je me sentais indigne, j'ai failli, comme un gosse,
lui dire que j'aimerais tellement le voir plus souvent,
devenir son ami... »

Mais qu'elle le rabroue, qu'elle se dégage, qu'elle refuse de se courber, de s'agenouiller avec lui devant l'autre, l'étranger, qu'elle se redresse donc, qu'elle le force lui aussi à se redresser... Qu'est-ce qu'il a tout à coup? Qu'est-ce qui lui prend? Qu'est-ce que c'est que cet accès d'humilité, cette niaiserie? Oh écoutez, tout de même n'exagérez rien. Quand vous vous emballez... Tout se remettrait en place. Ils seraient chez eux de nouveau, sous le ciel immobile de toujours où scintilleraient comme avant les astres familiers. Mais elle incline la tête avec respect : « Ah ça oui... Oui. Il est comme ça. J'avoue que je l'admire beaucoup. » Une fureur le prend, un désir de l'arracher de là par la force, il a envie de la secouer, qu'elle revienne à elle, qu'elle efface de son visage, devenu tout lisse et plat, ce sourire béat d'innocente, de demeurée... Il vous trouve idiote, il a envie de lui crier cela, idiote, vous m'entendez, ennuyeuse comme la pluie, il m'a dit que vous l'assommiez, c'est pour ça qu'il ne vous voit jamais... Seulement il sait faire ce qu'il faut... ah des lettres comme la sienne, personne encore de toute votre vie... ah vraiment... comme c'est touchant... il retient de toutes ses forces ces mots qui montent en lui, d'autres mots, appelés d'ailleurs, arrivent en hâte, les repoussent, jaillissent... « Mais pourtant, vous savez, ce même jour, cette fois-là justement, il m'a un peu surpris... J'ai eu comme un doute tout à coup... » Il se sent rougir... mais il ne peut plus s'arrêter, les mots glissent, s'écoulent, il ne peut plus les retenir... « Je lui avais parlé d'un article qui avait paru sur lui... il avait à peine écouté, comme de juste, l'air parfaitement détaché, et j'étais comme vous... tout... tout... perclus... Mais après — nous nous étions déjà quittés — il m'a rattrapé en courant, il était tout essoufflé : "Hé, Guimier, et cet article, dites-moi donc, de qui est-il? De quand?" »

Elle ne bouge pas. Elle plonge un regard dur au fond de ses yeux : « Oh ça, vraiment... Tout en lui, tout autour de lui se défait... Vous êtes sévère. Je crois que nous sommes bien tous un peu comme ça. »

DU MÊME AUTEUR

Aux Éditions Gallimard

PORTRAIT D'UN INCONNU, *roman.*
Première édition : Robert Marin, 1948.

MARTEREAU, *roman.*

L'ÈRE DU SOUPÇON, *essais.*

LES FRUITS D'OR, *roman.*
Prix International de Littérature.

LE SILENCE, LE MENSONGE, *pièces.*

ENTRE LA VIE ET LA MORT, *roman.*

ISMA, *pièce.*

VOUS LES ENTENDEZ, *roman.*

« DISENT LES IMBÉCILES », *roman.*

THÉÂTRE :
Elle est là – C'est beau – Isma – Le Mensonge – Le Silence.

POUR UN OUI OU POUR UN NON, *pièce.*

PAUL VALÉRY ET L'ENFANT D'ÉLÉPHANT –
FLAUBERT LE PRÉCURSEUR.

Aux Éditions de Minuit

TROPISMES
Première édition : Denoël, 1939.

*Cet ouvrage a été composé
et achevé d'imprimer par l'Imprimerie Floch
à Mayenne le 14 janvier 1993.
Dépôt légal : janvier 1993.
1ᵉʳ dépôt légal dans la même collection : mai 1972.
Numéro d'imprimeur : 33640.*

ISBN 2-07-036092-X / Imprimé en France.